凌翔　主编

当代作家精品·散文卷

路边黄

王槐菊　著

北京出版集团
北 京 出 版 社

图书在版编目（CIP）数据

路边黄 / 王槐菊著；凌翔主编． — 北京 ：北京出版社，2023. 3
（当代作家精品．散文卷）
ISBN 978-7-200-17847-0

Ⅰ. ①路… Ⅱ. ①王… ②凌… Ⅲ. ①散文集—中国—当代 Ⅳ. ① I267

中国国家版本馆 CIP 数据核字（2023）第 029941 号

当代作家精品 · 散文卷
路边黄
LUBIANHUANG
王槐菊　著
凌翔　主编

出　　版　北京出版集团
　　　　　北京出版社
地　　址　北京北三环中路 6 号
邮　　编　100120
网　　址　www.bph.com.cn
发　　行　北京出版集团
印　　刷　三河市中晟雅豪印务有限公司
经　　销　新华书店
开　　本　710 毫米 ×1000 毫米　1/16
印　　张　17
字　　数　230 千字
版　　次　2023 年 3 月第 1 版
印　　次　2023 年 3 月第 1 次印刷
书　　号　ISBN 978-7-200-17847-0
定　　价　79.80 元

如有印装质量问题，由本社负责调换
质量监督电话　010-58572393

序
一个与文字较劲的女人
——读王槐菊老师《路边黄》

刘方计

春花夏雨秋风爽，又是一年十月间。

2021 年国庆节，收到湖南作家王槐菊老师发来的《路边黄》书稿一部，洋洋洒洒 20 多万字，要我写序，我虽不可为而为之。

我与王槐菊老师相识于 2019 年 10 月，缘起于《东方散文》杂志与有关单位在甘肃天水举办的“第二届国际东方散文奖颁奖仪式暨全国散文作家金秋笔会”，我们一起在羲皇故里，游览了麦积山、伏羲庙、女娲祠、大象山、武山水帘洞、南郭寺、玉泉观、大地湾遗址等文化遗址。在那段日子里，她和我夫人结下了深厚的友谊，一路照顾备至，很感激，我们相互留了微信，从此有了联系和交流。

我们交流的大多是文学，相互学习，共同提高。王老师是一名人民教师，与我们又是同行，退休后随丈夫在广东东莞生活。她在失去舌耕的舞台后，继之与文学结缘，与文字较开了劲儿，用笔耕来抒发自己的家国情怀，到目前为止，她已经在有关媒体和文学期刊发表文章数百篇，并有多篇获奖。她先后被东莞市作家协会、东莞中华诗词学会、中国西部散文学会、天津散文学会等文学团体吸收为会员。2019 年又被《东方散文》杂志聘为签约作家，是《中国乡村杂志》人才库认证作家。共同的经历拉近了我们之间的距离，共同的爱好成就了我们文学同行的路径，

《东方散文》杂志为增进我们的友谊建起了相互交流的平台和桥梁，我们成了亲密的文友。从我的文学修养水平来看，让我写序实在是不堪重托，是不可为之事，但从我们友谊的角度来看，这是对我的信任，我又不得不为之。

对于王槐菊老师本人的具体情况，我不是十分了解，我想用她自己的话来作为回答："我不是作家，不是专业写作者，我是一介草根，写作只是我的业余爱好，凭着对文学的满腔热忱，我笔耕不辍，常常在人们进入梦乡的时候或者黎明之前，我走进文学的乐园，来到属于自己的那一片天地，坐在电脑前，搬砖叠瓦。严寒酷暑，我心坚如磐石，无可动摇。"这是她发自内心的独白，也是她对文学的执着态度和心理路程的表达。如果真要我对她做出评价的话，我由衷地说，她是一个与文字较劲儿的女人。她以勤奋、执着的态度，另辟蹊径，在文学的道路上，咬文嚼字，遣词造句，字斟句酌，布局谋篇，用文学的手段和方式，发挥着余热，她是一个默默地耕耘在文学田园里的文学女人。

我喜欢王老师的散文，喜欢她文字的朴实、不刻意雕琢的本真美。她最近两年所发表的散文，我几乎都读过。我认为，她的散文具有以下特点：

一是章法娴熟，运行自如。巴金在谈及写作时说过一句极富哲理的话："艺术的最高技巧是无技巧。"中国作家协会主席铁凝也说过："散文河里没规矩。"这些具有里程碑重量的理论，应该说是放之四海而皆准的理论。但在谈到散文创作，具体到散文创作的操作问题时，它还是有一定的规律和章法可循的。如：老舍《大明湖之春》的夹叙夹议；朱自清《背影》里的以小见大，以及他的《绿》中的一字经纬；杨朔《荔枝蜜》的欲扬先抑等。这些章法至今仍被散文爱好者青睐。当然，我也是其中之一。我对散文的认知，最崇尚的是散文大家红孩说过的："散文是说我的世界，小说是我说的世界。”也就是说，散文最基本的章法，就是以“我”为核心，写“我”的发现，“我”的往事回忆，“我”的向往，“我”的心灵深处瞬间的波动、闪烁的火花、情感的撞击……可以这么说，散文如果缺了“我”，就没有了散文的灵魂，就不会精彩，就不会感人。而王槐菊老师的散文，正是因“我”而感动着我，感动着读者。她的散文是真的，不是虚构的，如《大桥情思》《南行永州》《相约》《我从山里来》《相遇清溪》《想和父亲说说话》等。这些散文，无一不是以“我”为核心，以情感为准绳，以文字为载体，像潺潺流水，洋溢着情感，温润着读者的心灵。

二是涉猎广泛，美感充沛。读她的散文，不管是对家国情怀的抒发，还是对故乡山水风光的流连；不管是人间亲情、友情的民间絮语，还是时光剪影；从一草一木到山野况味，她都能将自己丰富的情感注入文字之中，生动活泼地抒发感情，让她的文章充满愉悦的气氛，给人一种不加粉饰的自然美感。读她的文章，总能让家庭琐事、劳动的疲倦和不尽如人意的情绪得到化解。这种运笔方法，在她的文章中比比皆是，信手拈来。她用文字配制成一剂解除疲劳、消除烦恼的良药，给人一种清凉。同时，在这个创作过程中，也形成了她自己独特的风格和笔调。如：“冬日的阳光暖暖的，它使我们陶醉，它使我们感怀，它使我们沉浸在诗情画意之中。天空蔚蓝，白云悠悠，树林里莺歌燕舞，鸟语花香，广场上的紫金花盛开着，香气怡人。我们踏着音乐的节奏，唱着太阳之歌欢呼雀跃，我们唱啊，笑啊，喊啊，我们跳起来了，一个个腾空而起，把丝巾抛向空中，让丝巾在空中随风飘逸，一条条，一团团，像蘑菇，像五颜六色的牡丹，也像红红的玫瑰，丝巾啊，把我们心中的美好、幸福的喜悦编织成了盛开在空中的朵朵鲜花。”（《相约》）

再如她在《想和父亲说说话》中写道：“父亲，我多想还有一个冬天，我们围在火坑边，围在您的身旁，说说家常。至今我还记得您临终前的最后的一个夜晚，我们回到了您的身边，您怕我们冻着，烧了一堆木柴火。您一次又一次地往火坑里添柴，把火烧得旺旺的，红红的火焰映红了您开心的笑脸，我们的笑声也随着‘呼呼’的火苗声在温暖的房子里飘荡。您给我们讲了许多有关您小时候的故事，讲了母亲的故事，也讲了村子里的故事。我们就像小时候听您讲故事一样，时而流着泪水，时而一阵大笑。最后，您说您已经是接近九十高龄的人了，就怕那一天来临，于是，您给我们交代了很多很多的事情，您的声音里，带着几分凄婉。”

她在《想和父亲说说话》这篇文章中，用真情实感讲述了她与父亲的故事。文字情深、细腻，语言朴实无华，感人至深，催人泪下。常言道，父爱如山，她用自己的感受，用自己的思绪和着泪水，写下了自己不同寻常的父亲。在她的笔下，父亲在老伴儿去世的40多年间，既当爹又当妈，含辛茹苦把六个儿女抚养成人，而且都很优秀，在他身上既具有父爱如山之刚强，又有母爱之慈祥，是非常值得敬佩的一位老人。这种笔法，给人一种情真意切的联想和美感。

三是句式流畅，递进有序。读王老师的散文，我们会发现，她非常注重排比句的运用。排比句不仅增强了文章的叙述效果，还为读者起到了引领作用。如：“在朝阳地缝，我喜欢看从山顶上流下来的清清泉水，顺着那一壁石山，悄无声息地漫流，一起流进峡谷。我喜欢看从石缝中飞入深潭的水花，细如银丝的水花，银得耀眼。我喜欢看‘飞流直下三千尺’的瀑布，气势磅礴，一泻恩怨情仇，继而又扬起媚人的浪花。”（《朝阳地缝》）

“小时候，每当我读到‘风吹草低见牛羊’的诗句时，脑海里就会出现牛羊在草原上撒欢儿的情景，从那时起，我就想去内蒙，想看一看无边无际的大草原，看草原一马平川，看草原牛羊成群。夜晚，空中悬着一轮圆月，我想，月光下的草原，月光下的蒙古包，月光下的牧民，那又该是一幅多么美丽的画面，因此，我要去草原，我要看草原的夜色美，已经是我多年的愿望。”(《行走内蒙》)

这种排比句，在她的游记作品中体现得淋漓尽致，从字面上看，是“我”之想看，“我”之向往，“我”之追求，“我”之渴望，实际上是对读者的引领，正如读者在点评中所说：“跟随王槐菊老师的文字，我们流连忘返在祖国的大江南北、名山大川，‘风吹草低见牛羊’的大草原、‘飞流直下三千尺’的地缝壮观。”

总之，读王老师的散文，可谓是一种不可多得的精神享受。她的文字承载着正能量，读起来让人心情愉悦、奋发向上，且充满对美好生活的向往。

美中有不足，白璧也有微瑕。王老师的散文也有待打造提高的空间和余地。比如个别语句还有些晦涩的地方，特别在叙述方面还存在指代不明的现象。如《想和父亲说说话》里有一段就很明显：“为了孩子们，父亲从来不把自己的身体放在心上。当您的身体出现异常时，您却一个字都不愿意提起。白天，您照样犁田种地，栽秧割谷，喂鸡喂鸭，打理菜园。您常说，您多出一分力，就会让孩子们少受一分苦。当我们问起您的病情时，您总是说：‘放心吧，我好着呢，健健康康的，什么病都没有。’后来，您连走路的力气都没有了，弟弟妹妹们要带您去省医院检查，可是，您怕儿女们花钱，不愿去医院检查，说便秘是老年人的常见病，吃几粒药丸就会好的。最后去医院检查，为时已晚，医生告诉我们，您的时日不多了。父亲，您知道吗？那次，我捧着那张医生的诊断证明，哭了一天一夜。”

在这段文字里，如果把“您”换成“他”就好了，既一目了然，也符合白描的写法。当然，还有一些如知识面的拓展问题，在这里就不一一述说了。

《路边黄》是一本值得一读的好书。热切期待王槐菊老师的创作劲头儿一如既往，强化优势，弥补不足，走好自己的路。也希冀王老师有更多更好的散文作品问世。

2021年9月24日晨于山东乳山豪门寓所

目　录

第三辑　红香一点清风

第四辑　几度山水

第五辑　人间絮话

第一辑　山野中的况味

渡船

这里有一条小街，不宽的黄土马路上铺了一些碎石，汽车可以摇晃着通行，街道两边排列着参差不齐的低矮的木屋，有理发店、缝纫店、铁匠铺，还有一个小小的供销社。供销社的百货柜台上有青蓝白土布、线布，还有花洋布；南货柜台上有红糖、粒子盐、煤油、香烟和火柴等。街道一边靠山，从街道的另一边沿着斜坡往下走，便可到达山脚下，那里有一条小溪，溪水源于洞眼，冬暖夏凉。溪水从山脚下绕过，然后蜿蜒曲折汇入沅江。

这里是湘西的一个古镇，位于慈利县境内，远在新石器时期，先祖就在这里勤劳掘土，繁衍生息，后来土家族人也相继来到这里生存定居。传说古时候这里有一座山，而那条山埂像一条巨龙盘绕，山埂的下面有一个深不可测的绿水潭，潭水绿茵，因而此地得名“龙潭河”。20 世纪 50 年代末，常德地区开始修建黄石水库，不过几年，龙潭河的水随着水库的建成漫起来了，山谷的良田被淹了，少数村民只好搬迁移民，他们离开家乡，去华容，去洞庭湖一带陌生的地方居住。留下来的大部分村民出行需要绕道，要想上一趟街，那条小小的渡船便是当地村民的主要交通工具。

人们都喜欢这条渡船，它给具有深厚文化底蕴的古镇添上了一道更加亮丽的风景线。

清晨，当你坐在船上，你会看到青烟似的薄雾从水面上缓缓升腾，像一幔轻纱把远近的群山、村庄、农田和小街笼罩在虚无缥缈的幻境中，就像你在大海中看到的海市蜃楼一样，那幅美图，渐渐地出现，也渐渐地消失。温温的太阳照在船上，柔柔的光洒在水面上，波光粼粼。倒映在水中的群山层层叠叠，倒映在水中的青柳风动摇曳，像婀娜多姿的姑娘们扭动的腰肢，还有那条街道，那些木房，一起倒映在水中，这时，你坐在船上，望着蓝天中漫游的白云，看着悠悠烟水中荡漾的小船，你一定会情不自禁地吟上两句“灵山多秀色，空水共氤氲”的唐诗佳句。

小小渡船无专人摆渡，渡船不大，只能容纳十几个人，船中有一隔板，船尾扎着一个小棚用来遮阳避雨。一根长长的粗绳拴在山边停靠处的一个大木桩上，绳子的另一端紧紧地系住船只，如果船在对岸，你便将绳子慢慢地往回拉，这时船只会慢慢地荡过来。当船靠近时，你拴紧绳索，固定船只，放上你的货物或行囊，然后松开绳索，轻轻地跃上小船，拿起小桨，悠悠地划向对岸。到岸了，你卸下货物或行囊，留下小船，进入小街。如果岸边人要过渡，他也会如此这般将小船划向对岸山边，然后进入林间小路，闻着油茶花的芳香，隐进山林，“船儿啊你轻轻地摇，不知妹妹在何方”的歌声在山林中久久回荡。

渡船中最热闹的时候是赶集之日。每月逢三逢八为集日，农家只有把自己种的和养的在集市上卖掉后才能换点小钱养家糊口，这也是他们经济来源的唯一途径。果子成熟了，挑到街上换几个油盐钱，家里猪婆下崽儿了，一窝七八个，为了赶上好价钱，养猪人便挑上两笼还没足月的猪崽儿行至船中。家里的鸡鸭又肥又大，抓上几只去赶集。小牛犊长大一点儿了，也可上集市了。这时，船中有猪，船中有鸭，船中还有小牛犊。有人稍稍挪动，小船便不停地摇晃，船中人提心吊胆，紧紧抓住自己的货物以防落入水中，因为这是他们一年来的大部分经济收入。

“不要动，坐稳！”有人大喝一声，船里又恢复了平静，小小渡船又平稳地驶向对岸，他们一个个急急地下船，挑上自己的东西，一路说笑着进入小街，渐渐地消失在青石巷中。

渡船成了人们相互交流的好地方，每每从集市归来，人们相聚在船中，上了年纪的人议论戏院里刚刚演过的汉戏《薛平贵与王宝钏》。汉戏是常德地区有名的地方戏，土生土长，深受当地人喜欢。有时，桑植县的阳戏班子也来表演，因此，赶集听戏的人虽然走出了戏院，但戏中的人物和故事还在他们心头萦绕，也免不了哼上几句，那跑调的声音常常惹得船里人开怀大笑。

上得一次街，在小街上看到的或听到的事儿倒成了在船上谈论的新闻，姑娘们看上了布柜里的那匹花布，当时舍不得花钱扯上几尺，回到船上还在念念不忘。那多情的小伙子则爆料："我今天是找柳妹儿给我剃的头。"说完呵呵地笑着，那得意的模样引起了旁人的嫉妒。有人说他的小牛犊在集市上卖了个好价钱，还有一些不着边儿的、道听途说的消息也成了船上的山寨新闻。

太阳下山了，渐渐地落在水面上，天边的晚霞红红的，赶集的人陆陆续续地回家了，那只小船空荡无人，孤独地漂浮在水面上。黄昏时分，街道上出现一个人影，挑着担子，急匆匆地来到船上，他静静地摇着小船，听着小桨拨开水面的哗哗声，看着从集市上买来的牛缆绳，从铁匠铺里打来的锄头、镰刀和犁田用的犁铧，心里盘算着："今后下地干活儿轻松多了，只要老天爷不旱不涝，准有好收成，一家老小就不会饿肚子了。"想到这里，他的脸上露出了笑意。几只水鸟从旁边飞过，刚刚靠近船只后忽地一下子又飞走了，水面上又只留下那条船，留下满载而归的渡船人。

渡船摇走了岁月的绮恨，河水吟唱着人物的风流。自从老于（人们都这样称呼他）来到这条渡船上以后，执篙划桨就成了他的专职，从日出到日落，从黑夜到黎明，从春到冬一年四季，老于将自己的余生同那条桨一同拴在船上。酷暑烈日，老于守在船上，秋风扫落叶时，老于守在船上，冬天漫天雪花飞舞时，老于还是守在船上。"要过渡了"的喊声对他来说特别亲切，每当这时，老于就会把船摇过去，划过来，然后又静静地候着下一位要过渡的人。常常天还没亮，人们还在甜甜的睡梦中的时候，船上就出现了老于划桨的消瘦身影，他的情怀留在了龙潭河上。

老于举目无亲，平日少言寡语，只有在人们安全到达对岸的时候，他紧锁的眉头才会舒展开来。

宁静的夜，天上有几颗眨眼的星，淡淡的月光洒在水面上，小小的渡船停泊在山边，老于坐在船上，听着风声，望着对岸的灯火，他可能也会想：戏院里也许有人在唱戏呢，要不茶馆里一定会有人在说唱渔鼓。这时，老于望着那一轮将要隐去的月，浮想联翩。

似水的流年成熟了人们的心田，曾经坐渡船上学的孩子们一个个像雄鹰展翅高飞了，可是老于还在这条船上。他的胡须白了，头发白了，那双原本有神的眼睛已经深深地陷在眼眶里了，老于更加苍老了，从于伯伯变成了于爷爷，当地人都知道，老于在这条渡船上燃烧了他的青春，送走了他的风烛残年。

无论多少年过去，只要人们走在桥上，心中仍然会想起那条渡船，想起摆渡的那位老人。

人约黄昏后

太阳像一个红红的火球炙烤着大地，地面直冒热气，田里的禾稻、蔬菜都被太阳晒得没精打采，这时，人们很少在户外干农活儿，因为人站在太阳底下都不敢睁眼，惧怕那刺眼的太阳光芒。

一到下午，太阳就渐渐地弱下来，那个原本红红的火球淡了颜色，不久，又慢慢地移向西边，留下一抹红霞，然后从西边缓缓地落下。傍晚，晚霞红红的，红得像少女脸上的红妆，红得像一条条编织在天边的红绸子。

美丽的晚霞，把整个村庄田野，青翠的山林，流淌不息的山村小溪，装扮一新。

山那边的瓦房冒起了一缕青烟，青烟袅袅，随风悠悠。对面山上的那条小道上，不知是谁家的孩子牵着一头大黄牛从山坡上缓缓地走下来，因为距离太远，听不到“叮当叮当”的铃声，只有孩子、大黄牛及大黄牛后面跟着的小牛，在人们的视线中慢慢地移动。

自家的羊回来了，是父亲从山那边赶回来的，长长的绳子分别套在每只羊的脖子上。长长的绳子是放羊时用来拴在树桩上的，平时，主人把羊拴在树下就可以放心大胆地回家，羊也可以在阴凉处尽情地享受绿茵茵的青草，这样既省力又省时间。在晚霞的映衬下，羊挺着饱饱的肚子“咩咩”地叫着，它们沿着回家的小路径直朝着自家的方向而来，父亲走在羊群的后面，一直紧跟着羊群，直到它们乖乖地进了羊栏之后，父亲才松了一口气。他下到房前的小溪中，洗了一把冷水脸，洗了满脚的灰尘之后方才回身进屋。

太阳完全落山之后，天边还有一丝暗红的光，远处的小屋、山峦映在暗光之中，不知何时，天边的那道暗光也悄无声息地隐退了，房前的稻田、屋后的果树只是隐约可见。

暮色即将来临。主人把一条小狗紧紧地拴在院子里，因为白天它总是喜欢朝着过路人“汪汪”，这不，现在它又开始朝着过路人“汪汪”了。成天到处觅食的一群小鸡都已自觉回家，它们都挤在鸡笼旁边不再觅食，也不到处“叽叽”地叫了，因为一到黄昏，它们会自觉地上笼，不需要主人一只一只地将它们捉进笼子。刚回家的小孩儿拿出一本小人儿书，大人嚷了起来：“鸡上笼的时候不能看书，那样会得‘鸡毛眼’病的，得鸡毛眼病的人看不清东西。”

从地里刚回家的女人，趁着夜色还未降临的时候，赶忙下到溪中提上几桶水倒入水缸，然后来到附近的水稻田里将她的那一群小鸭引回家中，她一只一只地数着，当发现还差一只的时候，她又重新回到水稻田去寻找她的那只离群的小鸭，忙完一切后，她才开始在土灶里添柴生火，烧水，做晚饭，等候即将收工的男人。

黄昏像一张网把整个村庄都笼罩在暮色中。

一个人背着农具急匆匆地从房前走过，看不清脸，主人的狗“汪汪”地叫了起来。不一会儿，一个女人背着背篓，提着一把锄头也从房前路过，虽然看不清模样，但人们都知道她是山那边某某家的媳妇，因为在农忙的这段时间，大家总是看见她清早出门，摸着黑回家。主人的狗朝着她叫着，直到女人的身影完全消失。

朦胧的夜色降临了，外面的一切都静了下来，除了夜莺的叫声。

山野中的况味

今年的五一，我和弟妹们一起夜宿三妹家。

三妹嫁在本村，从父亲家里出发，步行不到半小时就可到达，因此，三妹家周围的山山水水，一草一木，是我小时候再熟悉不过的了。

几声山鸟的鸣声惊醒了我，挂在窗户上的花格子窗帘不再是漆黑一团，影影绰绰地可以看见窗外的那一点儿微白，天似乎快要亮了。我很想一个人徒步山野，以寻求心灵的安静，虽无“归去来兮”之意，但也想独自一人做客山中，来一次性灵的迷醉。

我悄悄地溜下床，轻轻地开了门，来到房前。沉睡了一宿的田野、群山，渐渐地苏醒过来，在朦胧中渐渐变绿。房前的小路上有一棵大梨树，梨树刚刚挂果，在天刚蒙蒙亮的时候，我只能看到模模糊糊的绿。我沿着小路走下斜坡，经过水塘，水塘很大，堤坝上长满了还顶着露珠儿的青草，我踩着露水，径直朝着对面的那条山路走去。

这条山路很少有人行走，只有三妹放牛时才从此路经过，平时也不见砍柴人出现在此山。我掀开路边茂盛的青草，拨开挡在我前面的杂树枝条，小心翼翼地扯掉钩住了裙摆的带刺的小灌木，来到半山腰，“空山不见人，但闻人语响”。回眸山下，三妹的小屋隐在绿色中。

沿着山路行走，我的胸襟也随着山径而开阔。山风从树林中吹过来，带着一缕野花的香味。我的裙子飘了起来，几缕头发飘向耳后。我驻足在一棵梅树下，梅树开花了，粉白的花瓣，黄色的花蕊，一朵一朵地紧挨着，淡雅、芬芳。我闻着香，很想凑近它，无奈下面是险地。

我惊喜于桐林之中，虽然山中有许多我叫不出名的花儿，但几十年不见的桐子树花如今令我记忆犹新。桐子树高大，分枝很粗，桐叶呈圆形。桐子树挂果，桐子果成熟后会自然而然地掉落下来，那时，我们常常背着篓子，拿着镰刀，去山上摘桐苞。人们常常是在桐苞还没有落下来的时候就把它从树上摘下来，晒干，剥壳掏籽，榨桐籽油。

零星地散落在荒草中的几棵油茶树，成了无人光顾的野生植物。昔日，人们辛勤地耕耘、培育着油茶树，油茶花盛开的时候，十里花香，油茶树挂果，好一派油茶丰收的景象，如今，我只有在回忆中欣赏罢了。

“叮当”的牛铃声将我引领到山顶，这里原是层层梯田，如今成了蛮荒之地，艾叶、毛蒿、麦蒿、粑粑蒿在风中摇曳。田边长满了葛藤、麻叶、皮树。田埂上的构树也快有一人多高了，良田杂草丛生，种田人呢？我不免一阵惆怅。

站在田埂上凝视远方，群山映入我的眼帘。那山，重重叠叠，向天边延伸过去。登高望远，心旷神怡。此时，儿时的回忆又悄悄地向我袭来，那般清晰，那般明了。

在我上小学的时候，我曾经跟随父母翻过对面其中的一座山去桃源县瓦儿岗赶集，山脚下是一条小溪，人们叫它汤家溪。在我的印象里，那条溪很宽很宽，溪水清澈见底，鱼虾随处可见。没有独木桥，那些挑担子的、背背篓的、提篮子的过客，要么蹚水，要么扭着身子，走在露出水面的大石头上，一步一步地过到对岸。我一路下山，过溪，直到翻过擦把崖山以后，才到达瓦儿岗。光着脚丫的我虽然奔跑得一路辛苦，但快乐着，因为我第一次走出了村子，见了世面。

我遥望着那连绵的群山，它巍峨、挺拔、厚重，有着独特的风采、朴素的品格。我好像看见父亲从山那边走来，微笑着向我走来，他刚毅、慈祥。我奔跑着，向着父亲，奔跑在无形的空间。

清风徐来，亲吻着我的额头，摩挲着我的脸，抚摩着我的头发，在温柔着我的心，我好像看见了我的母亲，她在拥抱我，我投入她的怀抱。

独自做客山野，我可以什么都想，让思绪像一匹骏马，驰骋在无边无际的草原上。我也可以什么都不想，只在山中做客，享受大自然的恩惠。

忽有鸟声传来，“鸟鸣山更幽”，在静谧的世界里，我听着鸟的鸣声，宠辱皆忘，享受一种超凡脱俗的静穆。这里没有世俗的繁杂纷扰，没有尔虞我诈，只有“风飘飘而吹衣”“木欣欣以向荣”“泉涓涓而始流”，此时的我，如果用陶公的“来此绝境，不复出焉……乃不知有汉，无论魏晋”来形容，那是最恰当不过的了。

山野中的寂静荡漾着，愈来愈稠，愈来愈浓，然而，它被三妹的那条小黄狗冲淡了，小黄狗不知什么时候尾随着我上了山，它站在我的面前，望着我，不停地摇着尾，似乎在劝我下山。

萝卜杂忆

“冬吃萝卜夏吃姜”，这是家乡流传的一句话。家乡人都喜欢吃萝卜，那时，我们把萝卜当成小人参。

夏天，人们在地里种下萝卜籽，秋天，地面上长出了青青的叶，冬天，人们从地里拔出一个个大萝卜，用篓子提回家，用背篓背回家，用箩筐担回家。碰上拔大萝卜，虽没有儿歌中说的让老爷爷和老奶奶、小花猫、小黑狗一起来帮忙，但一个人也要费尽力气才能拔出来。遇上雪舞的冬天，拔萝卜时双手冻得绯红，可是，一看到白白胖胖的大萝卜，拔萝卜的人就全然顾不上那大雪和刺骨的寒风了。遇上阴冻的天，人们预计要下大雪了，就迅速地去地里拔一大堆萝卜回家，并相互间传呼：“拔萝卜去啰，拔萝卜好过雪关哟。”那天，无论哪一家的灶房里、火炕屋里，都堆着一堆白白胖胖的大萝卜。那时的萝卜，真成了过雪关的“储备粮”。

新鲜萝卜有许多吃法。去集上割一斤牛肉，或者买一斤带骨牛肉，回到家后，将牛肉洗净切成片，然后拌上黄酒、花椒、蒜片、生姜片和干红辣椒爆炒，再将一盆萝卜丝倒入其中，用土炉子炖着，虽然牛肉片儿少，但牛肉的精华慢慢地溢在汤汁中，光吃萝卜丝儿，就有一种满足感。喝酒的人在桌子上放一杯自家酿的米酒，抿一小口，然后将几根萝卜丝儿送进嘴里，“啧啧”几声，不知是牛肉萝卜丝，还是米酒给他带来了兴致，喝酒的人红光满面，这时，他开始滔滔不绝了。那些年，不是每年都能吃上牛肉炖萝卜丝，因为，耕牛是农民的命根子，农民从来不宰杀耕牛。

鲫鱼炖萝卜丝的味道也不错。鲫鱼多刺，稍有不慎，舌尖和喉头就会遭殃。乡下人聪明，他们从小溪中用虾篓捞上几条鲫鱼，放上相应的作料，清炖萝卜丝，味道鲜美营养高。如果放几个青辣椒，味道更好，不过，这是我们湖南人的口味，其他地方不一定多食辣椒。

用煮猪头肉的汤煮萝卜也很好吃。肉汤萝卜是我们农家人过年后的主菜，很受大人和小孩子的青睐。

我们这里是湘西门户，是土家族和汉族混住的地方，过年有煮猪头的习惯。因为要祭神，大年三十也要吃猪头肉，所以在腊月二十九的那一天，家家户户都要煮猪头。那时使用的是大土灶、大铁锅。大铁锅可以装大半桶水，先将洗净的猪头放进锅里，添上水，灶里添上硬木柴，不一会儿，锅里的水滚开了，猪头渐渐地浸出油来，待猪头煮好后再捞出来，锅里就只剩下肉汤了。将切好的两大桶萝卜倒进锅里混着肉汤一起煮，萝卜熟了，熟萝卜里面有肉味。谁家的孩子不爱吃肉汤萝卜呢？煮萝卜的时候，我们围在灶台边，闻着肉香味儿，只差流口水了。

正月初三一过，将剩下的肉和肉汤萝卜放进碗柜收藏起来准备招待客人，那时，肉汤萝卜上桌，成为主菜好菜。正月十五，还有肉汤萝卜。过了正月二十，萝卜虽然酸酸的，可不知为什么，我们都爱吃。到了正月尾，有的人家还在吃酸酸的肉汤萝卜。

前些日子老公问我：“你还记得小时候吃的肉汤萝卜吗？”

“怎么不记得呢，萝卜里面有肉味。十天半月后就酸酸的了，我们还在吃，还是觉得特别好吃。”老公七十多岁了，还在回忆那个时代的带着酸味儿的肉汤萝卜。

萝卜可以做成干菜。每年的农历二三月间正是农村瓜菜青黄不接的时候，家乡人称作“断桥关”。为了度过“断桥关”，长辈们常常把萝卜一打两开或者三开，用篾穿起来，然后一圈一圈地挂在屋檐下避雨的竹篙上，或者挂在木壁上，让风将其吹干。

家乡人常常晒萝卜干。把萝卜洗净，切成薄块，趁冬日阳光较强的时候晒在竹垫里、大簸箕里、山上的石坡上，晒干后放进谷仓收藏起来，待来年和腊肉一起炖，又是一次舌尖上的享受。

萝卜又可以做成多种坛子菜，萝卜叶可以做成腌菜，小萝卜可以做成萝卜丁腌菜，更多的是酸萝卜，只要你到乡间走一走，你就会知道每家每户的坛子菜中少不了酸萝卜。

做酸萝卜的方法简单：将萝卜洗净，切成块儿或条儿，用盐揉一揉，晒干水分。将新鲜红辣椒用刀剁碎，或者用剪刀剪成小块儿，拌上生姜、大蒜米、花椒和细盐后与萝卜一起倒入坛中，密封，过十天半月后开坛，那脆脆的、辣辣的、酸酸的味儿就出来了。过年时，油腻的食物吃得多，吃几块酸萝卜，那才叫“爽”。有人晕船晕车，乘车乘船吃几口酸萝卜缓解不适。孕妇吃饭没胃口，也用酸萝卜调调口味。正月里，家有客人来拜年时，桌上要放一碗酸萝卜。记得一次我们给姑姑拜年，娘家的人来了，姑姑很是喜欢，在桌子上放上两大碗酸萝卜，不客气的我们一扫而光，姑姑又端上来两大碗，不一会儿又只剩下两个空碗，姑姑大笑起来。

随着时间的推移，饱受人们喜欢的酸萝卜开始在慈利县城各大超市、菜市场销售，为了赢得时间加快销售，卖者将萝卜切成块用醋泡着，将辣椒糊、盐、花椒粉、生姜末、大蒜米、香葱等佐料拌在一起，要卖出多少，直接将调好的佐料与萝卜搅拌一下就可以出售。如今，县城的马路边、巷口、小商店，都卖酸萝卜。有人还推着车子叫卖，听说收入不薄，足以解决生活问题。

记得在 20 世纪 80 年代，我带儿子去常德市滨湖公园游玩，常德市的车站、码头、公园，以及街头小店，都销售一种用坛子腌制的、带酸味儿的甜脆萝卜，萝卜被切成两大块，每一块都被切成筷子粗的条儿，但又连在一起，吃的时候可以从上面一条一条地扯下来。在公园小憩的时候，看到几个人在吃。

前些日子，儿子还提起常德市用坛子腌制的带酸味儿的甜脆萝卜，几十年过去了，他还记得清清楚楚，不知常德市现在还有没有。明代医学家李时珍在《本草纲目》中提到萝卜能“大下气、消谷和中、去邪热气”。他称赞萝卜“可生可熟，可菹可酱，可豉可醋，可糖可腊可饭”。

《汉书·郦食其传》中记载：“民以食为天。”

出闺

一

俗话说："男大当婚，女大当嫁。"当婚和当嫁的具体年龄到底是多少，因时代而论，时代不同，则当婚和当嫁的年龄就大不一样了。

就拿我的长辈们的婚事来说吧，那时的女儿到了十多岁以后就可以谈婚论嫁了，很多女孩的出嫁年龄只有十二三岁，一般不超过十七岁，如果有女儿到了十八岁还在闺中，人们就会嘲笑她是一个嫁不出去的"老女"，我的舅奶奶十二岁时就出嫁了，我的母亲也是十六岁就结婚了，十七岁时就将我带到了这个世界。听长辈们说，女儿十五或者十六岁是出嫁最佳年龄。

那时的男女青年没有谈情说爱的机会，全凭媒人月下牵线。人们的口头禅是："男儿发财不晓登（得），女儿发财一早晨。"意思是说，碰巧哪一天早上有媒人来说媒，男方家底稍稍厚一点儿，这就意味着女儿嫁了一个好婆儿（好人家），女儿一生便有福可享了。

做媒的人不分男女，一般是亲戚和邻居。如果姑姑嫁到了外地，姑姑和姑父在当地看上了一户好人家，于是就给侄女牵线；有的是姐夫姐姐说媒，想到两姐妹今后有个伴儿，也好一起回娘屋（娘家），于是，就准备将妹妹嫁过去。

做媒的人要会说话，说媒时要尽挑好话说，以求得女儿父母的欢心。

有说地方好的："男方住的地方好吔，单家独村，住在山里，柴方水便，要捡柴，屋后就是山，要取水，房前就有一条小溪，走几步就可取到水，这可真是个好地方。"

如果住的条件差，媒人就会说："那户人家只有一个儿子，将来姐姐妹妹们出嫁了，那家产还不就是儿子的了？"

如果家里兄弟多，媒人就会说："人多力量大，将来养老，你只摊一份子就可以了，不会独自承担养老的任务。"

媒人常常是见机行事，女儿的生活条件差，媒人就会说上一句："如果你们同意了，他们家就会马上送一担谷子来。"这样一说，女儿同意了，父母也同意了，有时也是为了解决燃眉之急。

乡里的风俗就是这样，姨姨的女儿可以嫁到姨妈家，姑姑的女儿可以嫁到舅舅家，也有舅舅家的女儿嫁到姑姑家的。那时，在人们的思想中，还没有近亲不能结婚的意识，只要双方乐意，就被认为是美满的婚姻。

二

"看人家"是女儿婚前的第一道程序，不是订婚，是女方家的人去男方家走访一次，了解住的条件、家里几口人、几间房、几头牛、几头猪，砍柴取水是否方便等。看人家是媒人领着女儿和母亲去的，也有父亲陪着女儿去的，人不宜过多，有当天回家的，也有当天不回家的。回家时，男方则要给女方红包，作为看人家的打发钱。如果女方满意，当即收下打发钱，可是那几日，男方总是提心吊胆，怕给的打发钱被退回，直到媒人给了肯定的答复后，男方才放下心来。

三

女儿出嫁时必须有一套嫁妆。家境较差一点儿的，陪嫁一个两门衣柜，一个用来装粮食的平柜，一个画桌（类似梳妆台），一个碗柜，一口木箱，四把椅子。家境好的，陪嫁两箱两柜或四箱四柜，椅子则更多。谁家的女儿越多，父亲的责任就越大，他必须提前准备做板子的杉树，做脚料的椿树、红木树和酸枣树，半年之后，这些木料就干了，女儿出嫁时，就可以做嫁妆了。

择一吉日，做嫁妆的木匠就可以进门，除带徒弟以外，一般是一个木匠进门。完成一套嫁妆要一个多月，嫁妆多的，需要的时间更长。木匠进门之后，一日三餐需要有一个人做饭，这就是我们家乡的“陪木匠”之说。陪木匠一般是女儿，间或母亲，虽然一个木匠吃不了多少，但饭桌上也要有几个菜，有邻居亲戚送菜的，夏天黄瓜茄子辣椒，冬天萝卜白菜，也有送米糕豆腐的，送干菜的。

那时我们村里有个木匠师傅叫王保，四十开外，为人忠厚，不善言谈，手艺高强，做家具不用一个钉子，全用榫卯工艺。一天除了三餐饭食和喝水，很少休息。他用餐时很讲究，只夹面前的那一碗菜。乡里人都说他好，可是他接的活儿多，总是忙不过来，有的人家只好请外村的木匠。如果年轻的小木匠在女方家待久了，日久生情，嫁妆做好了，木匠和女儿好上了，女儿要退亲，父母则说“放一不放二”，于是，一对小鸳鸯难舍难分。

木匠出门，漆匠进门。结婚是喜事，女儿的嫁妆多以红色为基调，木椅被漆成红色，木箱是红色，柜子也是红色，因此，结婚有“坐红板凳”之说。高手在民间，漆匠能漆能画，嫁妆上的漆画多为山水虫鸟、白云蓝天、梅兰竹菊、鸳鸯戏水等。那画，栩栩如生，看一套嫁妆漆画，就像读一首乐府诗。

四

女儿要做嫁鞋，不做嫁衣裳，嫁衣裳是结婚那天男方送来的。女儿还小的时候，细心的母亲就将不能穿的布衣片子拆下来，洗净晒干后存放。女儿出嫁的前一年，母亲又将布片子用浓浓的米汤一层一层地糊在大木板上，晒干，滚成筒，再存放，为今后做嫁鞋做准备。

结婚的日子定好后，母女俩便在油灯下开始忙活起来。做嫁鞋最费工夫，不管是大户人家还是小户人家，做嫁鞋都是非常讲究的，要一针一线地纳鞋底，一针一线地绣鞋面。要将手洗得干干净净，穿一件新衣服，或者系一条干净的围裙，以免将白色的鞋底弄脏。因为结婚那天，你的嫁妆一到，男方的女客亲立即拥向新房，打开你的陪嫁箱子欣赏你的嫁鞋，然后七嘴八舌地说起来：

“鞋底纳得紧吔，用手一敲，嘣嘣嘎嘎地响。”

“中间的升子花四方四正，这双鞋的棉籽花真的就像开的棉花。”

“鞋面子上的梅花绣活了。”

做针线活儿的女人们总是三句话不离本行。如果嫁鞋做得不好，女儿在婆家就不会有颜面。

嫁鞋不是只有一两双，而是十几双，多则二十几双。郎君的鞋叫作“大鞋”，女儿的鞋叫作“小鞋”，各要四到五双，公公婆婆一人一双，在结婚那天的仪式上要交给公公婆婆，公公婆婆收到鞋后，回给女儿一个红包，这就叫“搬鞋”。

还有“接蜡鞋”。接蜡鞋就是新郎新娘拜堂时站在地毯上穿的布鞋。花轿还没到的时候，新郎换上接蜡鞋，坐在堂屋的一条高板凳上等候新娘的到来。花轿到了大门边，新娘要下轿了，接亲的人给新娘换上接蜡鞋后，才能引新娘去堂屋里拜堂。接亲的人必须是男方的亲戚，且儿女双全、一家都是健健康康的人才有资格接亲引拜。接蜡鞋一般是请最讲究的人做的，我记得我的母亲常常给人家做接蜡鞋。

嫁妆鞋多，母女俩哪能完成得了，得请姑姑、姨姨、婶婶、伯母帮忙，还得请邻居帮忙，而且亲戚邻居都很乐意帮这个忙，她们认为，做嫁妆鞋是一件体面的事情，那是主人瞧得起你。

五

乡间还流传着这样一句话："你只娶得起媳妇，嫁不起女。"因为嫁娶当日，男方的家人和客亲喜气洋洋，女方的家人则悲悲戚戚，所以，当地便有了"哭嫁"的风俗。

哭嫁是有腔调的，我们与桃源县交界，哭嫁的腔调是以慈利口音为主，辅以桃源县的口音。哭嫁语句多以"我的"二字开头，后面的内容由女儿即兴发挥，或者事先投师熟背。

女儿哭嫁从结婚前一个月开始，有的更早。木匠进门做嫁妆时，女儿意识到：我将要远嫁了，将要离开我的父母，离开我的亲人，离开我的家乡，离开生我养我的这片土地，叫我怎能舍得哟。将来去了人生地不熟的婆家，面见的都是陌生人，又不知郎君待我怎样，如果嫌弃我，不疼爱我，我又怎么活？又不知公婆待我如何。"孔雀东南飞，五里一徘徊"，焦仲卿和刘兰芝的故事谁个不知哪个不晓？我在家时父母疼爱我，我无忧无虑地生活，可是去了婆家，一切都由不得我呢，我得察言观色，处处留心，弄不好，要遭丈夫的打骂、公婆的唠叨、邻居的指点。这日子，叫女儿怎能消受得了？想到这些，女儿夜不能寐，便开始哭嫁了。

睡在隔壁的母亲听到女儿的哭声，便来到女儿的床边，陪着女儿哭起来："女儿吔，你去了婆家，不比自己家里，你是做妻子去的，是做媳妇去的，要放勤快些，重活苦活都要做，不要被婆家赶回家门，让为娘的没面子……"

眼看结婚的日子越来越近，女儿想到离开家的日子已为期不远了，想到自己不能报答父母的养育之恩，哭嫁的次数也就越来越多了。女儿边哭边说：“我的妈妈呀，我的爹爹呀，你们从小把我养大，自己舍不得吃，舍不得穿，怕我冷到，怕我冻到，苦了你们吔。现在我长大了，能帮你们做事了，可是，我又要离开你们了，弟弟妹妹还小，你们还苦着呢，我舍不得你们呢。”女儿越哭越伤心。

父亲从床上坐起来，一声不吭，只顾抹眼泪。母亲也哭着劝道：“我的好女儿呢，不是娘狠心呢，你是过日子去的呢，为娘的也没有办法呢，没有哪家的闺女做老女呢，她们都哭着嫁了呢，爹爹舍不得你呢，娘舍不得你呢，我的儿呢，我的肝呢。”

一阵阵的哭嫁声从黑屋子里传出来，另一家的母亲摇醒正在酣睡的女儿：“听，哭嫁了，你要仔细听呢，听听别人家是怎么哭的，学着点儿，将来你长大了，也要哭嫁呢。”

邻居家的女儿坐起来，母亲不说话了，她们依偎在一起，她们知道，这个过程，将来她们也是要经历的。

出嫁前三天，女儿哭得更厉害，有的躺在床上几天不愿进食，进花轿时，则要几个人搀扶着才能站稳，那时，人们就会夸奖这个女儿有良心。哭得不伤心的女儿，或者哭嫁次数少的人，背后总会被人说闲话。

结婚的前一天，女儿家的客亲都来走人家，我们叫“整带花酒”，这一天和出嫁的当日，是哭嫁的高潮。

那两天，女儿睡在床上，木床用帐子围着，主事的督官向闺房里通报：“姑姑来了。”女儿便开始哭起姑姑的好处来：“我的姑姑吔，你平时最疼我，明天我就要去婆家了，叫我怎舍得姑姑呢，我的好姑姑呢。”

姑姑也开始坐在床边陪哭起来：“侄女吔，姑姑也舍不得你呢，你是到好人家去的，是发财去的，不要想家吔，有空你要多回娘家走走呢。”

这时，女儿哭得越伤心，姑姑就会越感动，哭着哭着，姑姑就会打开布包儿，给侄女陪嫁钱。这时给的红包，我们叫作“压箱钱”。一般来说女儿要哭哥哥嫂嫂、弟弟妹妹，哭伯伯婶婶、姨姨姨夫，哭长辈的长辈，还要哭族里的客亲，女儿哭到谁，谁就陪哭，谁就会给压箱钱。

那一天，女方的客亲少有笑脸。

六

第二天，迎亲的队伍来得很早，天刚亮，村那头就有唢呐声传来，女方家的人听起来感到很凄惶。这时的闺房里都有女客亲围着，女儿早已哭得像个泪人儿，只听女儿家的人说：“关大门，给利是就开门。”于是，帮忙的人就把大门关了，都说嫁女的人家脾气大。花轿停在外面，四把唢呐“呜呜呐呐”地吹，女方就是不开门，男方的执事人使了利是，大门打开了，四把唢呐进了堂屋后，女方的督官给唢呐上花（将红绸布系在唢呐上），给利是，唢呐声方才停止。

双方客亲很快用了早餐，吹唢呐的人又进了堂屋，他们吹着，催着发轿。男方帮忙的人三下五除二，立马就把嫁妆打点好了，力气较大的人准备抬衣柜、平柜、碗柜，椅子由帮忙的人挑着，箱子上面叠着被子、枕头，也由两人抬着。一人挑瓷器，一人挑茶（熟鸡蛋、米泡儿和红糖），蚊帐只能由女方的弟弟或者妹妹背着，挑茶的人均由女方父母指定，男方帮忙的人是不能做这件事的，因为挑蛋茶和背帐子的人到了男方家后都是有利是拿的。

唢呐声声，男方的执事人一遍又一遍地催着发轿，而女方总是拖延时间，做新娘的女儿也迟迟不肯出闺房，这是嫁女的人家惯有的事情，总不能让人家说：“这家人家恨不得早早地把女儿送了去。”

女儿的哥哥或者叔伯哥哥将她从闺房中背出来，经过堂屋，来到大门边，女儿身上不能带任何东西，哥哥背妹妹的时候，背上也要披一块大约两三尺的红绸子，意思是不让女儿把娘家的财气带了去。母亲不能送轿，做父亲的必须去。

发轿了，一阵鞭炮声，唢呐又“呜呜呐呐”地吹，送亲的、迎亲的队伍好不热闹。

迎亲的队伍走远了，再也听不到唢呐声了，为娘的还守着女儿的空房，声泪俱下，“我的儿啊，我的肝啊”的哭泣声好生凄凉。

娘由几位留下来的亲戚陪着，几天不吃饭食。

那一抹曳于心间的果子香

故乡的山，迷人。

故乡的水，清澈。

我喜欢故乡的春夏秋冬，喜欢故乡的野果四季飘香。

一

“种谷落泥，茶苞落皮。”阳春三月，春暖花开，正是家乡人春忙的时候，漫山遍野的油茶树生机勃勃，青枝绿叶，我们最喜爱的茶苞也挂在了青青的枝条上。茶苞不是用来榨油的油茶果，而是油茶树在结油茶果之前结的一种人们可以生吃的果子。茶苞开始挂在油茶树枝条上的时候，红红的，桃子形状，皮很粗糙，这时候不太好吃，味涩。经过一段时间阳光雨露的滋润，红红的茶苞会渐渐长大，渐渐变成青色。蜕去一层皮，变成一个“白色公主”，羞答答地隐在绿叶中。挂在枝条上的茶苞把树枝压得弯弯的，向人们炫耀着沉甸甸的喜悦、饱盈盈的幸福。远看，那满树的茶苞，像盛开的花朵，白如玉兰，在春风里点头微笑。茶苞里面空空的，没有核，吃起来又脆又甜。

最惬意的还是爬上油茶树，我们在树上可以随意摘随意吃，填饱了肚子，再兜一包回家，带给家人，与其共享。小小的油茶树上的嫩叶也会变成厚厚的像猪耳朵的茶苞，我们叫作“叶叶茶苞”。叶叶茶苞尝起来脆脆的、甜甜的，但不常有，偶尔才能碰到。如今每年到了“种谷落泥，茶苞落皮”的时候，我便夜间有梦，梦见家乡的油茶树，梦见压弯了树枝的茶苞。以前听长辈们说，夜里梦见树上开白花意味着不吉利。我想不会吧，那是因为我太想念我的家乡了，所以魂牵梦绕。

二

朋友，你吃过山里的梦儿吗？梦儿酷似桑葚，但不是桑葚，北方人叫作破馒头。广东东莞有桑葚园，可以去采摘，价格嘛，前几年是几十元一斤。我和广场上的朋友们曾经去过桑葚园，那时，我才知道什么叫桑葚。我们家乡也有桑葚（那时不知道叫桑葚），野生在山上，桑葚不大，我们都不敢摘来吃，只将其叶用来养蚕。

家乡的梦儿有很多种，多是结在山里带刺的枝条上，好吃难摘。田坎梦儿长在田坎上，带刺的枝条不过一尺多长，悬吊在田坎上，每到扯田草的时候，田坎梦儿成熟了，红得诱人。扯田草的人一见到它，顾不上手上的泥巴，顾不上扎手的刺儿，赶忙顺手摘几颗。有时，直接将嘴伸过去，让田坎梦儿从舌尖上滑进嘴里，然后“吧嗒”几下，甜甜的，又像是酸酸的，真叫人回味无穷。

如果上山砍柴，或者去山上放牛，不经意间，你会发现路边、山边、小溪旁，生长着一蓬蓬的酸梦儿，酸梦儿是藤本植物，带刺儿的藤条绕来绕去，最后绕成一大片藤条。如果你想摘它，可以用镰刀砍出一个容身的地方，站在那里，酸甜两味尝个够，那一定是美美的了，要不，谁又愿意花时间去采摘呢？

泡梦儿、麦梦儿最好吃，它们有拇指大，刚刚成熟时为红色，熟透时呈紫色，一碰就掉。泡梦儿结在刺秆上，一人多高的刺秆有拇指粗，生出一尺多长的细枝，枝上有对生的叶。麦梦儿结在灰白色的刺秆上，刺秆上长有像缝衣针那样长长的、比缝衣针还粗的刺儿。摘这两种梦儿时可得要留心哦，稍不留意，刺针就会扎在手上，或扎在身体的其他部位上。

小时候，我们常常把牛赶进深山，然后就去寻找梦儿，突然发现前方绿林中那一点儿红，我们奔过去，一串串的梦儿，像玛瑙，像葡萄，悬吊在刺秆儿上。那颜色艳艳的，说它是红色吧，不像是，说它是黑色吧，唉，也不太像，折中吧，红里透着黑，黑里透着红呢，像少妇，洋溢着饱盈盈的、艳艳的微笑，真叫人馋涎欲滴。我们站在那里，一颗一颗地往嘴里送，脏吗？我们认为不脏。有毒吗？我们不考虑。我们只知道“好吃，好吃”。手上被刺儿扎了，流着血，感觉像没事儿一样。回到家，母亲看到被刺儿剐破的衣服，刚要生气，一眼又看到梦儿染红了我们的嘴角时，又开心地笑了。

梦儿的种类可多着呢。苞谷（玉米）梦儿长在熟地里。蛇梦儿长在路边，像草本植物，很像人工种植的草莓。蛇梦儿圆圆的，红红的中间有一点儿白色，长辈们说，那白色是蛇溜过了的，有毒，不能吃。我们很听话，从来不采摘蛇梦儿。

三

你听说过麻雨子吗？麻雨子就是山中的野葡萄，一串串的，成熟的呈黑红色，只是没有葡萄园中的葡萄大，可是很好吃，是野生的天然水果，原汁原味，不过你吃的时候不要贪嘴，如果你的嘴里塞得太多，那紫红色的汁儿就会顺着你的嘴角流出来，滴在你的衣服上，冷不防就给你的衣服着色了。

“蜜蜜儿开花半春儿红。”每当五月初五粽叶飘香的时候，山上的蜜蜜儿开花了，半春儿也成熟了。这两种果子都是结在刺枝上。蜜蜜儿比半春儿成熟得晚一些。蜜蜜儿红了的时候，有点儿像枸杞子，但比枸杞子要甜得多。半春儿和蜜蜜儿的形状相同，只是比蜜蜜儿大得多，带点儿酸酸的味道，谁家的媳妇儿有了喜，想吃带酸酸味道的食物，家人就会上山去寻找半春儿，让媳妇儿开开胃。爱吃甜的人喜欢吃蜜蜜儿，爱吃酸的人喜欢吃半春儿。我爱吃蜜蜜儿，因为我喜欢吃甜的。

"蜜蜜儿开花半春儿红"的时候，家乡人还常常站在高山上对唱山歌呢，我记得有这样一段歌词："蜜蜜儿开花半春儿红，姐儿来到山谷中，郎在高山打一望，夜夜做个姐儿梦。"后面的词，我不记得了。

四

家乡还流传着这样一句话呢："七月杨桃八月扎，九月板栗打哈哈。"杨桃就是野生的猕猴桃，可谓山里的野果之王，在农历七月成熟。杨桃藤发枝，常常一根藤蔓生出一大片杨桃藤。七月，杨桃长大了，我们背着篓子上山，摘一篓子回家，将生硬的杨桃用米坛子封起来，待到它变软的时候再拿出来吃，这时软软的杨桃香甜可口，落口消融，老人小孩都爱吃。有时杨桃入坛的第二天，我们家的几个孩子就会悄悄地打开坛子，手一摸，硬的，那时好失望啊。

可是我们好奇，每天都悄悄地打开坛子，每天吃一个，硬的也吃，直到有一天母亲高兴地打开坛子时，坛子空空如也，里面的杨桃一个不剩，早已被我们吃光了。

去年暑假我去三妹家避暑，看到三妹屋后的地边上，有很大一片杨桃藤，藤上挂满了杨桃，绿叶随风摇曳，像一浪碧波在荡漾。三妹说，每年她都摘好几篓子，几乎都送了人。

五

八月扎像番薯，弯弯的形状又类似香蕉，所以又叫野香蕉、野木瓜、预知子。外表红棕或棕黑色，椭圆形。八月扎成熟时，就会自然而然地裂开一道口子，露出白色的、软软的、甜如蜜的肉质。八月扎多生长在山麓谷底的灌木丛中，属落叶或半常绿藤本植物，枝干呈藤条状。这种果子在农历八月成熟，所以叫作“八月扎”，“扎”是我们村里的方言，是“裂”的意思，“扎口了”意为“裂开了”。我还是小时候砍柴、扯猪草的时候摘过八月扎，离开家乡后就再也没有尝过了。前年三妹在微信群里发了一张图片，年迈的父亲躺在木椅上睡着了，旁边放着三妹刚从山里摘回的八月扎，远隔千里的我看到图片还落了一场泪。不过半年，父亲走了，如今，我的脑海里永远留存一幅图景：憔悴的父亲，父亲旁边的八月扎。

六

秋天是板栗、刺儿果、拐子成熟的季节。刺儿果带刺儿，金黄色，有人称之为金钱果。拐子树很高，摘拐子的时候，常常是男孩子们上树，在树上折腾一阵子后，拐子落一地，所有上山的孩子一起分享。在回家的路上，我们抱着一大把拐子，边走边吃，回到家，肚子已是半饱，晚饭节省了一半。

冬天有霜，打霜之后的木瓜子才好吃，没有经霜的，吃在嘴里木木的，味道有点儿涩。木瓜子只有绿豆粒大，一簇一簇地结在带刺儿的树上，红红的。砍一枝木瓜子拿在手里，边走边摇，时而停下脚步用嘴咬几粒，吃完，唱着歌跑下山。山上还有一种树叫麻科树，结的籽和木瓜子类似，但有毒。

山上有很多很多的野果子是可以吃的，只是我们小时候不了解它们，没有尝试过。时光如梭，随着年龄的渐长，总是爱依在窗前，寻找记忆中的点点滴滴，记忆中金灿灿的时光。前些日子，看到三妹给我发来的那几张野果子的图片，一种乡愁悄然爬上心间：

“故乡的山故乡的水，故乡有我幼年的足迹，几度山花开几度潮水平，以往的幻境依然在梦中。他乡山也绿，他乡水也清，难锁我童年一寸心。”

薯的十二月

腊月里下大雪，纷纷扬扬下了一天一宿。人们说："瑞雪兆丰年。"薯在地窖里安稳地睡着，睡得很香很香。

正月里有雨雪。雪，依然厚厚地盖在大地上，印证了"清明断雪，谷雨断霜"的农谚。地窖里的薯做了一个冬的美梦，翻了一个身，似醒非醒。

二月里刮春风，春风点绿了杨柳，小草从地里爬出来，露出了笑脸。大地苏醒，万物复苏。地窖里的薯伸了个懒腰："呵呵，我要准备出窖了。"

三月里桃红柳绿，薯，春心萌发，等待农民将它下种育苗。

在露地育苗，要有三部曲。

选一块平地，且要通风向阳。深耕土地，将松松的黑色土壤翻出来，然后耙平，整细，整理成苗圃。苗圃宽约为一米，长度以地形而定。在苗圃与苗圃之间起沟，下雨时，水从沟里流出，苗圃就不会积水，土壤也不会结成土块。

施底肥。上大粪、猪粪、清尿。

下薯了。在苗圃上一行一行地挖坑，放上种薯，掩上一层土。掩土不宜过厚，薄薄的一层细土即可，但不要将薯露在外面。冬眠的薯怕冷，要盖一层干牛粪，地下的种薯需要暖和，需要穿一件"保暖内衣"。

四月里的太阳暖，暖暖地照在大地上，温暖了苗圃。

刚下的种薯不宜过早浇水，防止地下的温度降低，不利催芽。久晴不雨时，喷上清水，苗圃就不会发干了。寒潮降临时，盖上干干的稻草保暖，寒潮过去了，收起稻草，让种薯重见太阳。

种薯上有针眼大的小红点，一个种薯有十几个，最多有一二十个，过一两日，红点变成了红芽，尖尖的，细细的。红芽长到一寸、两寸，周围的小草凑热闹，也竞相生长，与薯苗瓜分养分。

小草长高了，拔掉小草，稍稍松土，施一次淡淡的肥水。

红芽变成了青芽，红叶变成了青叶。

青叶儿变大，青根儿变粗，有了藤蔓。藤蔓长，小草也长，第二次拔掉杂草，松松土，施一次清尿。如果条件可以，施一次稀释的尿素也行。

薯苗在一个劲儿地长，渐渐地，苗圃一片绿色，那绿，绿得可爱，绿得暖，绿成了希望，绿成了“人间的四月天”。

五月里栽薯苗。

先挖地，将地整理成垄，垄宽最多两尺，然后起沟。

准备农家肥。烧火土灰，在山上砍下渣渣草草，砍下细细的树枝，将黑色的土皮堆在上面，点火，火烧了一天一夜，剩下一堆火土灰。将火土灰与大粪、猪粪和清尿搅拌，边倒粪边搅拌，防止粪水从灰堆旁流出。然后搅拌均匀。

剪薯苗。用剪刀将苗圃上的薯苗一根一根地剪下来。薯苗是一节一节的，一般三节为一段，一根薯苗可以剪成好几段，不要全部剪完，种薯上要留三节，以便继续生长。

将薯苗扎成把，挑上坡地。挖坑，插薯苗，丢一把农家肥，掩上细土。薯苗不要倒放，要随着节顺插。

雨过天晴插薯苗最好。

六月，除草。

栽下的薯苗沾上润润的土，很快就会生根，过几日，新陈代谢，老叶子枯萎了，掉了，新叶倍出，黄藤变成了青藤。

薯藤一节一节地长，就像不会走路的婴儿，努力地向前爬着，爬得很快。接着第一次除草、松土。

薯藤争阳光，争养分，它们都努力地向前爬，不小心落到了沟里，也不灰心丧气，在沟里还是努力地向前爬着。薯藤盖满了沟，又在沟里无限地延长。

第二次除草时，将沟里的薯藤扶起来。

七月，提薯藤。

薯藤的每一节都有根须，根须长在地里，吸收养分，影响薯的生长。当薯藤有两米左右时，就要提藤了。提藤时要细心，要一节一节地提，避免将藤拉断。提过的藤要翻过来，根须不能向下，防止它落地生根，影响薯的生长。提藤时，也要扯草。

八月，地里开始长薯。

九月，地里的薯在疯长，准备地窖。

在自己家里挖地窖。地窖三米左右深，窖口直径一米左右。地窖挖好后，用杉树枝或者松树枝在地窖里烧火，使地窖保持干燥。为了安全，地窖口盖上木板。山上的地窖是横洞，洞口用小木门锁着。地窖用来储存新挖的薯。

十月，挖薯，薯进地窖。

挖薯前要割掉薯藤，将薯藤扎成把子，背回家，薯藤是上好的猪饲料。地下的薯不深，一锄下去，两锄下去，薯就出来了，一蔸薯鼻子有三到四个，有大小相同的，也有大小不等的。有的薯很大，三四斤重。挖薯的人提着吊有大薯的薯鼻子，那才爽歪歪呢。

轻轻地把薯上的泥土擦掉，不要擦破新薯皮。把薯装进背篓，装进箩筐，然后一担一担地送到生产队的禾场上，选来年下苗圃的薯种，种薯要皮色鲜艳，无病无斑。

薯进地窖。

冬月，薯为民食。

将薯洗净，人工将薯擦成丝，擦成一箩筐一箩筐的薯丝，晒在山上的石坡上。薯丝干了，收回家，装起来，放进粮仓。碰上几点雨，就要多晒几天太阳。夜里碰上雨，就要连夜上山收薯丝。碰上大雨，雨水就将薯丝冲走了，但这种现象少见。

薯丝和玉米粒搅拌，用蒸饭的木桶蒸熟，成了一日三餐的家常饭食。坏薯擦的薯丝，或者被雨淋了的薯丝晒干后，吃起来很苦。

腊月，又一场大雪，纷纷扬扬下了一天一夜，薯美美地睡在地窖中，悠哉，悠哉，好梦过冬。

南瓜的歌谣

我家的祖屋三面环山，一条小溪从房前流过。溪的那边是良田，良田层层叠叠，一直延伸到对面的山顶。溪的两边，前人用硕大的石块砌了三米多高的堤，以防水土流失。后来，祖祖辈辈生活在这里，这条小溪昼夜川流不息，养育着这一方人。

记得那年月，奶奶要在房前种南瓜，于是，父亲便在溪上搭了一个南瓜架。

溪上空的南瓜架全由杂木树搭成。只见父亲在溪上放上一根一根的杂木树，杂木树有五六米长，足以从溪的这边延伸到溪的那边，每根间距约六十厘米。父亲又在杂木树上铺了一层粗粗的树枝，以便南瓜藤蔓攀爬。

南瓜架搭成了，足有四十几米长，真够气派。

每年农历二月，奶奶便开始做种南瓜的准备。只见她先把坑挖好，然后倒上大粪，再掩上土。那些坑又深又大，一字儿地排在房前，很是吸人眼球。

奶奶选出饱满的南瓜籽，将它撒在装有细土的撮箕里，然后撒上一层干牛粪，再盖上一层薄薄的稻草，以便保温催芽。

山中春来迟，阳春三月才能见到桃花开。

南瓜籽出芽了，厚厚的像两瓣豆芽儿，这时，奶奶就将它们移栽到事先挖好的坑里。房前过往行人多，为了防止被践踏，奶奶用装木炭的篾篓罩在坑上，并在上面插上几根枝条以固定篓子。

南瓜出叶的时候，开始只是几片小叶，当凑近它时，就会看到叶上有细细的毛。

阳光天天照射，雨露夜夜滋润，南瓜叶柄变粗了，叶儿发青了，渐渐地，叶儿变得又圆又大。奶奶取掉篾篓子，开始给南瓜松土施肥。碰上几天不下雨，她便提着那只小木桶给南瓜浇水。她也将洗澡水储存在小木桶里，她说洗澡水可肥着呢。

渐渐地，叶片下面开始吐丝了，那丝细得像线条儿，有十几厘米长，有的像一把扬叉，有的自成圈儿。当微风吹来的时候，丝条迎风摇曳，就像嗷嗷待哺的婴儿在迎接归来的母亲。

藤蔓出来了，暖暖地伸了一个懒腰，来到南瓜架上。有的藤蔓像一个慵懒的懦夫，缠在架上止步不前，像是与世无争。有的藤蔓像一个永不停息的勇士，总是昂着头，一鼓作气，努力地向前伸展。那一排南瓜藤，好像都在南瓜架上竞相赛跑。

又见奶奶用那只小木桶，提来清尿和猪粪。她说清尿催藤叶，猪粪催南瓜。

每天清晨，我总是立在南瓜架边，看南瓜叶上沾着的清露。那时，只要你的手轻轻地一触那绿叶，露珠儿就会在叶面上滚动起来，好似唐代诗人韦应物的诗句："秋荷一滴露，清夜坠玄天。将来玉盘上，不定始知圆。"

"奶奶，怎么还不开花呢？"

"早着呢，你数着日子，再过十几天它就开花了。"

于是，我每天扯掉一张日历，等待南瓜开花。

一天，我突然发现了掩在绿叶下面的花蕾，黄黄的，细细的叶条儿像栅栏一样保护着花蕾。

第一朵花开了，形似喇叭花，黄色的花瓣，金色的花蕊，上面还沾着清露呢。我情不自禁高兴地叫起来。

“开花了，开花了，南瓜开花了！”

“别碰它，不要弄掉了花粉。”奶奶立即从屋里跑出来，我赶忙缩回手。

以后，南瓜花一朵一朵地藏在碧绿里，沐浴在初夏的南风中，静悄悄地开放。当清晨的第一缕阳光洒在南瓜架上的时候，南瓜花阔朗明快，鲜艳无比，让人陶醉。蝴蝶飞来了，小蜜蜂飞来了，它们停在花上。

最惬意的还是明朗的夜晚，月亮从山后升起来，露出了它的笑脸，微风吹来一阵阵的南瓜花香，我们一群小朋友聚在南瓜架边，开始做拍手的游戏。

“小蜜蜂，嗡嗡唱，飞来飞去采花忙。从早到晚不停息，采来花粉酿蜜糖。月儿光，亮堂堂，南瓜花儿香，傻姑婆婆楼上坐，针针线线绣鸳鸯。”

“傻姑婆婆绣鸳鸯”还真有其人其事。她是我奶奶的叔伯亲戚。傻姑婆婆出身于大户人家，同胞姐妹个个心灵手巧，唯独傻姑婆婆整天贪玩，啥也不学，啥也不会，所以大家都叫她“傻姑姑”。傻姑婆婆要出嫁了，一天，她突然坐在南瓜架边，仔细地观察南瓜花。后来，傻姑婆婆把自己关进木楼里开始绣花。她把花绣在鞋面上、鞋垫上，还绣了一个精致的荷包。她绣的南瓜花栩栩如生，真假难辨，从此，远乡近邻再也无人叫她“傻姑姑”了。

奶奶说，只要专注地做一件事，傻子也会变得聪明起来。

有一天，我看见一朵南瓜花低下了头，一副没精打采的样子，好像一个萎靡不振的小姑娘，我不免怜香惜玉起来。

“南瓜花病了吗？”我问奶奶。

奶奶告诉我，南瓜一边开花一边结果。雄花授粉，雌花结果。结果的花枯萎得早一些，因为它把营养都供给了果实。

奶奶还说，人有“三十而立”的时候，也有归去的那一天，就像南瓜花一样。

我喜欢驻足在南瓜架边，南瓜的藤蔓爬满了整个南瓜架，把小溪遮掩得严严实实，硕大的叶片直立向上，像一把撑开的绿伞在微风中摇曳。一场小雨过后，碧绿滴翠。那绿，奇异、醉人。清晨的一抹阳光倾斜下来，流进金光荡漾的绿波中，晚来的南瓜花仍然袅娜地开着，好一幅绿的美景。

南瓜一天天地长大。

盛夏，我来到南瓜架下，站在小溪中，任溪水从脚底下静静地流淌，一阵夏日的清凉注入心田。磨盘形的南瓜清一色地卧在枝条上，有的耐不住寂寞，从南瓜架下探出头来，悬吊在瓜架下面。人站在溪水中，抬头眼望，绿叶青瓜，低头水上，静影沉璧。

南瓜很嫩的时候，谁又舍得将它摘下来作为美餐呢？只有等它长大成熟的时候，那才是“小菜半边粮”呢。一次，父亲从小溪中捞上一碗小虾子，嘴馋的我央求着奶奶说：“奶奶，嫩南瓜丝炖虾子最好吃了。”

“好吧，吃一个吧，尝尝鲜。”

小虾米炖嫩南瓜丝美味极了，可是在我儿时的记忆中，仅有那么一次。

一个姓刘的孤儿住在山那边低矮的小屋里，南瓜还远远没有成熟之前，他就隔三岔五地来我家，每次，他都要在南瓜架边站一会儿，南瓜长大了，奶奶总是对他说：“想吃南瓜了吧，抱一个回家吧。”于是，奶奶毫不犹豫地从南瓜架上摘下一个送给他。奶奶告诉我，那孩子无父无母，很可怜。

秋风吹走了南瓜架上的绿，花儿凋谢了，南瓜藤枯萎了，南瓜像是脱去了绿色的外衣，换上了黄色的外套，显得更加厚重和成熟。这时，一个个成熟的大南瓜横七竖八地躺在南瓜架上，宁静的夜晚，南瓜不说话，静静地眠在月色中。

南瓜丰收了，奶奶一个一个地摘下来，那一堆南瓜，几乎占了大半个屋子，左邻右舍都来分享，这时，奶奶脸上的笑容像一朵绽开的南瓜花。南瓜被摘走了，空空的南瓜架如同一位养育了众多儿女的母亲，孩子们远走了，她则成了空巢老人。

整个冬天，南瓜是我们的主菜，也成了我们的主要粮食之一，填饱了我们的肚子，也救济了那个时代的我们。奶奶还将南瓜籽晒干，送到收购站换几个买盐钱。过年时奶奶给我们的两毛压岁钱，也是由平时省下来的南瓜籽换来的。

如今，房前的南瓜架上还有几根摇摇欲坠的杂木树条孤零零地横在小溪上，那一片绿却无影无踪了，唯有小溪唱着南瓜的歌谣，昼夜哗哗地流淌。

老宅

我的家乡刘家山，位于张家界慈利县境内，与常德市的桃源县交界。连绵起伏的武陵山脉贯穿凤凰、吉首、古丈、张家界、常德，因此，刘家山当时是一条重要的交通要道。

我常常想起我儿时曾经住过的老宅子，那里，有我儿时的诸多回忆。

房子一色的青瓦，一色的木柱、木壁、木门、木窗。

听我父亲说，我的叔爷爷无儿无女，他见我父亲勤劳忠厚，于是，将他的那套老屋传给了我的父亲。

房子坐落在群山环抱之中，四面绿树掩映，前面小溪环绕，春天鸟语花香，夏天凉风习习，秋天天高气爽，冬天银装素裹。

房子的前面有一条长廊，长廊与房子连接在一起，上面盖着青瓦，木柱都是酸枣木，立柱之间衔接着光滑的杉木板凳，这就成了来往过客的歇息之地了。长廊的西头还有一套石碾，附近的村民都喜欢来这里碾米，或者碾甜高粱渣熬糖。

老宅中间有一个天井，天井两边各有三间正房，客厅在天井的正后面，也是供奉祖神的地方。

房子的西头（天井的右边）是一个店铺，店铺全是木地面。20 世纪 50 年代初，政府实行公私合营的政策，公派一对膝下无儿无女的夫妇经营店铺，经营煤油、火柴、盐、烟酒之类。店铺的后面是这对中年夫妇的客厅、厨房和卧室。

房子的东头（天井的左边）是奶奶的卧室，奶奶的卧室与店铺呈一水平线。奶奶卧室的后面是母亲的卧室，接着便是厨房。

店铺和奶奶的卧室之间有一个大槽门（门槛），大槽门很宽，站在槽门边，内面的一切一目了然。进了槽门之后，在天井右边的拐角处，是店铺主人的房门。奶奶卧室的房门在天井左边的拐角处。

天井的左边有一个舂米的杵臼，平时用于舂米，逢年过节时用来打糍粑。

从常德来的脚夫，常常挑着茶叶、布匹、陶瓷等货物，前往大庸（今张家界）、凤凰、桑植、辰溪和怀化贩卖，他们都必须经由常德、河洑、漆河、黄石，然后从孔家裕到刘家山，这就必须从我家（刘家山）的长廊里经过。因为对他们来说，从刘家山上枧潭、溪口，再上大庸，凤凰、桑植、辰溪和怀化，是一条抄近的路。那时，辰溪、桑植、凤凰、大庸的桐油、木子油和蜡一般都是销往常德，因此，上上下下好几百里，我家的长廊成了必经之路，那时，来来往往的过客络绎不绝。

我喜欢长廊，长廊里所发生的一切，在我儿时的记忆中，曾留下了不可磨灭的印象。

夏季，果子成熟了，总有人挑着一筐筐的桃子、李子、枣子或者梨子，一路大声吆喝着走过来，到了长廊，便是他们的买卖最好的时候了。尤其是熟透了的桃子，大大的、红红的，孩子们见了馋涎欲滴，总要扯着大人们的衣角央求着："买一点儿吧！"

拗不过孩子的时候，大人们就从罐子中搜出几个银毫子儿（硬币）将他们支走，要么就从一层又一层的布包中拿出一毛钱亲自去讨价还价。

中午或者下午时分，货郎鼓儿"咣当咣当"地响。

"货郎来了。"

女人们从屋子里跑出来，孩子们蜂拥而至，整个长廊热闹起来了。女人们叽叽喳喳，一面评价货物，一面问这问那，都想挑选既便宜又合心意的货物。担子里面的东西可多了，有针、棉线、丝线，有小木梳、小圆镜、扣子等，还有扎头发的细塑料丝，细塑料丝一卷卷的，各种颜色都有，女人们喜欢用来扎头发。那些年轻的姑娘，有的买梳子，有的买小圆镜，有的只扯了扎头发的细塑料丝，或者买一个小小的发卡。未出嫁的姑娘挑选“赤橙黄绿青蓝紫”七色丝线，准备绣一个荷包送给未来的郎君，或者绣一双花鞋留着出嫁时穿。中年妇女青睐针和线，还有顶针，因缝缝补补的时候，这两样是缺一不可的。被折腾了老半天后，货郎要起身了，大家还拉扯着担子问个不停：

“下次几时来呀？”

“下次要多带一些货啊。”

光着屁股的小孩子扯着泥腿儿，追着“咣当咣当”的拨浪鼓撒欢儿地跑着，硬是把货郎送得老远老远才肯罢休。

长廊里除货郎的到来之外，还有挑灯草的人常来常往。灯草的一头被扎成朵儿，朵儿就像白色的玉兰花，朵儿下面飘着长短不一的灯草，挑灯草的人手里举着灯草朵儿，每走一步，朵儿下面的灯草就会在他的胸前飘来飘去。卖灯草的多半是老年人，有的是长着白胡子的老爷爷，因为灯草很轻，乡里人常常形容某某人很瘦，就说瘦得只能挑灯草。我奶奶就常常劝我：“多吃点饭，不要挑食，不然就会长得瘦瘦的，长大了干活儿没力气。”她看着我，笑嘻嘻地又补充一句：“呵呵，那时就只能挑灯草了。”

我常常看见奶奶小心翼翼地将扯来的灯草用布包好，放在我们小孩儿够不着的地方。我知道，灯草很珍贵，在漆黑的夜晚，它能照亮黑暗的一角。

我们一家人都好客。那些挑桐油的、挑茶油的、挑菜籽油的、放鱼儿的脚夫，常在我家长廊里乘凉，我常常看见他们满头大汗，担子放下后还在不停地喘着粗气，不等他们开口，奶奶早已从家里提出一壶凉茶招待他们，奶奶常说：“来的都是客。”

偶尔唢呐吹响，迎亲队伍沿着小路而来，花轿在我们的长廊里停下，那些因翻山越岭而汗流浃背的轿夫上气不接下气，趁他们歇息的时候，人们一下子围上来要看新娘子。媒婆摇着扇子守在轿边，不时地用扇子赶着掀轿帘的人，可是那些年轻人和小孩子哪顾得上这些，他们嘻嘻哈哈地摇着轿子，扯着帘子，嚷嚷着要看新娘子，无论媒婆看得有多紧，我们还是看到了轿子里羞答答的新娘。唢呐又继续吹响，轿子被抬走了，我们目送了好远好远，又期待着下一位新娘的到来。

晚上我是不会去长廊的，更不敢单独一人在长廊里纳凉，除非大人们陪着。因为人们传说，夜间常有“赶尸”的人经过。我从未见过，只是听长辈们讲鬼故事的时候说过。

天井全是由宽而厚的大块石板砌成的，如果老天久晴不雨，天井无水，石板也是光滑滑的。我常常在天井里玩耍，仰望头顶上蓝蓝的天，数着天上悠悠飘过的朵朵白云，惬意极了！冬日的早晨，只要我一醒来，就会立刻跳下床揉揉惺忪的眼睛，来到天井边沐浴着从天井上方洒进来的和煦的阳光，那时的全身啊，暖烘烘的。炎热的夏日，一阵雷鸣电闪之后，大雨倾盆，我望着从天空中倾泻下来的瓢泼大雨，听着顺屋檐四角急速而下的“哗哗”的雨声，情不自禁地拍着手，跳着蹦着。一阵大雨过后，天井里的水就渐渐地不见了。

“咦，水去哪儿了？”我很纳闷，不得其解，忙问奶奶，她笑着对我说：“自己观察吧。”

如果久雨，天井就会长一层薄薄的青苔，那时，我不会轻易地下到天井玩耍，因为那儿很滑。

人们常说，“水井里的青蛙只能看见簸箕大的天”。我家的天井就不一样了，晚上，我能看见眨眼的星星，看到如钩的弯月。我听说过“嫦娥奔月”的故事，也听说过“天狗食月”的故事，我更知道碰到天狗食月时，全村老少要鸣锣，否则，人间永远一片黑暗。

除了天井，房子的东面还有一个院子，院子很大很大，和奶奶的卧室、母亲的卧室、我家的厨房是连接在一起的，从母亲卧室的后门可以进出院子，厨房的后门也是连着院子的。院子的后面是一座高高的山。院子里有一大块菜园，靠近前面的人行小路两边用木栅栏围着。栅栏上爬满了牵牛花，一朵朵真像小喇叭，我常常把它们摘下来当作喇叭吹奏。我喜欢看菜园子里的黄瓜花、苦瓜花。黄瓜花黄黄的，苦瓜花也是黄黄的，它们顺着藤儿开放，在太阳的照射下像金子般闪闪发光。南瓜花也好看，但藤蔓上有细细的毛，扎在手上痒痒的，因此，我只观赏从不摘取。

院子里的花可多了，春暖花开，桃花簇簇，梨花满树，香气怡人，行人路过的时候，都会停下观赏，然后不舍地离开。

院中还有一棵插柳树（当地俗称），插柳树靠近山边，有山茶树那样高，叶儿青青的，树上开满了白花，我常常立在花前观赏，有时摘下一朵，趁母亲梳头时悄悄地插在她的头发上，待母亲发现时我已笑着跑开了。

我喜欢院中的狗尾草，常常从草丛中拔出一根根狗尾草，将它们连接起来插在头上，像两条小辫儿搭在肩上。

我喜欢在院子里看空中飞来的小鸟，有衔泥的小燕子、叫喳喳的喜鹊、栖息在枝条上的画眉。

我也喜欢看在院中自由飞翔的蜻蜓，薄薄的翅翼，晶莹透亮，它们时而低飞，时而高飞。我们常常在竹竿儿的一头儿扎一个圆圈，网上蜘蛛网后捕捉蜻蜓。

我不喜欢在院子里捉虫子，尤其是蜈蚣，蜈蚣的毒很大。最可怕的是蛇，它们藏在草丛中，常常从我的身边溜走。瞎子蛇看不到周围的一切，但它会在要道上吐一根丝，只要丝一动，它就会立即袭击。菜花蛇是不伤人的，但我看到它还是很害怕。

不知何时，也不知何因，院子里的那棵大梨树被砍倒了，春暖时，满树的梨花不见了，夏天，也见不到枝条上沉甸甸的梨了。以后的日子，只要我去院子里，总要在被砍倒的梨树边停一会儿，偶尔也把树渣拾成一堆，然后瞧上一会儿再走开。

后来搞大集体，我们一家和其他住户全迁到一个集中点定居下来，我们住在蔡家墉姑姑家。

几个月后，我们从集中点搬回原地，可是老宅子没了，政府给我们安排了住房，那时的我还没有上小学。

难忘山村圆月夜

我喜欢月，更喜欢山村有月的夜晚。那时，我们坐在房前，看月亮徐徐地从东山升起，听小溪中的水流唱着自然和谐的旋律，我的心中无不感到愉悦欢畅。

我对月情有独钟，我感恩皎月。

记得小的时候，我们一群小伙伴吃过晚饭，顾不得父母们的唠叨，便聚集到禾场上，在月光下尽情地玩耍，捉迷藏、捉羊羊、找朋友，这些都是我们最喜欢的游戏。收割的季节到了，禾场上堆满了谷堆，谷堆上有谷盒子按上的石灰印，为了不破坏石灰印，我们绕着谷堆追赶，将早晚放牛的劳累，将在学校学习的紧张情绪，一齐淡化在月色中。禾场上充满了我们的欢乐，那笑声、歌声，久久地回荡在夜空。禾场就像一个欢乐的海洋，任由我们自由地畅游，我们都不记得要回家，直到家中大人来到禾场将我们一个个领回去以后，禾场才安静下来，那时的禾场，悄无声息地躺在夜幕里，与明月相伴。

难忘夜半的山村月。

山村的月夜幽静而深沉，除了牛铃声和远处传来的一两声狗叫声，一切都在睡梦中。

记得那一夜，我躺在装粮食的木柜床上，月光从木格子窗口爬进来，落在房间里，落在蚊帐上，房间里亮堂起来，原本被炊烟熏得漆黑的蚊帐一下子也似乎明了起来，月色使得我睡意全无，我轻轻地坐起，轻轻地掀开蚊帐，轻手轻脚地开了门，欣赏山村月夜的美景。

一轮明月高高地悬在空中，地面上像落了一层薄薄的银霜，四周的群山沉睡，屋顶上的青瓦灰白相间，收割后的稻田里，遗留下来的稻蔸子依稀可见，你能辨别出蔸与蔸之间的距离。

淡淡的月光泻在溪水里，溪水泛起层层涟漪。溪堤上那几棵错落有致的大柳树上，树叶也像是着上了霜色，月夜如昼，四周静悄悄的，只有我的呼吸声流响在静夜之中。

月，游在云层之中，一会儿钻进云层，山峦暗淡起来，一会儿又从云中露出来，村庄便又明朗起来。

我的心随着月游走，生怕从云层的某一处蹿出一只天狗，因为我听大人们说过天狗食月的故事，他们说天狗食月后，大地一片昏暗，村民们必须敲锣打鼓、燃放鞭炮，才能吓走那只恶狗，追回月亮。我虽然不曾亲眼所见，但我恨死天狗了，我心中暗暗祈祷，祈祷今夜的月不要被天狗食了去。

“月，你为什么这么圆？如果奶奶看到了，她又会有心思的。”因为奶奶有好几次在月圆之夜坐在房前，久久地仰望天空，然后默不作声，我知道，她在思念已故的爷爷。

奶奶告诉我，她十几岁的时候就和爷爷结为连理，男耕女织，相敬如宾，可是好景不长，我的父亲还不到十岁的时候，奶奶生了大病，在奶奶卧床不起的时候，爷爷又被捆走当壮丁，从此杳无音信。

每年的八月十五，奶奶总是自言自语地说：“要是你爷爷还健在就好了。”这时，我的心里也是酸酸的，我从未见过爷爷，我也想念爷爷。

“八月十五月儿明呀，爷爷为我打月饼呀，月饼圆圆甜又香啊，一块月饼一片情啊。”每当听到这首歌时，我的眼里总是噙着泪水。

一丝凉风吹来，树叶飘动，我静静地坐在那里，望着空中的月，望着游走的云，浮想联翩。

我想，要是天上人间，人圆月圆，那该多好啊。

月儿渐渐地偏西了，天空也渐渐地暗了下来。

“月亮该落了。”我注视着西边，看到明月缓缓地从西山落下去。

我起身回屋，踩着用砖头搭的木桥板，爬上了装粮食的木柜床，发现奶奶醒着，只有小妹妹发出的鼾声。

夏夜

暮色还未降临，西边的晚霞早已蒙上一层面纱，似少女羞答答地飘然而去。停息在梨树上、枣树上、柳条上的小鸟，早已收住歌喉，归巢栖林。由于白天烈日炎炎，地面上还冒着一层热气，这热气慢慢升腾，使人感到浑身热辣辣的，赤脚踏在地上有滚烫的感觉。收工了的人们正急匆匆地往家赶。女人们手提锄头，背上背着一大背篓猪草，她们弯着腰，气喘吁吁。这猪草是她们趁中午队上休息的时候，在路边、山边和地里扯来的，她们除了出集体工外又捎带做了自家活儿，可谓一举两得。男人们的负荷更重，压在他们肩上的除了一担木柴还要加上一捆牛草。牛铃儿叮叮当当，和着“哞哞”的声音，似乎在弹奏着一首美妙动人的乐曲。牧童们正赶着大黄牛、老水牛、小牛犊缓缓而来，他们将牲口赶进牛栏，丢上一捆草，插上栏闩，然后去门前的小溪，泡在水中，让哗哗的流水冲洗满身的汗水，冲洗全身的污泥和灰尘。

暮色渐渐降临，已辨不清远处的人影，只有走到跟前才能认出谁是谁家的人。

家家户户相继冒起了炊烟。张家的女人从溪边打上一桶水，顺带洗几根黄瓜，摇着尾巴的大黄狗也尾随着她进进出出，她在准备晚餐了。用黄泥巴垒起来的灶可大了，灶上安放了两口生锅，一口供烧水煮饭炒菜用，另外一口储存洗碗水，用作涮锅。灶洞很大，可填很多的柴，女人先用干柴做引子生火，然后再添上湿柴，因湿柴没有火力，点燃了又灭了。家中彼此相差一两岁的大毛、二毛、三毛、四狗、五妹和六宝，由于肚子在“战鼓擂”，也奔至灶边望着锅里。

“走开，别凑热闹。”

随着严父的一声呵斥，孩子们一声不响地离开了。许久，被油烟熏得漆黑漆黑的四方桌上摆上了八大碗菜粥，放上了八双用自家山竹削成的竹筷，女人忙着招呼：“吃饭了！”没有应声。

“孩子们呢？”女人心里嘀咕，出了灶房，女人发现孩子们横七竖八地躺在凹凸不平的地面上睡着了。因为地面潮湿凉快，所以孩子们一躺地上就困，尽管蚊子从他们身上飞来飞去，他们也只是在梦中拍拍小腿，抓抓小脸罢了。现在他们一个个被推醒，拉至桌边。房子很暗，只有灶台上点着一盏小油灯，发出微弱的光，孩子们争着吃饭，享受着这美好的时刻。

刘家女人怀了十二胎，仅存活五儿一女，由于偏远山区缺医少药，其中两个孩子也因病落下了不同程度的残疾。这家只有一间瓦房，挂着黑黑的蚊帐的两张简易床占了房间的大半空间，小小的窗户下面是一个四四方方的火坑，冬天用来烧火取暖，夏天可以熏烟驱蚊。在房子的旁边，搭建了一个不到三米宽的简易灶房，仅用几根杉木条支撑着，为了防雨，上面盖着厚厚的茅草。

“洗澡了。”女人大声呼叫着。灶房的后门边放着一个大而笨重的木盆，后门与山仅几步之遥。第一个孩子洗毕，第二个孩子接着又跳进澡盆，一个接着一个。同一个澡盆，同一盆水，同一块洗澡布。孩子们的洗澡水被女人倒进便桶留着第二天浇菜肥地。家中那个八十几岁因中风瘫痪在床的老人，由男人背出来，等女人帮忙擦洗完毕后再由男人背回床边。孩子们趁这个机会悄悄地溜出去了，女人收拾停当也架起了纺车，纺车“吱呀吱呀”地响，忽然，女人眼睛闭了，纺车停了，线断了，女人猛一惊醒，又开始纺起线来。在同一盏油灯下，男人在编织草鞋，由于技术不过关，男人常遭女人嗔怪：“你只想着队上的事，要不是孩子们的外公帮忙，我连像样的草鞋都穿不上，嫁给你我算是倒八辈子霉了。”女人说完又心疼地给男人倒来一碗茶。男人知道他的女人是刀子嘴豆腐心，望一眼后又专心地干起活儿来，稻草不听使唤地在他手中被拧成绳。

“把亮放小一点，灯芯缩短一点，像你们这样该要耗多少油和灯草啊！”在黑暗中的老人发话了，她叹了一口气，还是静静地坐在床上。女人和男人都没有吭声，也没有按照老人说的去做，一切又恢复平静，只有黑暗中的猫朝着老鼠出没的地方蹿来蹿去搜寻它的猎物，偶尔“喵喵”几声。

这个队有十一户人家，有五户各立山头，其余六户的房子相距较近，都是沿小溪而建。溪的上游是一个榨油坊，远近的人都把茶籽、菜籽、桐籽送到这里碾榨取油。顺小溪而下半里地，便有相邻的四户，对面山上住着刘家，溪下游还有一户人家，大队部和生产队的禾场也就设在离这几户不远的山边。

月亮出来了，像是给周围的群山镀上了一层银辉，也给晒谷场洒上了淡淡的月光，禾场上堆着白天没有晒干的谷子，晚上，这里成了孩子们最好的“游乐场”，那东边的、西边的孩子，南边和北边的娃一起会聚在这里玩着“捉羊”的游戏。他们排着长长的队伍依次拉扯着衣服，最强壮的、个子最高的孩子站在队伍的最前面，他在尽力挡住“狼”，以防“狼”捉他的“羊”。“狼”很凶，左右夹击，致使长长的队伍不由自主地左右摇摆，突然一不小心，“狼”就捉住了排在队伍最后的那只“羊”，于是被捉住的那只“羊”又扮成“狼”，随着角色的变换，叫声、喊声、欢笑声，划破了宁静的夜空。他们有时也玩“丢手绢”的游戏，但很少“捉迷藏”，因为无处躲藏，要不只有藏在树林子里，但那是孩子们不愿做的事，因为他们还是怕夜晚蹿出一只狼。

月亮又从云朵里钻了出来，大人们也习惯性地坐在一起纳凉聊天。为了驱蚊，他们的旁边熏着一堆谷壳加几把艾叶，艾叶的清香随着弥漫的烟雾慢慢升腾，周围的人渐渐地聚在一起。有时做农活儿也不穿上衣的男人们在晚上更是光背赤膊，他们的嘴里还不停地说着“今天好热啊”。

只见五十多岁的李婶提着一把椅子在人群中坐了下来。李婶个子不高，很肥胖，汗淋淋的，她好像刚刚忙完活儿，于是，她也干脆脱掉上衣，一手抓痒痒，一手摇着破旧的蒲扇，坐在大伙儿的旁边，一副旁若无人的样子。

“今天的确连一丝风也没有。”坐在旁边的刘嫂应和着，怀中吸奶的孩子时而把她的奶头拉得很长很长，刘嫂的嘴里不时发出“哎哟哎哟”的叫声，也免不了用手轻轻掌儿下怀中孩子的小嘴。张爷爷的旱烟袋束在腰间，嘴里叼着长长的竹烟管，“吧嗒”吸一口后又吐出一口烟，他是长者，大家很尊敬他。

人们的话题万变不离本行，有人建议，田里的稻子长虫了，明天要开工捉虫。

“四合一种子不高产，岗上的那丘田去年亩产只有四百多斤。”队长总结道。

“久晴不下雨，刚出穗儿的玉米干枯了，老天爷不会不睁眼吧。”有人抱怨着。

他们也叙家常，谁家的媳妇临产了，大家要准备鸡蛋。单身张大伯病倒了，得安排人去抓药或请郎中……

他们就这样一直说着话儿。

月亮高高地悬在空中，银光泻在山村，泻在树林，泻在溪水上，使山村的夜不是白昼胜似白昼。人们头顶星空，披着月光，坐在瓜棚边，听着潺潺的流水，释放着一天的疲劳。

夜深了，大家还是不愿离去，因为他们懂得，哪怕是静坐在一起，也是一种人心的默契，也是一种凝聚力的汇成。

月儿渐渐西坠，星星也渐渐隐去，人们也陆陆续续地回屋。

大山沉默，山林静悄悄，路面上过来一个人影，大声地咳嗽了一声，一只狗“汪汪”叫起来了，远近的狗也跟着“汪汪”叫起来，人影远了，叫声也停止了。

夏夜，整个村庄万籁俱寂。

心中的那份秋思

夜，我立在高高的阳台上，遥望天的那一边，“悠悠天宇旷，切切故乡情”，我想起了家乡的秋。

秋天是萧瑟的，秋天是清高的，秋天是孤独的，秋天既伤感又无奈，然而，家乡的秋天是浪漫的。

最美不过秋霞。

清晨，家乡人迎着霞，踏着晨露，走进秋天。他们闻着山桂的飘香，听着入秋的蝉鸣，开始了一天的劳作。山坡上的高粱红了，地里的大豆香了，满园的瓜果熟了，田里翻着滚滚稻浪，光灿灿如金浪涌波。一山一山的油茶果，如霜枫，如玛瑙，醉了人们的双眼。丰收在望，乡亲们的脸笑得像一朵朵绽开的山茶花。每年的这个季节，他们总是沐一身红的朝霞上山，挑一担红的茶果下山。每年的这个季节，山山茶树青绿绿，树树茶果沉甸甸，摘油茶果的时候，乡亲们在油茶树上放声歌唱，首首山歌，情思绵绵，也正是在这个季节，土家族的山歌在人们摘油茶果的季节被传承下来。

“白露收残暑，清风衬晚霞。”我想起了秋后的夕阳。

每当夕阳西下的时候，“树树皆秋色，山山唯落晖”。天边的那一抹晚霞辉映大地，五彩缤纷。夕阳映在山坡上，坡上的牛群优哉游哉地啃着还未来得及枯萎的青草。蓝蓝的天，淡淡的云，牧童摘下一片树叶，衔在嘴里，吹起了牧歌，木叶声声，歌谣动人。

斜阳衔山，晚霞如血，夕阳的余晖洒向大地，将整个村庄染成金黄。

炊烟在夕阳下缭绕升腾，蜻蜓渐渐收住翅翼，百灵即将栖树归林，田野村庄，山林小溪，忙忙碌碌的人群都笼罩在夕阳的余晖里。在夕阳的映照下，一幅“落霞与孤鹜齐飞，秋水共长天一色”的秋画尽收眼中。

秋水时至，“寒山转苍翠，秋水日潺湲”。

记得立秋过后，我们总是在房前的小溪中戏水玩耍，摸鱼抓虾，一双脚丫长期浸泡在溪水中，这时父辈们就会大喊：“还不快上来，立秋水冷三分，那样会受凉的。”大人们一遍一遍地喊，喊声和我们的嬉笑声在秋水中荡漾。

不过随着秋的到来，山中的泉水倒是渐渐地暖和起来了，因为山间的泉水冬暖夏凉。那时，我们一群小玩伴，隐进山林，掬一捧温温的泉水，听着泉歌，顺着泉流，奔跑在山野之中，洒下一湾的欢歌笑语。

“秋风萧瑟天气凉，草木摇落露为霜”，习习秋风送来阵阵凉意，谁又能忘记那秋风敲竹、万叶千声的诗情画意呢？入夜，我常常听见秋风来了，从远处来了，渐渐地，村后的竹林开始窸窸窣窣，摩出一首首纤歌。秋风绕过山林，秋风飘过溪水，秋风经过房前的枣树梨树，秋风敲门，一阵接着一阵，秋风问窗，一阵紧似一阵。有时，它又轻柔得像一位少女的纤手为你拂面，有时，它又像一支催眠曲将人们送入甜甜的梦乡。第二天清晨，又添了一层衣服的人们清扫着庭院的落叶，望着飞来的大雁，听着栖在油桐树上的蝉鸣，喃喃自语：“秋，真的来了。”

“天凉好个秋！”大家都这样说。

我不忘家乡的绵绵秋雨，潇潇而下，飘飘洒洒，满天飞丝，清洗大地，清洁万物。我喜欢听窗外的雨声，滴滴答答，落在青石板上，淅淅沥沥，划过如诗的岁月，就像给如画的金秋配上一支动听的交响乐。那时的我们背着竹夹书包，戴着纸糊的斗笠，大手拉着小手，攀爬在山道上，一顶顶的斗笠就像一朵朵蘑菇在山中时隐时现。

秋夜，天高露浓。我不忘挂在村头树梢上的那轮秋月，有时它像一棵嫩芽，破土而出；有时它像一条弯弯的小船，在银河中荡漾；有时它又像一个玉盘，让伊人在花好月圆夜独倚楼，“一种相思，两处闲愁”。夜不能寐的时候，我常常搬一把小木椅，来到屋檐下，坐在长有青苔的台阶上，仰望夜空，看着秋月从天边冉冉升起，而后又静静地挂在空中。看着它时而藏进云层，时而又露出笑脸。那夜，我静静地聆听着秋天的寂静，听着落花的声音。偶尔牛栏里传出几声清脆的铃儿叮当声，秋虫也一起和鸣。一声夜莺的鸣啭，惊醒了沉睡的山林，也打破了夜的宁静，那时的我，陶醉在浓浓的秋夜中。

“东莞有秋吗？”我常常问自己。身在异乡，乡愁的情结，千丝万缕，萦绕心头，我寻寻觅觅，寻觅那份秋意。

记得一次晨练的时候，我在中心广场的小树林里，瞧见一位大叔正弯着腰像是在捕捉什么，走近一看，原来他是在为镜头寻找几片落叶，我明白了，大叔是在寻秋啊。大叔是北方人，他见到我便滔滔不绝地赞美起北方的秋来，什么枫叶红林，什么黄叶金地，临走时，大叔还在自言自语，也像是告诉我：“北方的秋美不胜收啊。”

大叔的举动启迪了我，次日一大早，我便从鸿福路口搭乘10路公交车，带上相机，来到了东莞植物园，寻找落叶，寻找我心中的那份秋思。

一进植物园，看到的是碧水蓝天，柳绿花明，青青的小草像一条绿色的毛毯铺在地面。园中有许多挂牌的名树古木，叶儿绿油油的，我生怕有风吹来，生怕那绿从叶儿上滚落下来。黄槐开着花，花儿黄黄的，实在惹人喜爱。有着五瓣花的异地木棉还未开花落叶，可这哪里有秋的景象啊，这里是春天，绿意盎然的春天，正如人们所说，位于珠江三角洲的东莞，一年四季如春。

我继续在园中慢慢步行，终于发现有一棵秋枫，树上有几片稀疏的黄叶，地下全是落叶。我又满怀希望地兜兜转转许久，才发现在园中仅此一棵而已，再也找不到它的同类了，我忽然明白，这种现象是因阳光或水分不足而造成的。

我拾起一片落叶，还有一朵凋零了的异地木棉花，仔细地看了许久许久，然后小心翼翼地把它们带回家。

“天之于物，春生秋实。”我思恋家乡的秋，家乡美丽的秋。

夜，我立在高高的阳台上，遥望天的那一边，自语“今夜月明人尽望”，焉能“归卧故山秋”？顿觉一阵惆怅，秋思缠绵。

第二辑　时光剪影

萦绕在心域中的那根红头绳

一日，我坐在医院的走廊里候诊，一位老太太朝我走来，我挪动了一下座位，让她在我旁边坐下。老人没有说话，只顾翻阅病历本。我仔细地打量，老太太许是到了古稀之年，着一件花衬衫，头发剪得很短，短到齐耳根，她用一个黑色的小卡子卡住了刘海，一根二尺多长的红头绳在她的那束头发上绕了好几个圈，还打了一个似小花的结子。

“啊，红头绳，老人的头上扎着红头绳。”我的眼睛亮了起来。

对于红头绳，我甚是喜欢，小时候，用红头绳扎头发对我来说是可望而不可即的事。

记得很小的时候，我扎着两个小辫子，辫梢儿上总缠着一根有绿叶的细细的青藤，有时也把紫云英（红花草）辫在头发上，奶奶见了我总是哭笑不得，她常常打趣说：“都装成小妖精了。”

有时候，我悄悄地把母亲装针线和碎布条儿的陪嫁竹篮翻出来，在篮子里寻找扎头发的碎布条儿，可每次都令我失望，篮子里除几块旧布以外，再也找不出一条比较新的布条儿了。

我家旁边住着一位裁缝，每当我经过他家门口时，总要在那里停留一会儿，看到裁缝师傅用剪刀“咔嚓咔嚓”地剪裁新布的时候，我更是舍不得离开，尤其是当我看到剪裁下来的多余的带花的布条儿时，我的心里痒痒的，眼睛亮亮的，我多么希望那布条儿在落下来的那一刻掉到我的手中，然后我把它扎在我的头发上。

裁缝家有两个女儿，姐姐的名字叫金花，年龄和我接近，妹妹的名字叫银花，我们常在一起玩耍。

“花，给我一根新布条儿吧，我可以陪你玩哦。”不知谁在跟大姐姐做交易。

“花，也给我一条，今后我家里如果有好吃的，我一定先给你。”我们几个小伙伴把金花拉到一边央求着说。

“不行啊，我爸看得紧，爸说多余的布要随着做好的新衣服归还给主人，哪怕细细的布条儿。”

其实，花说的这些理由我们都清楚，几尺布，做多大一件衣服，还剩多少布和多少细布条儿，顾客心里是清清楚楚的，每当她们取新衣服时，总要先看一看还剩多少块碎布。

为了讨好花，砍柴时我们帮她捡柴背柴，扯猪草时我们主动把扯来的猪草分给她一部分，在玩“种棉籽”的游戏时，我们都让着她，花终于被我们的真情感动了。

一天，她从家里偷出了一些新布条，高高兴兴地给我们每人一条，看到那些一寸多宽，一尺多长的布条，我们大伙儿乐坏了，尽管是青色和蓝色，但毕竟是新的。可后来花挨了骂，还挨了打，我们一群小伙伴很是过意不去，从那以后，我们再也不敢向花要新布条儿了。每当我从裁缝店路过的时候，我就想起了金花挨打的事，用新布条儿扎头发的梦从此泯灭了。

那时常有货郎下乡，“咣当咣当”的拨浪鼓儿一响，货郎便远远地从田埂上走过来，径直来到我家门口，左邻右舍的妇女小孩纷纷赶来，女人们挑选针和线，孩子们看稀奇。一次，我们在货郎担里看到了一种细细的、圆圆的空心塑料管，当时我们都叫它“电丝”。用电丝扎头发很时尚，因为电丝有红的、绿的、淡黄的，各种颜色都有，扎在头发上，比起旧布条可好看多了。

那天，我守在货郎担旁边不愿离开，母亲似乎看出了我的心思，便用几分钱给我买了几尺电丝，我把电丝扎在辫子上，觉得自己好神奇。后来，我的小伙伴们都用电丝扎着辫儿，有的扎着红色的，有的是黄色的，有的是粉色的，进了山，我们就像一群花蝴蝶飞在草丛中。

有一年，村里放了电影《白毛女》，唱词几乎家喻户晓，我们都能唱上几句："人家的闺女有花戴，我爹钱少不能买，扯上了二尺红头绳，给我扎起来。"

红头绳成了我的念想。那天夜间，我做了一个梦，梦里母亲不知从哪里买来红头绳，比喜儿的还要长，我喜极而泣，对着圆镜认真地扎起来。我先将辫子梳好，然后将红头绳一圈一圈地绕在辫子上，红头绳越来越红，好看极了。母亲在一旁笑着，我也笑着。突然不知何故，红头绳一下子断了，辫子也散了，再后来，红头绳不翼而飞，母亲也消失了，我悲痛欲绝，痛哭流涕。

醒来之后发现自己泪流满面。那时，用红头绳扎头发对我来说就像一个梦，可遇而不可求。

现在，看到老太太头上扎的红头绳，我真想自己有两条长长的辫子，辫子上扎着红头绳，过一把瘾。但，留在我头上的那稀疏的头发，皆已悄然变白。

呜呼，童年已逝。

飞机在天上飞

“二喜看见鸟在天上飞，他想人比不上鸟……”

琅琅的读书声从教室里传来，我们几个孩子坐在长凳上，大声地、机械性地重复着课文中的句子，老师用那根又长又粗的竹教鞭不断地敲打讲台，以暗示我们要大声地读下去，不要停止。课本中的文字启示了我，我想到了鸟，想到了天空，视线不自觉地从书本移向窗外。

木窗户是敞开的，我可以透过窗户看见湛蓝的天，游走的云，也像二喜一样能看见鸟儿在空中自由地飞翔。我的心野了，我的心飞了，我羡慕鸟，妒忌鸟，更加崇拜鸟，我想，人要是能像一只鸟那样在空中飞，该有多好啊。

“我能在天上飞吗？”我问自己。

一天晚上，天空中忽然传来“嗡嗡”声，由远而近，不知哪个人发现了这个大秘密，他跑出屋子，站在外面大声喊叫：“看天上啊！看天上啊！”

人们一个个地从屋子里跑出来，望着天空。

有人喊起来：“那是飞机啊！”

大家也一起跟着喊起来，小孩子们喊着，跳着，高兴极了，整个村庄沸腾起来，人们沉浸在无比的喜悦之中，因为对这个小村庄来说，这是件稀罕的事情。

“是在运粮搞支援吗？晚上没有杉木火把怎么看得见啊！”有人说。

“还要火把吗？有星星的亮光啊，连这一点都不知道。”有人反驳着。

懵懵懂懂的人们你一言我一语地附和着，谁也说不出一个所以然来。从那时起，我的脑海里就圈出了许许多多有关飞机的问号。

我喜欢和小伙伴们一起仰望蓝天，在艳阳高照的时候，我们就用小手罩着眼睛，看晴空万里的蓝天上，飞机从云中穿行。我们总是选着不同的角度，目送它从我们的视线中渐渐消失。

结婚了，老公在海航部队服役，他常给孩子们带回许多飞机模型，如歼 5、歼 6 等，并将飞机的用途和结构讲给孩子们听，我也从中略知一点。

老公还告诉我，当时有明文规定，能坐飞机的必须是师级以上干部。听到这话，我的心如同坠入冰窖，心想坐飞机对我来说是望尘莫及了。

随着时间的推移，三十年弹指一挥间不经意地过去了，张家界有了荷花机场，老公带上我、孙女和他那从未见过世面的兄弟专程去机场一睹飞机的雄姿。我们乘了一个多小时的车，兴致勃勃地来到机场，但终因无票被挡在候机场外，我们在机场外面绕来绕去，无论绕到哪儿，都有无情的高墙挡住我们的视线，我们只能望而兴叹。

命运没有捉弄我，就在那年八月份，我们高三毕业班的老师去外地考察学习，我首次登上了从武汉到青岛的飞机，从安检到候机，从候机到登机，对我来说都显得那么的神圣。走进机舱的那一刻，我感到很荣幸。

机舱很大，能容纳四百多号人，座位上方还有安全的行李架，空姐高挑个儿，瓜子脸，脸上泛着朵朵红晕，盘在脑后的头发配上一个带花的卡子，显得更加青春靓丽。空姐笑容可掬，礼貌待人。

单位同事知道我是第一次坐飞机，便主动让出了靠窗的座位，我很感激，并按照空姐的要求系好安全带。

那天登机时天气不太好，天空阴沉沉的，好像要塌下来。飞机要发动了，我很紧张，每根神经都绷得紧紧的。小时候我看过战斗故事片，战斗机有时呼啸着直冲云霄，忽而又俯冲下来，那时，我的心像被别人拽着，吓出一身冷汗。心想我能经受住飞机的升降吗？我很害怕，不敢言说。

马达声“嘟嘟”地响，飞机发动了，机翼抖动着，我知道飞机要起飞了，于是仔细观察外面，只见飞机开始慢慢地在跑道上滑行，然后加速，离开地面时，速度很快，一下子就把我带到了半空。俯瞰大地，连绵起伏的群山像一片绿色的海洋，村舍散落在群山之中，梯田层层，沟壑纵横，车辆就像在一条白色的飘带上蠕动，整个地面像一张缩小了的地图，最后，随着飞机的高飞，地面上的一切都消失了。

“我飞上蓝天了！”

这真是天外有天，飞机起飞时天空还是阴沉沉的，大有“山雨欲来风满楼”之势，可是到了万里苍穹，一片阳光灿烂，一片云海奇观。团团白云，飘飘悠悠，轻拢慢涌。它像雪白的棉，一堆堆；它像纯纯的银，耀眼发光；它像绽放的白莲花，朵朵洁白如玉；它如轻烟袅袅升腾；它如仙女翩翩起舞。我仿佛随着这轻薄的云在空中飘，我多想张开双臂拥抱从我窗口飞过的云彩，我真想投入云海之中去沐浴。远处的蓝恰似海洋，又似奔流的江河，我望着这天上云间，真有“如今直上银河去，同到牵牛织女家”之感。

宇宙无穷大，我倾情享受着这仙光弥漫的美景，仿佛自己已经生活在神话般的天堂之中了。

飞机降落了，我走下舷梯，久久地回望蓝天，心里念着我上小学时的读本：“二喜又看见飞机在天上飞，他想还是人有办法，人能够造飞机。飞机在天上飞，鸟追不上。”

禾场、大队部

禾场是用来晒稻子、玉米、小麦、大豆和高粱等粮食的，秋后也用来晒榨油的桐苞和茶果，以及其他农作物。每一个生产队都有一个较大的集体禾场，人们在山边开出一大块空地，经过平整、打夯和石碾，一个禾场便形成了。我们生产队的禾场就在陈家后头山脚下，我家就在禾场附近。陈家后头是一座山，溯至一百多年前，或者是几代人之前，这里人烟稀少，一座山只有一户人家，或者几座山才有一户人家居住，因此，这里的山、坡和湾都以姓命名，后来到了我父辈那一代，人口渐渐增多。成立大队的时候，生产队就以祖辈沿袭下来的刘家山、孔家峪、姚家坡、蔡家垅、周家湾等命名了。

禾场上最热闹的时候是收割季节，尤其是晒稻谷的那些日子。

每当稻子金黄，被沉甸甸的稻穗压弯了腰的时候，生产队的社员们就忙开了，生产队将所有的劳力集中，全力以赴忙于收割。稻田里抬来了好几台打谷的板桶，大家忙而有序，一部分人割稻子，一部分人搬稻谷铺子。他们将割下来的稻谷铺子送到打谷的板桶边。打稻谷需要两个人，两人对站，接过铺子，你扬他落地板稻谷，很快，打谷桶里的谷子就满满的了。人们用竹箩筐将金黄色的谷子一担一担地送到禾场上，一天下来，禾场上堆了上万斤的稻谷。

刚打下来的稻谷湿湿的，其间还夹杂着许许多多的稻叶，生产队便安排八分工的劳力（女社员一天挣八分工，男社员十分工），以及上了年纪的人负责晒谷子。清晨，晨雾萦绕，太阳还没有露脸，晒谷人便背着耘耙早早地来到晒谷场，把谷子均匀地摊开在禾场上。耘耙是木制的，长长的木杆，杆子的一端钉上一根较粗的横棒，然后在横棒上整齐地钉几根木条，当你耘谷子的时候，谷子就会从木条的空隙中均匀地露出来。耘谷子的时候，你必须从禾场的这一边退到另一边，然后又从禾场的另一边退回这一边，如此反复到整个禾场。别看晒谷子是由八分工的人来做，可这也是一份艰苦的活儿，夏日的太阳火辣辣的，头顶烈日站在禾场上，人就像蹲火笼子一样，尽管你头顶草帽，脚穿草鞋，但还是免不了舌干口裂，汗流浃背，全身被太阳蒸得灼痛。天空时而飘来云朵，遮住了太阳，禾场的部分地方就会阴阴的，待云朵飘走，晒谷人必须很快赶过去，趁阳光强烈的时候耘耙谷子。尽管晒谷子辛苦，但当你坐下来看到整个禾场上金黄色的谷子在太阳的照射下闪闪发光的时候，你会情不自禁地猛吸几口自制的桑叶茶，抹一下嘴唇，又继续拿起耘耙来到禾场上。那时的你，无惧烈日当空。

经过烈日暴晒后，夹在谷子中间的许多稻叶便蔫了。这时，你必须用耘耙把那些蔫了的稻叶耙出来，用手拣出来，这是一个细致活儿，也是一个花费时间较长的工序，一天下来，人会累得腰酸背痛，双腿打战。

太阳落山，禾场渐渐地阴凉，为了不使晒了一天的谷子沾上露水，临近收工时，人们将整个禾场上的谷子收起来，一堆一堆地堆在禾场上，上面盖上蓑衣、斗笠及农家行头（那时还没有塑料布）。谷堆上还做了石灰标记，他们把石灰装在一个木盒子里，木盒子的底层有几条细细的缝隙，只要将木盒子轻轻地在谷堆上一按，谷堆上便有了石灰图案，第二天晒谷子的时候，如果石灰图案完整未被破坏，则证明夜里无人偷谷子。

夜晚来临了，整个村庄静悄悄的，偶尔传来几声狗叫，月亮早已爬上树梢。孩子们也不来禾场追赶，负责夜晚守禾场的社员，时而围绕所有的谷堆走一圈，看看谷堆上的石灰印是否保存完好，夜晚，他要通宵达旦地守着谷子，伴着月光，度过不眠之夜。

第二天太阳出来后，人们又将一座座小山似的谷堆摊开，开始重复前一天的工序。

经过三四天烈日暴晒后，晒谷员就会用嘴轻轻地嗑几粒谷子，如果咬出来的是碎米，证明谷子还没有晒干，还需要多晒几天太阳，如果壳与粒分明，证明谷子干了，该进粮仓了。那个时候的禾场真热闹，全队的社员一起来到禾场，他们在禾场上架起了七八台风车，女人轮流摇车，男人们则将禾场上的谷子一筐一筐地倒进风车中，倒谷子的人用木棍在上面轻轻搅动，使谷子进车时畅通无阻。风车在“哧溜溜”地转，禾场上尘土漫天飞扬，稻叶片片飞舞，包着头巾的女人们很少说笑，只顾用力地摇着风车。头上缠着罗布巾、争抢力气活儿的男人们也在不停地忙碌着，他们竟然连“吧嗒”一支叶子烟的时间也忘了。

太阳已盘在西边的山头，渐渐地天边有了晚霞，一道一道的，红红的。人们披着落日的余晖争分夺秒地劳动着，没有人停下手中的活计，看着车出来的一堆堆金黄色的谷子，他们的心中充满了幸福的喜悦，他们的脸上洋溢着幸福的笑容，因为他们都知道这是一年来用辛勤的劳动换来的丰收成果，如今将收粮进仓，怎能不叫他们心情激动呢?

太阳渐渐地落下，晚霞也渐渐地退尽，人们将风车车出来的谷子一担一担地送进了生产队的大粮仓，白天的禾场又恢复了往日的宁静，夜晚的禾场又传来了孩子们游乐的欢笑声。

靠近禾场的外边是一个吊脚楼，酸枣木的立柱，枞树的楼板，上盖青瓦，板壁全是杉木，禾场与楼层平面仅几步之遥，放上几块桥板便可以从禾场上步入吊脚楼的二楼。楼下只有两个粮仓，一条小路从楼下穿过，一湾溪水远远地顺山势而下，哗哗地绕过楼前。楼上两头各有两间小房，中间宽而敞亮。站在楼上，禾场及后面的油茶山尽收眼底，楼房前面的小溪、远近群山、田野、小路、对面山上的几户人家一览无余。

这里是大队部（也是我们刘家山生产队的队屋），生产大队的大小会议都要在这里召开，公社书记到县里参加一次会议，回来后便召开大队干部会。为了使政策层层落实，大队干部也要召开全体社员会议。

开会的那一天，全大队社员人人到场，从不缺席，因为人人都想知道政策，人人都想做一个人民公社的好社员。那天他们不出集体工，不用扛着锄头、拿着镰刀、挑着箩筐上山了。通过开会，他们还能和亲戚朋友及熟人会个面，因此，他们很重视也很喜欢开大会。

妇女们穿着洗得干干净净的衣服，头上抹上一点儿茶油，拖儿带女地顺山路而来。姑娘们头上戴上发卡，或者顺手在路边摘一朵野花插在头上，雅而不俗，更显青春活力。上了年纪的老人后面跟着一条大黑狗，虽然主人不时地呵斥“发财，回去”，但狗对主人非常忠诚，远远地尾随在主人后面，一路“保驾护航”。

开会那天，社员们肩上还挎着语录牌，语录牌是由一尺见方的杉木板做成的，上面系着细细的麻绳，牌上写着“农业学大寨，工业学大庆”“自力更生，丰衣足食”“下定决心，不怕牺牲，排除万难，去争取胜利”“我们的党是一个伟大的党、光荣的党、正确的党”。社员们都喜欢读语录，他们懂得从前贫穷，无一分土地，后来从互助组到合作化，他们的日子一天比一天好，他们心里感激不尽。另外，他们通过读语录能学会认字。彭老三是个文盲，人们常常考问他：“老三，你的语录牌上面写的啥？”一开始，彭老三总是笑呵呵地回答：“各人（自己）动手缝衣穿（一口桃源县的腔调）。”引得众人哈哈大笑，笑过几次，老三终于认识牌上的“自力更生，丰衣足食”这八个大字了，而且他也知道这条语录的含义了。

开会了，女人们总想抓住这个机会做一点儿针线活儿，有的纳鞋底，有的补衣服，有的在捻线绳儿，只有怀中抱有吃奶的孩子的女人不能做手边活儿了。老人们也趁这个机会用叶子烟一根一根地滚喇叭筒，为了不让孩子大声哭闹，女人只好将奶头塞在孩子的嘴里，怀中的孩子不时地将她的奶头拉得老长老长，总想从中吸取一点儿奶水，这时的女人只好咬着牙忍受着。

开会了，大队书记没有发言稿，他在公社开了两天三夜的会议，如今在会上他只需要一个小时就把会议精神讲完了，他牢牢记住了公社书记要他们做什么，重要的政策内容他是不会漏说的，其余的他就自由发挥了。他讲了全大队的情况，他很擅长这方面的发言。他说某某生产队今年交公粮超额完成任务，排名全大队第一。某某生产队很团结，女人们不吵架。他也批评有的生产队的社员喜欢争田争水，评工分时总是想着多要工分。有的生产队的妇女挖地锄草时给孩子喂奶，影响了集体活儿。他也批评有些妇女喜欢在工地上指桑骂槐，有时稍不如意就从东村骂到西村。“这简直是泼妇！”书记激动的时候也骂了一句。当然书记最后还提了一些要求，也说了一些不允许的事情，大家积极拥护。人群中也有个别人悄悄议论，说书记是“边边耳朵”，处理问题一边倒。妇女主任倒是灵动，立刻冲到前面发言，说今后妇女们要搞团结，不要吵架，做工时不要顺手扯几把猪草，大家赞同，来了一阵掌声。有人喊起了口号：“妇女能顶半边天。”这时的她更加激动，立刻发挥：

“我们不仅是半边天，我们还要一手遮天！”妇女主任只上过一年的小学，所以她还不理解“一手遮天”的含义，但她对自己的工作从来不打折扣。

她举起右手高呼：“妇女们有没有信心？”

“有！”妇女们立刻呼应，也举起了右手。

这时的大队部楼上，群情激昂，虽然他们不识几个字，有的还是文盲或者半文盲，但他们心里是亮堂的，他们知道奉公，他们知道诚信，他们知道要讲团结，他们有一股子劳动热情。

大队部的那一方平台上除了开会，逢年过节也常有戏班子到来，多半是龙潭河的汉戏，偶尔也有桃源县的人演一场《瞎子闹店》或者“唱土地”。“唱土地”是民间流传的一种曲艺，全是乡土唱本。本地人也喜欢打渔鼓或者来一场花灯（二人对跳）。我们的上辈人喜欢看古装戏，他们喜欢看《穆桂英挂帅》，也恨陈世美不认妻子儿女。当台上的演员将反面人物的丑恶灵魂展现得淋漓尽致时，台下一片骂声。以后的几年，这些“帝王将相、才子佳人”都没有出现，大队部的木楼上上演了社员们自编自演的节目，有三棒鼓，对口词，有用乡土小调歌唱好人好事的节目，也有《敬祝毛主席万寿无疆》《我爱北京天安门》等舞蹈，这些舞蹈动作极为简单，除极少数人之外，都会跳，都会唱。尤其是《没有共产党就没有新中国》《社会主义好》等歌曲更为流行。唱着这些歌，他们就有一种幸福和自豪感，也是这些歌使他们心地善良，团结和谐，互帮互助，以美德为荣，以私心为耻，也正是这些歌使他们的精神面貌发生了翻天覆地的变化。

大队放了电影《红灯记》，当时被称为“革命样板戏”，于是大队要求用民间曲调的形式将它搬上舞台，鸠山和李玉和的角色均由我奶奶娘家的亲戚扮演，那时我刚上初中一年级，他们看我认得一些字，个子较高，要我扮演李奶奶。排练场地在大队部的木楼上，没有剧本，只有几页手抄的对白词，其中李玉和有一句“谢谢妈”的台词。排练开始了，当我听到“谢谢妈”这一句台词时，我头脑突然“嗡”的一声，我当时认为，我的长辈演李玉和，怎么能称呼我为“妈”呢？当时我感觉糟糕透了，我什么也没说，一口气跑回家中，母亲看到我的眼里噙着泪花，耐心地开导我，说这是演戏，你被选上是大队对你的信任，还是上台吧。后来大队的领导也做了我的思想工作，当时不知为什么，我心里总是过不了那个坎儿，后来李奶奶由我的姑姑扮演，姑姑是我奶奶娘家的侄女，其实由她来扮演李奶奶最合适。

一晃五十多个年头过去了，今年夏天我回乡一次，可是当年的禾场已不复存在，那里建了私房，大队部也搬迁到王家（地名）小学去了，取而代之的是私人的砖房。夜晚，我坐在家门口，久久地朝着禾场和大队部的方向远远地望去，重拾儿时的记忆：

那是一个明月当空的夜，月光泻在吊脚楼上，映在溪水中，整个村庄一片月色，禾场上的孩子们在玩着捉羊羊、种棉籽的游戏，他们追着赶着，笑着喊着，远远地传来了大人们的呼喊声，他们在催促自家的孩子回家睡觉，这喊声中也有我奶奶的声音，奶奶那时喊的是我的乳名。

路边黄

每当我回家走在乡间小路上的时候，我都要朝路边望一望，寻找隐藏在草丛中的路边黄。

路边黄是生长在田间路边上的一种草本植物，花的颜色黄黄的，所以人们称它为“路边黄”。路边黄的花朵儿很小，花瓣儿很细，一朵紧挨着一朵聚在茎秆上，花穗有狗尾草那样长，但路边黄不像狗尾草那样弯着腰低着头，它总是直直地立在路边。

路边黄的茎秆上生长出许多细细的枝条，枝条上也有像狗尾草一样长的花穗，花穗上照样开着细细的黄黄的花。一棵路边黄有盛开的花朵，也有未开放的花蕾。路边黄的叶是绿色的，花是黄色的，黄花绿叶，相得益彰。

我的家乡青山环抱，溪水环绕，很适宜路边黄的生长。每天清晨，我沾着路边青草的甘露，闻着路边黄的馨香上学，归来，满满地载着一身路边黄的芬芳。我常常停在路边，轻轻地拨开草丛寻找路边黄，我看见那一棵棵的路边黄亭亭玉立地隐蔽在草丛中，看见一穗穗黄色的小花朵在草丛中浅浅地微笑，我真想摘下一朵小小的黄色花儿，可我又不忍伤害它。一阵微风吹来，路边黄轻轻地在风中摇曳，婀娜多姿。偶尔有几只蜜蜂飞来，哼唱着曲儿，围着路边黄转来转去，像是在高兴地转着圆舞曲，这时我看见黄黄的花朵儿在甜甜地笑，那笑，有着少女般的温馨、少女般的温柔。蜜蜂停止了飞舞，停在花瓣儿上一动也不动，这时候的路边黄又像一个很文静的小姑娘，温文尔雅。蜜蜂飞走了，花儿又默默地开放着。

一个静静的夜晚，我躺在装着谷子的木柜床上，月光透过木格子窗照了进来，黑暗的屋子里有了一道银灰色的光，整个山村万籁俱寂，房前枣树边的路边黄呢？田埂小路上的那一丛丛的路边黄呢？它们一定是“夜深花睡去”了吧？不，它们一定是披着月亮姐姐送给它们的薄薄的轻纱，在夜幕舞台上吟唱呢。

“天涯千条路，我生草丛中。无缘百花艳，只图香如故。明月今时有，我愿化清露。滋润在人间，甘为孺子牛。”

歌声由近及远，最终消失在茫茫的夜空中，我朝着歌声的方向努力地寻去。

那天夜里我做了一个梦。

我梦见我家房前屋后长满了路边黄，花儿悠闲地开放着，朴素、淡雅，散发出诱人的馨香。山前坡后地头成了黄花的海洋，我奔跑在田野上，陶醉在花海中。忽见一大群人远远地走来，他们背着篓，挑着担，手里拿着镰刀，不由分说地将路边黄全部割掉，我的眼前一片漆黑，路边黄没有了，只有那群人影在黑暗中来回晃动。

醒来，我一身汗水，一脸泪水。

第二天早上，我看见邻家的一个孩子背着一小捆被太阳晒得干枯的路边黄朝药材收购站走去，他可能也和我一样，把晒干了的路边黄卖给药材店，想换回几个小铜板。

可怜我的路边黄。

踏花归去马蹄香

我小时候经常挖马蹄香、麦冬、半夏，割路边黄，摘金银花，剥构树皮，把它们晒干后卖给药材收购站或者土产店，用换回来的钱给家里买盐。

马蹄香

“踏花归去马蹄香”一句出自宋朝时期的一个故事。

据说有一次画院招考，各地画家纷纷赶来，主考官出一题：“踏花归去马蹄香”，让画家按照这句话的内容画一幅画。于是，画家们绞尽脑汁苦思冥想，都想独占鳌头。有的画家为了表现出春游的意思，就画了许多花瓣儿，让一人骑着马在花瓣上走。有的人则在马蹄上下功夫，主题为一位跃马扬鞭的翩翩少年在黄昏时急速归来。还有人仅仅画了一只很大的马蹄，如此而已。唯有一位画家独具匠心，他画了夏天、落日、黄昏，画中有一位官人骑马回到乡里，马儿疾驰，马蹄儿高举，几只蝴蝶追逐马蹄翩跹起舞，好一幅马蹄踏花泛起香味引来蝴蝶，妙极了，后来，这位画家入选了。

我与马蹄香也有一段情缘，不过我不是去赶考画画。

马蹄香是一种药草的名字，高约几十厘米，根茎短，须根多，茎直立。叶呈深绿色，圆形，顶端稍尖，与草叶相似。据说马蹄香有温中益气、清热开胃和化痰之功效，也可以治疗风湿病和跌打损伤。当时，我们大队部的药材店大量收购干马蹄香。那时，上小学的我，常常去山中挖马蹄香，晒干后卖到大队代销店的药材收购站。

马蹄香不是生长在田边地头或者黄土坡上，而是生长在人迹罕至的深山老林，要想挖到马蹄香这种药草还真不是一件容易的事，不过，不入虎穴焉得虎子？

记得有一次我背着一个竹背篓，拿了一把小挖锄只身上山，先去了陈家后头（山名），接着又翻过杨四湾（山名），还是没有找到一棵马蹄香，后来我又进了与桃源县交界的大山里，那里古木参天，偶尔一阵风扫得树叶沙沙响，偶尔一只老鸦“哇”的一声从头顶穿过，我吓得毛骨悚然，荒无人烟的老林实在是叫人害怕，不过我一想到马蹄香就全然不顾了。有的草叶和马蹄香相似，我只好弯下腰仔细辨认，留意脚下的每一棵草，滑倒了爬起来，快到晌午的时候，我的背篓里还是空空的，可我没有泄气，继续寻找，我知道马蹄香对我来说意味着什么。老天不负有心人，我在一处有土壤的石隙中发现了马蹄香，一股深山野草的天然香味扑鼻而来，我高兴极了。我把旁边的杂草拔掉，正在小心翼翼地挖马蹄香的时候，突然听到前方草丛中有窸窸窣窣的声音，我定睛一看，一条又粗又长的黑青色的蛇正朝着我的方向溜过来，我慌忙急迫地爬上一棵树，谁知就在我爬树的过程中不小心抖动了旁边的一个马蜂窝，受惊的马蜂一下子飞了出来，在空中飞舞，我吓坏了，当时真想大声呼救，但我不能。我屏住气，看看下面的蛇，望望飞舞的蜂，虽然很害怕，但我不敢弄出一点儿声响，我忍耐着，直到那条蛇去了远方，直到蜂归巢，我才慢慢地从树上下来，捧着挖出来的那棵马蹄香，眼泪直往下流。

天上下起了毛毛细雨，渐渐地，我的衣服也湿透了。

那天，我只挖到几株马蹄香，自觉惭愧，回到家里，母亲看见我的眼里还含着泪水，轻轻地对我说：“没关系，只要你能安全地回来就好。”

马蹄香虽是一种药草名，但对我来说，却别有一番“踏花归去马蹄香”的童年的经历和情趣。

金银花

我家的后院有一道篱笆墙，每年夏天，篱笆墙上都爬满了金银花。春天，金银花藤从草丛中钻出来，伸伸懒腰，慢慢地向上攀爬，细细的青藤上露出了绿色的嫩芽，藤蔓竞相伸展，很快，篱笆上就布满了绿色的叶，使原本萧条的篱笆墙充满了生机。草丛中的蟋蟀来了，知了也在鸣唱，蚯蚓为它松土，壳壳虫也在旁边转悠。我几乎每天都来到院子里，望着篱笆墙，盼望青青的藤上挂满金黄色的花儿。

那天早晨，我又来到后院中，一眼就望见金银花开花了，白色的花儿像一个个羞答答的少女，在绿叶中露出了笑脸。又过了几天，青青的细藤上都挂满了黄黄的花儿，清晨的阳光洒在花儿上，金光闪闪，真叫人开眼。

金银花好香啊！我站在院子里，吸着风送来的馨香，心里美滋滋的。我情不自禁地摘下几朵插在头上让奶奶欣赏，奶奶见了忙说：“乖啊，麻子姑娘“乖纠达”（漂亮），癞子姑娘好头发。”当时我不知道奶奶说的那两个姑娘是谁，只知道望着奶奶傻傻地笑，奶奶也“呵呵”地笑起来。

秋天，秋风扫了落叶，也扫了金银花。冬天，寒霜降至，金银花藤枯萎了，我伤心地望着奶奶，奶奶一边摸着我的头一边笑着对我说：“来年，花儿还会开放的。”

于是，我盼望着来年。

构树

我们山里有一种树，它不像松柏苍翠欲滴，也不像林中的古木参天，它是一种很细很细的树，我们当地人称它为“构儿树”，书名叫“构树”。构树一般生长在山谷、地头以及溪边稍有阳光的地方。构树一般有几米高，有的高达十几米。最高的构树一般长在林子里，有一个手指粗的，也有两个手指粗的。

构树的皮很光滑，光滑得像溜溜蛇。新长出的构树表皮颜色呈青灰色，老构树的表皮颜色呈深褐色。构树上有许多小圈点儿，那些小圈点儿匀称地散布在树皮上，随着春秋日月的变换，那些小圈点儿也慢慢地变成了大圈点儿。

构树的叶一片一片地紧挨着树枝生长，叶柄属于螺旋状，叶片呈心形，一般来说左右不对称，偶尔也有大致对称的形状，像是平分秋色。

构树皮具有很高的药用价值，当时药店的收购价是一斤干构树皮一毛二分钱，于是构树得到了山里人的青睐。

放学了，孩子们将牛放至山坡后就去寻找构树。收工了，村民们也不忘在阴沟或者地头寻找构树。寻找构树不是一件很容易的事情，你得去别人没有去过的地方，当你远远地看到荆棘丛中有一棵构树的时候，那树冠上的阔叶绿绿的，树枝随风摇曳，你会喜出望外，直奔过去。首先用镰刀砍掉周边的荆棘和浮渣，然后小心翼翼地接近构树，仔细观察周边是否有野蜂巢，脚下是否有刺脚的竹签。有时看到一根粗粗的构树就忘乎所以，但当你正要砍下的时候，突然发现一条“溜子”正缠在树上，这时的你便不顾一切地撒腿往回跑，你便会一无所获。如果有一天你碰巧遇到一拨或两拨构树，砍下来有一小捆，那天你也就有小功劳了。

我们将砍下的构树背回家，首先摘掉树叶，然后开始剥皮。剥皮很容易，构树含有油脂，只要你从刀口上剥开一层皮，然后轻轻往下一拉，一条长长的构树皮就被剥下来了。待你将树皮剥完，那根构树就成了一条白白的“光杆司令”。我们用构树叶喂猪，将树干晒干后烧水做饭，但更重要的还是将晒干后的构树皮卖到当地的土产店。

母亲常说，多剥些构树皮，用积攒下来的钱好给我们扯几尺花布做新鞋，可是后来我还是将每次换来的几毛钱主动交给家里买盐了。

麦冬

你知道麦冬吗？它是常绿草本植物，又称麦门冬、沿阶草。

麦冬的小块根是中药，有生津解渴、润肺止咳之功效。

《吴普本草》：“麦门冬，生山谷肥地，叶如韭，肥泽丛生，采无时。实青黄。”

麦冬为我国传统中药之一，它的治疗和保健作用已被我国两千多年的临床实践所证实。

小时候，我经常上山挖麦冬。我们把挖回来的麦冬洗净，用剪刀剪掉上面的叶子和根须，然后晒干，再卖到药材收购站。

记得有一次，周末我和伙伴们事先约好一起上山挖麦冬，可是当我赶到她们家时，她们已经出发了，当时我真恨自己，埋怨自己去晚了。母亲关心地对我说：“没有伙伴，今天就不去，你一个人上山我不放心。今天大队部开社员大会，你就跟着我一起去开会吧。”

“没事，妈妈，你就让我去吧。”话虽这么说，其实我心里还是有点儿委屈，明明事先说好了一起去上山，可是她们说走就走了，不过我还是怪自己没能跟上她们。

我提着小锄头，背着小背篓独自一个人上了山。

山中的空气正好，我用脚踢着路边的小石子，用锄头拨开路边还带着露珠儿的无名杂草，溪水从山中哗哗地流下来，路边的草丛中开着黄黄的花儿，也有白色的，可我无心欣赏，我心里只求能找到一座山，山上有一大片林地，林地里有一大片绿油油的麦冬。

不知不觉我从山上下到了低谷洼地，那里没有参天大树，但一些不知名的杂树竞相生长。那里土地肥沃，太阳一出来，覆盖在青草下面的黑色土壤就像抹上了一层厚厚的油，石坡上的土壤也是松松的，有的地方有泉水浸出，于是我顺着浸出来的水慢慢寻找，终于在一块阴凉潮湿的地方发现了麦冬。那里的麦冬真多啊，几乎遍地都是。麦冬长得像韭菜，青青的叶，一丛丛的，绿油油的，那绿，使我不敢开锄，那绿，使我在麦冬的世界里陶醉。我干脆坐下来，想把周围的麦冬看个够，因为平时发现的麦冬是零星地生长着，如果在一处发现了一小丛麦冬，周围就再也没有麦冬了，根本不像此地成片地生长着。

我开锄了，山林幽静，松枝摇曳，百鸟和鸣，我忘记了烦恼，忘记了疲劳。

太阳快要出来了，我的背篓里装满了麦冬。

在回家的路上，我好像变成了一只小鸟。

母亲看见我的背篓里装着满满的麦冬，赶忙丢下手中的活儿，跑进屋去拿来簸箕和小剪刀。

一大堆麦冬堆在地上，母亲看着我，看着麦冬，她笑了，笑得很甜，我终于看见母亲开心地笑了。母亲用剪刀小心翼翼地剪掉麦冬上面的叶子，然后又耐心地剪掉麦冬下面的须根。她剪得多仔细啊，生怕漏掉一棵小小的麦冬。她说，一棵小麦冬来之不易，而且，卖到药店后它的作用大着呢。

那次，我把麦冬晒干，卖给药草收购店，得了八毛钱，这是我挖药草经历中，收获最大的一次。后来，这八毛钱让我有了继续升学的机会。

我很喜欢麦冬，麦冬不惧严寒酷暑，一年四季翠绿，具有顽强的生命力。

现在，每当看见山中生长的麦冬，我就要停下来仔细地观看，这时，我就想起了小时候挖麦冬的情景，也想起了母亲那次开心的笑容，尽管这笑容已经过去五十多年了。

第三辑　红香一点清风

蝉

我喜欢蝉，最喜欢听蝉鸣。

夏日，当你走在乡间的小路上时，在那枝叶繁茂的树林里，你便会听到“知了知了”的蝉鸣，这时，你会情不自禁地停下脚步，望望树林，或者干脆找个阴凉处就地而坐，老年人从荷包里掏一小撮烟丝滚着喇叭筒，随着蝉的歌声，烟雾从老年人的嘴里缓缓吐出来，随风飘悠。年轻人则顺手摘下一片树叶含在嘴里，学着蝉“吆吆”地吹起来，有的也来一曲土家山歌，与蝉共鸣。

小时候我们常常用网杆捕捉蜻蜓，却从来没有捕过蝉，因为我们太喜欢蝉了，听着蝉鸣，我们一群小伙伴就会顺着蝉的声音来到树下或者草丛中，寻找蝉的位置。当我们看到蝉时，大家一起惊呼起来，可怜的蝉，它不怕人类捕捉的威胁，不顾艳阳天的燥热，仍然一展歌喉，唱着只有它自己能够理解的词曲，以此慰藉它的初心，那时，谁还想捕捉蝉呢？我们都不忍伤害它，即便由于好奇心把它捉住了，也会立即放飞。

月下的蝉鸣最能安抚人的心灵，古人有“明月别枝惊鹊，清风半夜鸣蝉”的佳句。

夏夜，每当一轮明月爬上树梢之后，劳作了一天的人们便会坐在蛙声虫鸣、溪水流淌的房前乘凉，那一棵棵的果木树、瓜棚架、周边的草丛，便是蝉最好的歌台，人们手里摇着蒲扇坐在屋檐外，望着皓月，听着蝉鸣，身心的疲惫立刻烟消云散。

我家房前不远处有一棵枣树，每年夏天，枣树的枝条上挂满了新结的小枣子，枣子还没有长大，那些蝉最喜欢在那里放歌，那棵枣树很高，月光泻下来，使得错落的枣叶明暗有致，蝉鸣悠扬，犹如夜半小楼笙歌，清新幽雅。淡淡的月，轻歌的蝉，无不激起人们的遐想。

“我长大了要从这山里走出去，去看外面的天地。”姐说。

“我想编一篮山歌，在月光下与蝉共鸣。”小妹天真地接话了。

“还是山里好，有山有水，还有花草虫鸟蝉鸣声，我长大了就守着家。”二妹对大山、对蝉情有独钟。

我们姐妹你一言我一语地议论着。

半夜，酣睡的姊妹们在打呼噜呢，唯有月光熠熠生辉，夜蝉歌声依旧。

20 世纪 70 年代初，我在上海某区某营房的招待所住过，在我们住的那排平房里，除了我们一家是南方人，其余全是北方人。北方人爱吃大葱，爱吃自己做的馍馍，除此之外还有一大爱好，那就是捕蝉吃蝉。

营房外是一条宽阔的马路，马路两边整齐地排列着高大的杨柳树，夏日的夜晚，凉风徐徐吹来，枝叶摇曳，这时，柳树上的蝉们便又唱起来。每逢周末的夜晚，营房的那些来自北方的士兵便提着紧口布袋来到蝉鸣的柳树下，他们捡来一堆堆的落叶，在树下生起了一堆堆的火，蝉向往光明，于是纷纷从高高的树顶上落下来，落入北方士兵的紧口布袋里。第二天早上，我便看到房前有人用几块土砖垒起一个临时锅灶，锅里有油炸的蝉。听人说蝉肉鲜嫩可口，只是那可怜的蝉，一夜之间便成了人们的美食。

蝉的一生是短暂的，法国著名的昆虫学家法布尔对蝉的一生做了精辟的概括：蝉沐风浴露，饮天地之灵气，吸万木之精华，蛰伏四年，换来的只是短短一个月生命的“春天”。

虽然蝉的生命短暂，但它对生命的责任义无反顾，对生命的终止淡定从容，它总是以最美妙的歌声诠释着春天的生命、夏日的炎凉、秋时的硕果，诠释着人们的情愫，慰藉着人们的心灵。

在我大半个人生中，蝉的情结一直沉淀在我记忆的最深处，缱绻在我走过的每一段时光中。

今年初夏，我去东莞市老干部大学听课，途经草塘，塘边的那棵榕树上又传来“知了知了”的蝉鸣，我驻足树下。

初升的太阳透过横向展开的树枝，透过绿绿的树叶，将它柔柔的光洒下来，我仰望着那棵高高的榕树，心中漾起了儿时听蝉的涟漪，远处似乎有人在吟唱司空曙的诗歌：

“今朝蝉忽鸣，迁客若为情。便觉一年老，能令万感生。微风方满树，落日稍沉城。为问同怀者，凄凉听几声。”

那天，我在树下站立了许久许久。

相遇清溪

从老家回东莞已有10多天了，但我的情绪仍处在低谷之中，家父的离世对我的打击太大，无论在精神上还是在身体上，我都受到了前所未有的，也可以说是致命的打击。

朋友景凤为了让我从悲痛之中慢慢走出来，要我和她一同参加3月9日的“清溪联谊采风行”活动，我欣然同意。

“采风行”活动是由广州、深圳、惠州和东莞四地诗人组成的135人的团队采风活动，是由东莞中华诗词学会和鹿鸣诗社联合举办的“2019年己亥新春清溪赏花品诗”的一次联谊活动。活动议程是，上午参加鹿鸣诗社在2018年荣获全国春晚十佳诗社的荣誉称号的揭牌仪式，下午是四地诗人去大王山观禾雀花的活动。

清溪离我们的住处较远，坐公交车去大约要两个小时，中途还要转车。怎么办？我和景凤、陈蓉莎三人几天来一直为这件事发愁。出发的前一天晚上，景凤高兴地来电，说雪芳秘书长很关心这件事，并安排我们坐诗词学会卫兆元副会长的车。我们很高兴，非常感谢秘书长的关心，但心中又过意不去，我们都说，领导亲自为下属开车，如今哪有？

那夜我难以入睡，父亲的影子一直在我的身边挥之不去，我呆坐在床上，好不容易才挨到天蒙蒙亮。我不想让卫会长等我们，于是，我冒着细雨早早地上了公交车。车上没有别的乘客，司机也很温和，在那段路程中，我享受了高级别的待遇。

我在岭南学校站下车，依然下着毛毛雨，站牌的坐凳上湿湿的，有人只好站着候车。农历正月刚过，又碰上降温，我感到一阵寒冷，打了一个寒战。发现离大家约定的时间还早，我只好撑开雨伞，在去岭南学校的那条巷子中来回踱步，那时，通往学校的路上无车辆行驶，也不见有人走动。

一个人最怕静下来的时候，因为在最静的时候，那些伤心悲痛的事就像洪水随着决了口子的堤坝哗哗地奔涌出来，一发不可收拾。那时，我又想起了父亲，情不自禁地发出声来："爸，你还活着，你还活着啊……"

我的眼泪大颗大颗地滴下来。似乎有人在喊我，原来是景凤、蓉莎和芳芳，她们也提前到达了。我强忍着悲痛，赶忙擦掉脸上的泪水。卫会长暂时还没来，因为还不到集合的时间。

我不认识卫会长，但从朋友们的谈话中，我知道卫会长是一位多才多艺的人。他曾经是某部队文工团的主角，那个年代《白毛女》舞剧中大春的扮演者，现在是某大学的客座教授，也是东莞中华诗词学会的副会长。

卫会长来了，他笑着走来，笑着和我们打招呼，并客气地说让我们久等了。原本怕见领导的我，此时那种恐惧和尴尬的心理一下子荡然无存了。

下午，我们和卫会长一起登上了清溪的大王山，一起在赏花亭观赏禾雀花。卫会长像向导一样给我们带路，又像导游一样介绍各种景点。他告诉我们哪里有白色的禾雀花，哪里有紫色的禾雀花，并给我们讲了当地的一个传说。他说禾雀花的树藤是由百鸟仙子的彩裙带变来的，而禾雀花是由百鸟仙子的彩衣变成的。他说，去年他们来的时候正赶上天晴，那时的禾雀花开得艳极了，我们都听得入神了。

不一会儿，我们登上了观赏台，看到那些禾雀花像群鸟一样紧紧地相依在青藤上，又像一串串垂下的玉石，无论远看近看，都是一道最美丽的风景线。那紫色的禾雀花别有一番景致，当然，白色的禾雀花非常醒目。我在这些特别的日子里非常喜欢白色，那可能是因为我还在思念父亲吧。天公作美，没有下雨，我们又一路拾级而上，除了观赏禾雀花，我们也闲谈各自走过的人生路。

卫会长在高中毕业的前几天就被抽调到东莞县（今东莞市）文艺队，由于他天资聪颖，接着又被部队选拔为文艺战士，从此，卫会长在部队里成为一名不可多得的文艺骨干。他思想好，形象好，品德和才华兼优，所以，大型舞剧中的男主角非他莫属。他编剧编舞，所编排的舞剧和舞蹈曾在全国部队文艺节目比赛中获过大奖。八年的舞蹈生涯丰富了他的人生，他曾把他和战友们一起同甘共苦、奋斗求索的芳华年代编写成了一本厚厚的书，这本书深受读者的喜爱。

如今的卫会长仍然宝刀不老，与时俱进在人生的舞台上。他曾多次在全国的书画、诗词比赛中获过大奖。当我们说起他所获得的多种荣誉称号时，他只是淡然一笑。

下午四点我们返程。在返回的路上，外面下起了大暴雨，雨点打在玻璃上发出“咚咚咚”的声音，尽管雨刮器在玻璃窗上不停地滑着，但怎奈雨水太大了。卫会长小心翼翼地开着车，他在全力护卫着我们，突然在一个坑洼处，车胎爆了，车子突然停下来。会长要我们待在车上不要下车，他从后备厢里拿出备用胎和工具，冒着雨撤掉旧轮胎，他一会儿钻到车底下，一会儿又从车底下探出头来，一会儿趴在水里，一会儿又弓着背弯着腰，当他换好轮胎时，衣服全被雨水淋湿了，双腿裹满了泥巴，头上的汗水和着雨水往下淌。我们看在眼里，感激的话不知从何说起。

“不好意思，耽误你们的时间了。”会长向我们表示歉意。

“哪里哪里，我们感谢您还来不及呢。”

晚上七点，雨还在一个劲地下着，会长的手机铃声响了，是他的家人打来的，看来是担心他的安全。我们都不忍心再劳驾会长了，可是会长仍然坚持把我们每个人送到了我们方便乘车的公交站之后，才放心地离开。

我站在雨中，望着远远驶去的车影，心中喃喃自语：“爸，我今天又遇见了好人。”

石竹花开

东莞南城有一个小区，叫作“石竹新花园”。小区高楼林立，绿树掩映，远离市中心闹区，当你漫步在小区的林荫道上的时候，你会感到清闲幽静。在小区里，有一所幼儿园，叫作“石竹新幼儿园”。多少年来，这所幼儿园像一个大摇篮，呵护孩子们成长，孩子们在这里迈出了人生的第一步，他们纯洁的心灵之花在这里绽放。

那一年，我们把孙子送到这里，让他接受园丁的精心培育。

三年的时间弹指一挥间，不知不觉孩子们就从石竹新幼儿园毕业了，圆满地结束了启蒙阶段，告别了欢乐的幼年时代，朝着人生的又一个里程碑迈进。

入园时发生的一切就像是在昨天，那些感人的故事今天依然历历在目。我们都不曾忘记，当孩子们刚刚会走路的时候，当孩子们刚刚能用简单的语言表达自己的感情时，他们来到了这个摇篮——石竹新幼儿园，在这片净土中备受呵护，备受关爱。

我们都不会忘记老师们的恩泽、园丁们的辛勤耕耘。

记得开学的那一天，原本家庭中的小公主、小王子、掌上明珠，即将离开温馨的家庭，独立生活在一个新的环境的时候，他们不适应，于是哭着闹着，尤其是进教室离开父母的那一刻，他们的两只小手紧紧地拽住爸爸妈妈的衣角，大声哭着要回家，有的成天啼哭。这时，我们的老师将孩子紧紧地抱在怀里，抚摩着他们的头，轻拍着他们的背，嘴里哼着儿歌，无论是上课还是午睡，她们都陪伴在孩子们的身边。

太小的宝宝们用餐困难时，老师们不厌其烦地将饭菜一口一口地送进宝宝们的嘴里。宝宝们尿裤子了，老师立即为他们换上干净的衣服；病了，老帅及时地将宝宝送去医院；摔倒了，老师将他们轻轻扶起。当孩子们厌食的时候，老师们耐心地开导；当孩子们午睡的时候，老师们静静地守护在幼儿床边。教室里有老师们慈祥的笑容，运动场上有老师们矫健的身影，舞蹈厅中有老师们的轻歌曼舞，绘画室里有老师们乐呵呵的笑声。哪里有小朋友，哪里就有老师们的身影。老师也有自己的孩子，也有自己的家庭，可是她们认为，园里的孩子就是她们自己的孩子，她们的心与孩子们早已紧紧地贴在一起了。

年轻的老师们在育儿的工作岗位上兢兢业业、无私奉献，将自己美好的青春献给了幼儿教育事业，她们的事迹可歌可泣。

老师们的教育和关心就像雨露滋养着孩子们，老师们的呕心沥血就像甘甜乳汁营养着孩子们，孩子们在幼儿园这个摇篮里一天天地健康成长。春天，他们看满山桃花红，他们看遍地野草绿，他们也在绿茵茵的草地上，在蓝蓝的天空下放飞风筝，放飞自己的希望。秋天，他们看“遍地黄金甲”，听声声秋蝉鸣，采集植物标本，感受美丽的大自然。

在教室里，他们计算，拼图，游戏，画画，唱歌，演讲。他们学习方方正正的中国字，他们画出了祖国的大好河山，也画出了自己未来的蓝图。

三年来，每日讲一个故事的活动一直被坚持着；三年来，每周一本的漂流图书流到了每个孩子的手中，故事和图书中的知识就像涓涓细流沁入孩子们的心田，他们的语言丰富了，他们的知识丰富了，那些浅显易懂的故事启迪着孩子们的思维，诠释了真善美，这种美在孩子们幼小的心灵中牢牢地扎下了根。孩子们高唱着“全世界，小朋友，心和心，连一起”，他们朗诵着“人之初，性本善”，他们也吟诵着“慈母手中线，游子身上衣。临行密密缝，意恐迟迟归”……这里的孩子们啊，不仅学会了生活，而且还学会了做人。

七月的清风送来了花香，教室里洋溢着浓浓的情意，孩子们在这里放飞着爱的梦想，放飞着对美好未来的希望。

“老师，我从心里感谢您，今后我一定会常来幼儿园看望您。”

“老师，我不愿意和您分开，我会永远思念您。”有的小朋友哭着说。

“再见吧，老师。再见吧，亲爱的母校。再见吧，我的好朋友。”孩子们都挥动着小小的手，嘴里一直不停地喊着。

老师对孩子们的刻骨铭心的爱获得了永恒，它将永远定格在孩子们的人生道路上。

石竹花开，香满人间。

窗外的一抹夕阳

“夕阳秋更好，敛敛蕙兰中。”我常常感叹郑谷的诗句。

每当我坐在窗前遥望天边那一抹夕阳的时候，我就会想起他们，想起在老年大学一同经历的故事。

我是在东莞市老年干部大学的五楼排练厅认识阿华的，当时老师要我们排练《花儿为什么这样红》的节目，我是伴舞的，在这之前还没有和歌手见面。那天她带了一包糖果，笑着和我们打招呼，并将糖果逐一送到我们的手中，经人介绍，我才知道她是歌手，名叫郑惠华。

阿华端庄秀丽，大方洒脱，初次相见，从她的言谈举止中就可以判断出她是一个很有修养、很有内涵的人。她是音乐基础班的班长，只要一说起她，班上的学员无不称赞。

去年，为庆祝老年干部大学成立十五周年，校方准备大庆活动，我们音乐班二十四人参加了歌伴舞《挥动梦想的旗帜》的排练，阿华总负责，历时三个月，每次排练她总是提前到达排练厅，开空调，关窗户，准备音响，每次排练完毕她总是最后离开。演出结束后，阿华把记载下来的九十多天的排练情况写成了长长的日志，大家都为此感动。

阿华具有东方女性的特点，端庄儒雅、稳重大方，她还博学多才，文章星斗，德才兼备。她做事从不张扬，别看她平时少言寡语，送给别人的只有微笑，可她在退休前曾经是单位的负责人之一，我看过她写的出国游记和美篇，条理清楚，内容丰富，语言生动，非出自一般人之手，真不愧为当年的学霸。但知道她是一个文学天才的学员很少，因为阿华“满罐子不荡”，总是把自己的优点藏在心里。

那天阿华坚持上完下午的一堂音乐课后，第二天就乘飞机去了美国。听说那天音乐课后，班上的学员在校园里和她留了影。我是后来才听说的，否则我准会和她留影告别。阿华走了，如今我只能举杯祝愿她：“好人一生平安！”

“花儿为什么这样红？为什么这样红？哎，红得好像，红得好像燃烧的火，它象征着纯洁的友谊和爱情……”如果阿华有一天回来，我会把这首歌唱给她听。

因为他的名字叫曾干桥，所以大家都亲切地叫他“桥哥”，而我叫他“桥帅”，因我比他大好几岁，年长的我，怎么称呼他都可以。

他的确很帅，不仅帅在表面，更是帅在内心。开始我们在同一个班级，但我不认识他，后来在同一个艺术团，我也不认识他，那时我是新学员，在众多的名字中，我最先记住了桥，因为老师每次布置任务时，总是先提到桥，总结时又多次表扬桥，这样我就熟悉了人名，不过，我还是不能把人和姓名对上号。团队每次演出，我总是发现一位学员提前到场，帮助安排场子、整理音响、安排座位、张贴节目单等。在演出过程中，他又自始至终负责音响的播放，从第一个节目忙到最后一个节目，我很受感动，问起名字，才知道他就是曾干桥，于是，我把“桥”和人对上号了。

真正有才能的人总是善良的，坦白的，爽直的，绝不矜持。——巴尔扎克

善良的人心胸坦荡，情操高尚，心灵纯洁，乐于助人。靠近他，感动你。

桥就是这样的人，一个极其善良的人，善的源泉在他的内心。交谊

舞班的学员都说："咱们的桥班长是一个好人。"是啊，他乐于助人，对人友善谦和，谁都愿意和他打交道，谁都愿意和他交朋友，谁都愿意和他促膝谈心，因为他善解人意。他知道我有时喜欢记载活动情况，便主动把收集的资料和照片发给我，便于我写随笔。记得有一次我在舞蹈室排练，桥帅找到我并送给我一份资料。我仔细一看，是一份节目单，当时我很感动，真不知道说什么才好。其实，桥对待每一个人都是这样。

善良就像美好的音乐存在于人类的灵魂中。桥哥，你的善良感动了我们。

他的名字叫皓，"皓"字的基本含义，"洁白明亮"，引申为"朝气、活泼、光明"等，姓名学解释为"天生聪明、清雅荣贵，智勇双全"。

宋文皓阳刚帅气，英俊潇洒，气宇轩昂，一表人才，是我们班上的才子，他真应了这个名字，我们都说："宋文皓是一个最坚强的人。"

我喜欢听他吹萨克斯，那旋律慷慨激昂，振奋人心，犹如把我们带到了一个阳光灿烂的新境地，使我们笑对生活。有时，他奏出的音乐又如高山流水从管弦中缓缓流出，那清新悠扬的旋律，娓娓动听，抚慰着每一个疲惫的心灵。每次登台表演，他都把自己置身于音乐之中，使心灵在音乐中升华。每当这时，他便忘记了身外的一切，忘记了人生中走过的不平坦的道路，在他的眼前，只有光明。

皓喜欢舞蹈，他把舞蹈当成陶冶情操、修炼品行、热爱生活的又一途径。他虚心学习，刻苦训练，舞蹈使他变得更加阳光，更加坚强。他擅长拉丁舞，内刚外柔的伦巴步、利落紧凑的恰恰步、强悍振奋的斗牛舞步。在交谊舞班上，他是大家心目中的舞蹈王子。

我佩服他的毅力和坚强意志。人都有走到尽头的那一天，只是那张判决书到得有早有迟，到那时，你是悲痛欲绝，还是坦然处之，我认为，在这方面皓是我们的好榜样，长达十几年的坚持，他已经变得更加坚强了。

在这里，我要默默地为他祈祷祝福，愿他的人生永远是春天！

那天我们一行来到了粤晖园，在古色古香的长廊中围绕着一根柱子留下了自己的美照。

“汉凌，你也来一张吧。”我对利汉凌说。

汉凌平时一见到我，总是竖大拇指，脸上带着微笑，我真为此感到羞涩，我在自己身上找不出丁点儿值得别人赞扬的地方，不过我很清楚，我们在同一个班，他是在鼓励我。其实点赞的应该是我，我就是为他点一百个赞都不多。在去年的班级汇报演出中，他声情并茂地演唱了一首《老师，我爱你》，他把对老师的那份真挚的爱全部融化在歌声里，歌声委婉动听又如泣如诉，感动了老师，感动了在座的每一个人。

他身上有很多光环，赢得过许多荣誉，可他深藏不露，除了几个了解他的人，其他人都无从知晓，因为他认为那些荣誉和奖牌只能代表过去。最近我才听人说起，在 2016 年东莞市第十三届老年人运动会中，他获得了乒乓球单打冠军、团体冠军，并曾经参加过中国乒乓球协会会员年赛、中国乒乓球协会会员总决赛，在一系列全国各省的乒乓球比赛中，他也获得了不少的荣誉和奖牌。

汉凌不仅是一名体育健将，也是一个乐于奉献的人，他在“关工委”工作了十六年，不拿工资，不计报酬，现在退休了，还留在“关工委”继续努力工作，为教育和培养下一代贡献他的有生力量。

这就是爱的奉献。

大朗嫂是那样的妩媚，大朗哥是那样的英俊帅气。

说起大朗哥和大朗嫂，我就想起了在小品《无牌医生》中那对夫妇的精彩表演，想起了那对比翼双飞夫唱妇随的“大朗哥”和“大朗嫂”。

他们是大朗镇人，对我们大家非常友好，我们都很喜欢他们夫妇，因此，“大朗哥”和“大朗嫂”就成了他们的代用名。

大朗哥名叫叶福照，很有才华，退休前是大朗镇文化站站长，擅长表演和写作。大朗嫂名叫谢爱璋，为人谦和，在家里是一位得力助手，常常在大朗哥的作品中扮演角色。大朗哥和大朗嫂对音乐和艺术有着执着的精神，不管晴天雨天，他们夫妻双双总是坚持到这所老年大学听课学习。我常常看到他们一同来校一起回家，一起排练一起演出，他们为了坚持听课放弃了休息时间，也常常为了排练节目而放弃自己家庭的利益。这对夫妻为志愿者艺术团做出了无私的奉献。

他俩比翼双飞。

我喜欢顾文娟。文娟是一位上海姑娘，身上洋溢着上海人的时尚和美丽，她总是把幸福的笑容带给大家，把欢乐的笑声留在大家的心里。她心地善良，做人坦荡，大家都视文娟为好朋友。为了团里的演出和班上的活动，她忙里忙外，把团里的工作当成自己的事来做。每次演出，她都把演出服装亲自送到演员们的手中，为大家提供方便。

娟很关心我，记得我开始写网络平台“说说”的时候，她总是第一个在我的空间里出现，为我点赞写评论，鼓励我笔耕不辍。她，是我心中最美丽的一朵绢花。

每一段旅程都有一个背影，每一处风景都有一个故事，它不会随着时光的推移在我的脑海中渐渐消失，因为，在我黄昏暮年的时候，与他们相遇，是我的幸福和快乐。

蜡烛的光

蜡烛的光虽然很弱，但它能照亮一间屋子，给在黑暗中摸索的人以光明。

我坐在少年宫外面的草坪上，不经意间看到手机上的一条消息，我上小学时的数学老师——杨雨桥因病医治无效驾鹤西去。这消息如晴天霹雳，使我震惊。我在草坪上呆坐了许久许久，不敢相信这是真实的消息，我希望它是误传，于是尽力控制自己的感情，努力使自己平静下来，后通过电话问询，我彻底失望了，老师真的走了。

“老师，您怎么失约了呢，不是说好今年暑假我们相聚一次吗？不是说好我们要一起去看望 90 多岁的陈家伟老师和包春池老师吗？”顷刻间，我的脸上挂满了泪水。

我爱回忆，爱回忆儿时的时光，回忆那些七彩的童年生活，回忆天真烂漫的小学生活，因为，我永远也不会忘记我的两位小学老师。

滕效云老师既是我的班主任又是我的语文老师，但他在许多年前就已经走了，至今给我留下了许多的遗憾。好在我的数学老师杨老师还健在，这给了我一些安慰，于是，在 2020 年 8 月，我和我先生专程去看望了杨老师。

那天天气炎热，我和师母通了电话，师母很高兴，为了迎接我们，她步行了很长一段路程，见到她时，她已经是满头大汗，上气不接下气。她告诉我们，她一大清早就去菜市场买菜，有些菜还是老师特意叮嘱的。一路上，我们有说有笑，她还说我们不应该带那么多的礼物，我告诉她这是学生的一点儿心意。

“一日为师，终身为父。”见到杨老师，我就像见到了阔别已久的亲人。

杨老师还是那样健谈，说起话来，不减当年的精气神，只是听力不如当年。我们问起他的身体状况，他告诉我们，因得益于当了几十年的体育老师，退休后身体一直很健康。师母说，他每天骑一辆旧自行车绕全城一圈，平时无论去哪里，都以自行车代替其他交通工具，那个年代买一辆自行车多不容易，如今这辆自行车跟随他许多年，虽然破旧，但他与自行车似乎情同手足，总舍不得丢弃。

师母的话是真的，因为我和同乡同学一提起杨老师，都会说起杨老师和自行车的事情。

当问到老师近来的状况时，老师告诉我，他近几个月好像是感冒了，咳嗽一直不见好，双腿有时乏力，外出不能骑自行车了，只好步行。这时我仔细打量起老师来，老师腰板结实，看后背就像一位中年人，与人交谈思路明晰，声音洪亮，说话还是和当年一样，声音宛如洪钟，不过脸上多了皱纹，头上添了白发。

我和杨老师无话不谈。杨老师说，他的小学老师快要百岁了，如今四世同堂，身体硬朗，重孙上学都由他接送。我安慰老师，只要他把感冒治好，坚持锻炼，也能活到一百岁，也会四世同堂呢。杨老师对自己的身体满怀信心，他根本不知道（我们也不知道）他已经被确诊为肺癌，家人没有告诉他。

我们回忆昔日的学校、老师以及学校生活，我们也谈论了各自的家庭情况，我们一起约定，如果哪一天方便的话，我一定带上我的学生与杨老师，还有他的小学老师一起合影留念。我们还约定，今年暑假，一起去看望曾经在同一学校一起工作过的陈家伟老师和包春池老师。

老师要留我们一起共进午餐，师母也早已备好了菜，但我因家中有事，只好婉言谢绝。临走，老师和师母一再叮嘱，下次一定要一起用餐。老师和师母把我们送出巷子，送到马路上，我们走远了，他们还在那里挥手。

时间一天一天地流逝。我常常屈指计算，现在离暑假还有多少天，到那时，我一定找一辆舒适的车，带上老师和师母，一同去完成我们的计划，可是老天爷不成全，老师早早地离开了我，让我又一次留下了永久的遗憾。

杨老师是本县人，家住零溪乡，那里离县城较近。他不到二十岁，就已经从桃源师范毕业，只身来到偏僻的高桥完小任教。小伙子招人喜爱，校长安排他教两个六年级班的数学和全校的体育课，他欣然接受。那时，乡下经济条件差，有些学生上学的年龄偏大，比杨老师小不了几岁，调皮的孩子免不了在课堂上不守规矩，不爱学习，有时还说几句风凉话，这使得初来乍到的杨老师也哭过几次鼻子，但他还是坚持留下来了，他喜欢和孩子们在一起。

我十岁那年就读高桥完小，认识了杨老师，他还是负责全校的体育课。至今我还记得，清晨，老师的哨声便在不宽敞的操场上响起，我们二十几个住校生一起来到操场，跟着杨老师的哨声完成一套广播操。那时没有音乐广播，每一节的几个八拍全靠老师的语音和哨声来完成，年年月月，每天的清晨，校园里的人都能听到清脆的哨声，而且把这种声音当成了一种不可多得的美妙音乐。

我们都喜欢上体育课，其实有喜欢杨老师的因素。那时学校简陋，体育器材甚少，但老师总是想方设法让我们玩得尽兴。每次体育课开始，老师先领我们做一些热身活动（运动之前的准备），然后带领我们绕操场跑上几圈，最后，老师提出一个事先准备好的藤筐，筐里有一个篮球、一根跳绳、几个鸡毛毽子。篮球是男孩子们用的，我们几个女孩子乐意享受那一根跳绳和几个鸡毛毽子。我们很听话，努力快活着，因为老师常对我们说，我们是长身体的时候，要多锻炼，身体才能结实，才能不生病。

操场边有一棵古柳树，枝叶繁茂，树冠像一把天然的遮阳伞，每次体育课前，我们总是先来到柳树下等待上课，尤其是暑天，我们常在柳树下乘凉，但我发现，每次我们自由锻炼时，老师本可以站在柳树下防晒，可是他从不享受这种特殊待遇。

完小两年的生活，我们听惯了老师的哨声，那声音清晰而又铿锵有力，它伴着我们度过了快乐的童年。

小学六年级是中考冲刺的重要阶段，需要优秀教师担任语文和数学的教学工作，杨老师是最佳人选，所以，每一届六年级两个班的数学课都由杨老师担任。

杨老师的课通俗易懂。他讲课总是由浅入深，循序渐进，又能恰到好处地让我们在课堂上温故而知新，所以，每一届小学升初中时，老师所教的成绩都是榜上有名。

老师遵循孔圣人“有教无类”的教育思想，不因贫富、贵贱、美丑而给学生分类。他对家境贫寒的孩子，更是关怀备至。那时没有电灯电话，晚自习时，每四个学生将课桌拼到一起，中间放一个装有煤油的小墨水瓶，瓶上是用铁皮夹住的细细的灯芯，买煤油的钱由这四个人平摊（一般是每人几分钱）。在乡下，孩子们常常连平摊煤油的钱都没有，记得有一次，我们没有钱买煤油了，晚自习只好坐在黑暗处，老师发现后，主动把他自己灯盏里的煤油倒给我们，这件事，我一直铭记在心。

在老师的引领下，我的学习成绩一直被大家看好，每次的考试成绩都遥遥领先，我的耳边只有赞扬声，也可能是那时人们常说的“温室里培育出来的花苗经不起风吹雨打”的缘故，有一次数学考试，我满心欢喜，以为又是满分，可是当试卷发下来的时候，我未能如愿，一下课我就跑到教室外面悄悄地哭了，越哭越伤心，那是我之前从未有过的伤心事。老师知道后，把我叫到跟前，帮我分析原因。那时的试卷全是人工用油印机印出来的，试卷常常不清楚，尤其是涉及数字的时候，我之所以失分，是因为我没看清题目的数字。找到了原因，老师笑着对我说，不要哭鼻子了，不是你不会做，而是试卷模糊造成的。过后我埋怨自己，的确是“温室里培育出来的花苗经不起风吹雨打”。

老师从不体罚学生，也从来不谩骂学生，对一个老师来说，这一点是难能可贵的。课堂上学生答错了题，或者答非所问，老师从不横加指责，而是及时解释。如果学生上课迟到了，老师先让他坐下来，课后再问清原因。

多年后，原来的完小改成了中学，我回到母校，和老师成了同行。刚走向社会，我思想单纯，很多东西都要从头学起。在母校教学的那几年，在工作上老师指导我，在生活上老师关心我。那时骑自行车是一种时尚，看到别人在操场上转几圈的时候，我总是站在那里长时间地观看，羡慕不已，就像羡慕别人有条件坐飞机一样。老师知道了我的心事后，主动提出当我的教练。

教人学骑自行车是力气活儿，一百多斤重的人坐在自行车上学骑的时候，需要教练尽全身力气，用双手掌稳整个车子，这样车上的人才不会倒下来。当初学者骑上自行车未掌握平衡时，教练随时都有摔倒和受伤的危险。我简直不忍心再学下去了，老师鼓励我说，做任何事都不要怕失败，要自信，要有毅力。

后来我被调到县城的一所中学，听说老师在退休之前，才被调到离家较近一点儿的地方，老师的一生几乎是在乡下度过的。

老师是一个正直的人，是一位受人尊敬的老师，他不仅给我们传授知识，而且还教会我们怎样做人。他就像一根蜡烛，燃烧了自己，却照亮了别人。

碧姑姑

碧姑姑是我奶奶的亲侄女，是奶奶娘家的人。我小时候奶奶每回一次娘家都把我带上，而且那些舅爷爷舅奶奶以及叔伯伯叔姑姑都对我甚好，因此，多年过后，奶奶娘家至亲人物的故事至今仍然历历在目。

我对碧姑姑的印象很深，她是四舅爷爷的长女。四舅爷爷读过私塾，中华人民共和国成立初期就是一位乡村教师。当碧姑姑来到这个世界后，四舅爷爷见她长得秀气，是一位小家碧玉，便给她取名为“纯碧”。左邻右舍都称赞她是一位天生丽质、心地善良的窈窕淑女，名为“纯碧”实不为过。我一直称她为“碧姑姑”。

碧姑姑在四舅爷爷的熏陶下，从小便能背诵诗书经文，如《百家姓》《增广贤文》，唐诗宋词更是信手拈来。四舅爷爷擅长书画，而且还会唱几段《三棒鼓》，聪慧过人的碧姑姑青出于蓝而胜于蓝，她也能歌善舞，棋琴书画得到了四舅爷爷的真传。

20 世纪 50 年代初，碧姑姑上了小学，几年后“金榜题名”，以最优异的成绩考上了县立初中，成为我们乡下唯一的一位“女状元”。

碧姑姑是一朵校花，她长得如花似玉，眉清目秀，艳如桃李，一对长辫，一双炯炯有神的杏眼，温柔可人，有人说她是一位天上掉下来的仙女，老师也评价她美若西施。碧姑姑是学校文艺宣传队的队员、宣传队里的台柱子，常常送戏下乡。如今人们只要一提起她，就会想起台上那个扎着蝴蝶结的女孩，歌声甜润，如天籁之音，轻歌曼舞，婀娜多姿。

碧姑姑是一位心地善良、知书达理之人，她善待同学，有同学在学习上有困难，她总是不厌其烦地帮助他人解答难题。她常常把自己的衣服借给同学御寒，也常把父母留给她的那几毛或几分钱送给家庭经济条件差的同学，帮他们买一瓶墨水或一支毛笔。她有一把最喜爱的花伞，平时舍不得使用，可是在下大雨的时候，她就把她心爱的小花伞送给同学，自己只顶着一块小手帕行走在风雨中。

转眼初中三年已过，正当她挑灯夜读准备升高中的时候，四舅爷爷接到公社党委和校方的通知，说大队缺少教师，上面又无分配，只好就地取材，他们要碧姑姑回乡担任教师，为了山里的失学娃，碧姑姑放弃了继续升学的机会。

碧姑姑没有留在四舅爷爷的那所学校任教，也没有留在高桥中心完小享受优质待遇，而是主动到偏僻的地方代课。她要去更艰苦的地方磨炼自己，她说那里的孩子更可怜。

碧姑姑去的那所学校与其说是一所独立的村办小学，不如说是队上遗留下来的一间无人问津的旧房子，屋子简陋不堪，窗户无格子，几张陈旧的落满灰尘的桌子加上几条歪斜的长凳便是学生的课桌椅。教师的办公室和生活起居房就挤在一间低矮的土砖房里，蚊虫毒蛇常来骚扰。学校只有一个教师和十几个学生。教师自己除了上课还要砍柴种菜，担水烧饭。学生放学了，这里就像一座古庙，庙里还有常来常往的香客，可这里就只有碧姑姑孤独一人了，无人光顾，一到夜晚，更是恐怖凄凉，她常被山上的狼嚎声惊醒，每当这时，她吓得不敢出气，只好蒙着被子呜咽起来。

十几岁的她很想回到父母身边，也非常想念她的同学，她多想坐在教室里聆听老师滔滔不绝地讲解天文地理知识，诵读《诗经》，朗诵《荷塘月色》，或者在舞台上翩翩起舞，尤其是当她接到朋友的来信时，她更是向往本该属于自己而今却成为泡影的学习生活。我真不知道她当时是否有过一丝后悔的念头。她在那所学校待了好几年，与当地群众和学生建立了深厚的感情，当她要去另一所更艰苦的学校时，那些群众和学生依依不舍地含泪相送。

我和碧姑姑既是亲戚关系，又是师生关系，我常常向小伙伴们炫耀：“我的碧姑姑长得好漂亮哦，她还是一个老师呢。”小伙伴们听了都向我投来羡慕的眼光。

记得那年我在高桥中心完小读五年级时，有幸参加了学校开展的庆“六一”文艺会演活动，当时碧姑姑担任舞台总指挥和导演，我在《蓝蓝的天上白云飘》的舞蹈中出演主角，碧姑姑对我耐心指导，引领我叩响了舞蹈的门扉，使我受益匪浅。她编排和导演的节目在每次的会演中都是一大亮点。

碧姑姑就像一朵花，这朵花该插到哪里呢？碧姑姑也像山中的凤凰，凤凰该向何处飞落呢？碧姑姑还不到十八岁时，远近乡邻登门求婚的人就络绎不绝，有人说媒人踏破了门槛。求婚的人中有教师、供销社的主任、公社包队干部、工厂的工人、部队军官，也有本村的优秀村民。四舅爷爷和四舅奶奶很开明，常说“婚姻自由，父母不包办”。后来近水楼台先得月，碧姑姑与本村一位青年结为伉俪。

当时民办老师很吃香，有些代课教师都想尽一切办法进了有保障的民办教师队伍。四舅奶奶常常埋怨四舅爷爷：“那些文化程度只有高小水平的人都挤进了民办教师队伍，连学校炊事员的孩子也都接班当了炊事员，我们的孩子初中文化，村里谁能胜过她？你是学校的教师，很方便和校长沟通，校长也不会不看你的面子，你怎么就不管自己孩子的前途呢？”

四舅爷爷回绝：“不能有私心。”

后来公社只用民办教师，取缔了代课教师，有才的碧姑姑走下讲台，成了一位地地道道的农民。

这意味着一个如花似玉的妙龄女子将要在黑土地上与生活抗争。烈日炎炎的夏天，碧姑姑扛起锄头随同社员们一天到晚在山坡上干活儿，严寒的冬天，她也毫不例外与村民一起顶着寒风大修水库，一年四季坚持出集体工，从不落下一天。她也担负起了相夫教子、孝敬公婆的重任，考虑一大家子的柴米油盐问题，她要烧水做饭、洗衣砍柴扯猪草，她要挑起家庭生活的重担。为了解决家庭困难，她白天出集体工，晚上帮别人缝衣服，做鞋垫，村上的人都说她是一位勤劳贤惠的好媳妇。由于碧姑姑劳累过度，她白皙的脸渐渐地变成了古铜色，皱纹也悄悄地爬上了她的额头，爬上了那张原本粉嫩的脸。

随着时间的流逝，碧姑姑的青春年华一去不复返了，她一天天地变老，由于劳累过度，她老得比谁都快。

“当年她是一位远近有名的美才女，而今……”她的丈夫和村里人都在这样议论。

碧姑姑小时候就有一个梦想，她想好好读书，她知道乡下人只有读书升学才能从山中走出去，才能见到外面的广阔天地。她从小就喜欢教师这个职业，她渴望长大后像她父亲一样当一名正式的乡村教师，培养山里的娃，可这些愿望她都没有实现。碧姑姑六十几岁时，还是想走出去看看外面的世界，于是离家去城里做起了保姆，她每天必须做饭打扫卫生带孩子，看主人的脸色谨慎行事，一天天一年年，她太累了，以致后来积劳成疾。

两年前我回到了家乡，老远看到一位佝偻着身子拄着拐杖、步履艰难的老太太向我这边走来。

“她是谁？”我悄悄问旁边的人。

“她是你的碧姑姑。”

“我的天……”我惊叫一声。

如今碧姑姑已离我而去，在人生的舞台上谢幕了。我立在她的遗像前，回忆她的点点滴滴。

碧姑姑就像一朵盛开的山中野花，只图把淡雅的芬芳留给山川大地，最后静悄悄地枯萎在幽谷之中。

我想用此小文，寄托我对她的哀思。

美的播种者

东莞市老年干部大学的李淑芹老师是我的音乐老师，从师几年来，老师的一言一行深深地感动了我，她是一位我在老年大学遇到的、非常受人尊敬的好老师。

人说风光美，我说老师美。李老师道德美，心灵美，知识渊博，业务精深。她心地善良，诚信待人，在教学工作中一丝不苟，兢兢业业。几年来，她将自己的所有精力，全部投入教学工作之中。

东北人的特点和性格是热心肠，讲义气，直来直去，非常豪爽。李老师是东北人，她除了具有东北人的耿直性格外，还兼有江南女性温柔的一面，因为她对人谦和，为人善良，既是我们的良师，又是我们的益友。我们每个班有六十几个学员，老师任五个班级的音乐课，她能把每个班的每个学员的名字以及学员退休前的职业都记得一清二楚。上课时，她点兵点将，得心应手。课后无论在哪里相见，她都能与你亲切地交流。哪个学员病了，她都会发信息送去暖暖的祝福，或者去学员家里问候。有个学员得了不治之症，老师多次去医院看望她，鼓励她战胜病魔，也常常因她的病情加重而偷偷落泪。学员们都愿意将自己的快乐与老师分享，也都愿意将自己解不开的思想疙瘩向老师倾诉，我们都把老师当成了最亲的人。

我很喜欢听李老师讲课，每当她走进教室，我就有一种亲切感。课堂上，她笑容满面，精神矍铄。

我清楚地记得第一堂课时，老师就引用音乐家冼星海的一段话告诫我们：“音乐，是人生最大的快乐；音乐，是生活中的一段清流；音乐，是陶冶性情的熔炉。”李老师滔滔不绝的演讲，使我们明确了音乐的魅力，毫无疑问，我们对音乐产生了浓厚的兴趣。

在教学中，老师本着“有教无类”的原则，对学员一视同仁。我们班上有很多零基础的学员，对乐理知识一窍不通，更不用说试唱歌谱了，可老师对我们不离不弃，总是不厌其烦地进行耐心辅导，在练习发音时，她言传身教，循循善诱，并走下讲台，一个一个地精心指导、检查，指出不足，耐心地帮助学员们纠正错误。在课堂上，老师在传授音乐知识的同时，不忘注重学员的道德修养，她常常用生动的、励志的故事和哲理名言，鼓励我们要诚信做人，在追求艺术的道路上不畏艰难，一路勇往直前。

在教学中，老师一丝不苟，忠诚敬业。她的课生动有趣，语言清晰，抑扬顿挫，层次清楚，有条不紊，重点突出，迎刃解难。

我们都喜欢听李老师的课。她从音的高低长短到强弱记号，从大调小调到和声，由浅入深层层阐述。视唱是我们的课堂练习，发声练习是每一节课的重中之重。她耐心地为我们定调，耐心地教我们发声。她一边领唱一边弹钢琴，从低音到高音，又从高音到低音，一遍又一遍，直到我们掌握为止。累了，抿一口水又继续讲解，从不歇息，从不放弃。为了让我们更好更快地掌握唱歌技巧，老师根据学员的基础编写了《东莞市老年干部大学声乐班教材》一书，使我们受益匪浅。老师还搜集一些歌颂党、歌颂社会主义新中国和改革开放的经典歌曲。对脍炙人口的民歌，她亲自下载，亲自打印，亲自将那一张张的歌片送到我们每个人的手中。

老师的教学方法灵活多样，她常常带领我们走出教室，来到公园，在公园里进行实地教学，让学员实地演唱，一次又一次，学员们得到了锻炼，收获了丰富的实践知识。每一学期结业时，老师为了培养我们的表演能力、提高我们的演唱技能，为我们搭建了结业演唱会平台，让每一个学员重返青春舞台，不问年龄，不坠青云之志，在舞台上轻歌曼舞，各尽所长，唱出心中最美好的歌，舞出最美的夕阳人生，将自己的才华向老师进行汇报。老师举办的这些活动深得学员们的赞扬，因为我们都尝到了“老有所学，老有所乐”的甜头。老师把她的教学领地当成一片沃土，让我们的思维在这片沃土里升华，让我们的梦想在此腾飞。

一个快要七十岁的老人，有家庭有丈夫，有儿女有孙子，要担任老年大学五个班的音乐课老师，其责任重大，工作量繁重，但我的老师老当益壮，不移白首之心，迎难而上，一心扑在教学上，把教学当成了娱乐，当成对美好事业的追求。为了让党的政策深入人心，老师组织音乐班学员，成立了达四十多人的“志愿者艺术团”。身为团长的她，身先士卒，有多少个日夜，舍弃小家为大家，指导演员们排练节目，学校楼下的篮球场、星河传说的排练室、南城文化广场的桥下、东正社区的露天舞台，都留下了她和演员们排练的足迹，都有她和演员们洒下的汗水。又有多少个日夜，她和演员们同台演出，在寒风凛冽的日子里，无论演出场地有多远，无论家中有多繁忙，她都从不落下一场。老师还领导我们多次登上志愿者大舞台，多次去敬老院、养老院，慰问演出。我们也常常深入社区进行义务演出。

我们跟着老师学会了唱歌，我们也跟着老师学会了无私奉献。

老师是美的耕耘者，老师也是美的播种者。

红香一点清风

人们一说起李婷，我就想起了碧池里的荷香。

荷花“出淤泥而不染，濯清涟而不妖”。荷花象征着人的品德：正直、高雅、顽强、真诚和善良。

我认识婷婷，还得从那年《东方散文》杂志召开的云南笔会说起。

为了准时参加笔会，我和婷婷相约，启程的前一天晚上我去她家，以便第二天同行。

记得那晚十一点钟我才到达她家楼下，刚按门铃就听到了婷婷熟悉的声音：

“你到了之后怎么不打电话呢？我好下楼去接你呀。”

“没事儿。”我笑着回答。

婷婷高兴地把我迎进了她的家。

房子是复式楼，她先生是律师，因为白天忙了一整天工作，加上时间太晚，过几个小时后还要送我们去广州高铁站，所以刚刚在一楼歇息了。我安顿好行李，然后跟着婷婷轻轻地上了楼。婷婷要我睡床铺，她睡沙发，那怎么行呢，我执意不肯，但终究拗不过她，只好恭敬不如从命。

这层楼是卧室和书房，虽然没有豪华的装潢，但房间装饰得温馨典雅，有书香气，只要客人走进房间，立刻就会有一种怡人的感觉。婷婷告诉我，这曾经是她已赴美国就读的儿子的卧室和书房，现在是她阅读和写作的地方。我环顾整个房间，墙上挂着名言警句、唐诗字画，柜台上摆着古色古香的装饰品，墙下的那一排兰草花散发出诱人的清香，让人感到舒适、恬静。我的脑海里立刻浮现出一个感人的画面：半夜，四周静悄悄，唯独这间房子里，还有一个男孩伴着夜灯在知识的海洋里遨游。

我轻轻地躺下，房间里鸦雀无声，几乎能听见彼此的呼吸声。我躺在床上不敢随意动弹，生怕影响婷婷工作。我侧身看看婷婷，只见她着一身洁白的睡衣，坐在沙发上聚精会神地写文章，从不停下歇息，只是偶尔文章需要用电脑编辑的时候，她才起身去一下电脑房编辑她的文章，回来后又坐在沙发上继续写作。我悄悄地点开手机，显示 1:30。

“天啊，四点半还要赶路呢。”我担心起来。

婷婷曾经告诉过我，她是慈善机构的负责人，白天除了忙慈善工作还要打点公司，早出晚归，只有夜深人静的时候才是她文学创作的最佳时间，我不由得心疼起她来。

“婷婷，歇息吧，快到凌晨两点了。”婷婷只是“嗯”了一声，没有挪动身子。

那夜，我失眠了，脑海里浮现出许许多多的故事。

今年夏初，我收到婷婷寄来的《圭江流韵》一书，真是爱不释手，打开书本，一口气读了几个章节，后来又反复多次一字一句、一节一章地认真拜读。《桑梓热土》《山情水幽》《古风弥漫》《诗意行走》《骨肉情深》依次把我带进了她的情感世界，打动着我的心弦。《山样的父亲》《水般的母亲》无不凝聚着她对父母的孝敬和深厚的感情，读完，我的脸上久久地挂着两行泪水。

《给儿子的一封信》更为感人。

“我要用我的心我的情，把自己陪伴这个孩子成长的时时刻刻记录下来，写下孩子的成长日记！等这个孩子长大上大学的时候，作为礼物送给他。”

“儿子，妈妈是从怀你的第三个月开始写你的成长日记的。回眸十八年既短暂又漫长。当初，妈妈决定做这件事的时候，也觉得好难好长远，有点儿犹豫不决。然而，最终妈妈还是一天天、一月月、一年年地坚持下来了。一切仿佛发生在昨天一般。当然，在此过程中，妈妈曾经多次闪出这样的念头：不写了，太累了。然而，每当这样的念头闪出来，很快就被妈妈内心强大的力量战胜，那就是妈妈当初生下你时下的决心：为了儿子，我没有什么不可以！正因为有这种力量的支持，十八年的《育儿日记》，妈妈坚持下来了！”

在儿子上大学的那一天，婷婷将厚厚的200多万字的75本日记送给儿子，她的儿子流下了幸福的泪水，他深深地知道，那是母亲用她的心血完成的。

200多万字的日记，共计75大本，这是一项需要超出常人毅力才能完成的凝结着母爱和心血的工程，它的厚重是无法计量的。

婷婷是一位贤惠的妻子，为了支持丈夫的工作，她挑起全部的家务重担，买菜、做饭、打扫卫生。她是一位好媳妇，她常常带领儿子和丈夫去彭泽看望年老的公婆，她的公婆逢人便说，他们有一个好儿子，更有一个千里难寻的好媳妇。婷婷上善若水，除了管理自己的公司，还热衷于慈善事业。

一天只有二十四小时，婷婷是这样安排的：

清晨，她总是早早地起床，为丈夫准备早餐。白天，为了公司她奔波在外，晚上回家后当她在厨房里忙碌的时候，别人的家里早已传来电视的音乐声。夜晚，当房间里传来家人甜甜的鼾声时，她便开始了她的文学创作。她太困的时候，就揉揉眼睛，用凉水擦擦脸。有时，写着写着，手中的那支笔便停在某一行的某个字上，猛一醒来，那支笔又在纸上“唰唰唰”地响起来。

炎热的夏天，婷婷是这样熬过来的，寒冷的冬天，婷婷是这样挺过来的。

“婷婷，你付出得太多了。”在一次谈话中我对她说。

“心甘情愿。”婷婷笑着回答，从微笑中我看到了她的贤惠和善良，看到了她对文学创作的执着和追求。

那夜，我不知什么时候迷迷糊糊地闭上了眼睛，似乎听到了手机的铃声，我翻身坐起，只听婷婷坐在沙发上轻轻地对我说：

“王姐，凌晨四点了，我们四点半出发。”

“你一宿没合眼吧？”从她的眼神中我判断。

“我睡了一会儿。”

“一会儿，一会儿又是多长的时间呢？”我心里重复着那句话。

婷婷的先生小刘早已为我们沏好了茶，他英俊、善良、谦恭、和蔼可亲。

“早上好！”他一见到我就笑着向我问好。

“早上好！”我回应着。

“多好的一个家庭！”我心里暗暗赞叹，同时也在默默地为他们祝福。

我们带着行李一起下楼。天还没亮，路灯能够照见那条笔直通往小区大门的水泥路，路的两边是荷花池，可以隐隐约约地看到池中的荷叶，虽然看不清池中荡漾的碧波，看不见开得正艳的荷花，但荷花的清香随着一阵清风扑鼻而来，那淡淡的香慰藉着我的心灵。

“婷婷，你宛若水中央的一点红香。”

我真想对婷婷这样说。

2020 年的春天

每年的寒假，我都要回老家过年。这次于 1 月 12 日启程，经由东莞火车站转广州北站，然后从广州北站直达慈利县城。我们在广州北站第 11 候车室停留了三个小时。从说话人的口音中判断，在这里候车的基本是回湖南的老乡。候车室很大，排满了座位，旅客很多，座无虚席。人们推着行李箱，背着行李袋，随意就座，无拘无束地交谈，只要语言方便，他们便毫无顾忌地接触。开水房里被挤得满满的，等候泡方便面的人排成了几支长长的队伍，有一位老人在维持秩序。下午六点，我们随着人流上了火车，车厢里大多数都是要回家过年的旅客，人们相互打招呼，畅所欲言，回家的心情溢于言表。火车沿途所到站口，也没有发现戴着口罩行走的工作人员和旅客，这里安然无恙。1 月 13 日，我们顺利到达县城。

孩子们是自己开车回家的，像往年一样，高速路上塞车，本应十二个小时就可到家，结果，车子走走停停，在路上花了三十几个小时。

每年的正月初二，我们都去乡下给父亲和亲戚拜年。父亲去年过世了，所以今年拜年有着特殊的意义。乡下的冬天很冷，常常大雪纷飞，因此，我们早早地准备了大棉袄，准备去乡下拜年的时候御寒。

除夕的前两天，小小的县城热闹非凡。为了过上一个热闹祥和的春节，人们纷纷拥上大街，拥进超市，采购过年的食品和拜年的礼物。超市里挤得水泄不通，货物车上都堆得满满的，虽然超市里有十几个收银台，但后面还是排着长长的队伍。整个县城的大街小巷，都洋溢着辞旧迎新的气氛。那天，我们也去了超市，除了购年货，还添置了二十几双带绒的拖鞋、瓷茶杯等，因为春节期间，来我家拜年的客人很多。

大年三十，鞭炮声此起彼落。家家户户挂起了大红灯笼，大门上贴着红对联，到处洋溢着盛世太平的祥和气氛。我们吃了团圆饭，一家人围坐在电炉子旁，观看一年一度必看的“春晚”节目，也给亲朋好友打电话、发微信拜年，祝福他们新春佳节愉快。我们几个姐妹也一起约定，正月初二一起去乡下祭拜父亲，给亲戚拜年，并一起参加表弟儿子的婚礼。

大年初一，远近的鞭炮声将我从睡梦中惊醒，这是庚子年正月初一，喜气洋洋的春节。为了图一个来福来财的吉利，我们也放了开门红的鞭炮，吃了饺子。

然而，打开手机，我看到了下面的信息：

武汉疫情防控指挥部发布 1 号通告，“武汉封城”。湖北启动突发公共卫生事件一级应急响应。全国民航机票、铁路火车票免收退票费。

看到这些信息，我们心情沉重，家里没了节日的喜气，我们为祖国担忧，为武汉的同胞们担忧。

为了防止新冠病毒的传染，我们毅然决定不回乡下，不走出大门，宅在家里。晚上，我对在天有灵的父亲说：“父亲，我们不能去看您了，您知道吗，当前疫情严重，我们无一技之长，不能去武汉支援受灾的同胞。我们应该宅在家里，防止病毒的扩散，这就是我们对国家做贡献。父亲，您是中共党员，您在去世的前几个月，还参加村里的党支部活动，如果您还在世，一定会支持我们这样做的。”

那晚，我想念父亲，挂念湖北武汉的同胞们。

儿媳妇在县人民医院工作，总是放心不下医院里的事情，那天，她主动去医院了解疫情，我们都支持她的工作，并反复叮嘱她一定要戴好口罩，搞好医院和科室里的消毒工作，增强防护意识。虽然我们不说什么，但还是为她担心，毕竟，医院是一个人群密集的地方。

我们住在莲花园，三条巷子，都是三十年前建的私人住宅，以前过春节时，巷子里的鞭炮声夹杂着欢笑声，如今，巷子里冷冷清清，只有一位阿叔，每天戴着口罩，推着垃圾车挨家挨户地帮助收垃圾，无论晴天雨天，从不间断。街道上见不到一辆出租车，公交车和去乡下的汽车也相继停运，我们唯一能做的就是：每天开窗，保持房间通风；每天都喷洒酒精，进行室内消毒；每天宅在家里，不走亲访友。

一天早晨，儿子在买药的途中，看到后街有好几位医生穿着防护服进了一家楼房，外面停有一辆救护车。街道上空空荡荡，见不到一个人影。听了儿子的描述，我们的心情更加沉重。宣传车每天从巷子里穿过，进行高音喇叭宣传，要求居民不要外出，做好防护工作，保护自己，保护家人。为了一方净土，去乡下的路被封了，各个小区设了防疫的岗哨，人们自觉地将自己圈在家中。

我们每天都看新闻，了解武汉的疫情，了解全国的疫情。武汉是英雄的城市，武汉的人民是英雄的人民。为了遏制新冠病毒的传播，武汉封城了。为了不让病毒在全国范围扩散，武汉市民宅在家中，坚守阵地。可以想象，当他们的家人被确诊为新冠病毒感染者的时候，当他们失去亲人的时候，当他们失去多位亲人的时候，当他们看到同胞倒下去的时候，当他们知道自己也被感染的时候，他们要承受多么大的痛苦啊。然而，他们的内心是强大的，他们坚持着，忍耐着。

最感人的事迹是战斗在抗疫一线的白衣战士，我们的英雄们，当武汉疫情暴发的时候，他们主动报名、请战、要求到最危险的地方去。明知山有虎，偏往虎山行，他们告别家中的老父老母，撇下嗷嗷待哺的婴儿，告别热恋中的恋人，写下请战书，毅然前往湖北武汉。他们当中有刚刚毕业的学生，有刚刚退休本来可以在家享天伦之乐的老将，有三十而立的骨干，也有身怀六甲即将当妈妈的幸福之人。他们的工作量无法用时间来计算，哪里有病人，哪里就有他们的身影。他们穿上防护服，戴上大白口罩，少吃少喝，在紧张而又繁忙的工作中度过一天中的十几个小时，有时竟然忘记了回家的时间，而他们稍有不慎，就有被感染的危险。

一方有难，八方支援，全国各地、各界人士，纷纷捐款。各省医院的医疗队前往湖北武汉支援，雷神山、火神山拔地而起，尽显神威。方舱医院、金银潭医院大爱无疆。全国上下，万众一心，众志成城。

远方的我们，天天祈祷：武汉加油，天佑中华！我和孩子们也相互鼓励，听党的话，宅在家中，坚持到最后一天。难得一家人相聚这么长的时间，我们在一起讨论国事民情，感恩党的伟大，感恩人民的智慧。

四十多天过去了，刚满十岁的孙子和上高二的孙女从未迈出过大门，一直在家上网课。

三月一日的夜里，空中一声春雷，预示寒夜即将过去，万物复苏、春光明媚的那一天即将到来。

加油，我的同胞！加油，中国！

最美人间四月天

“我说你是人间的四月天；笑响点亮了四面风；轻灵在春的光艳中交舞着变，你是四月早天里的云烟，黄昏吹着风的软，星子在无意中闪，细雨点洒在花前。”——林徽因

踏着暮春的脚步，沐浴着四月的清风，我来到了人杰地灵、历史文化灿烂的名城——河南郑州，参加文学《百花园》第五届全国征文大奖赛的颁奖典礼，在这里，会四方之文友，结八方之情缘，感悟灿烂的中原文化。

在这次大赛中，我的文章《朝阳地缝》在500多篇参赛的文章中脱颖而出，以阅读量最多和其他各项的高分值而遥遥领先，荣获特等奖。当我站在领奖台上，当河南省作家协会副主席墨白老师为我颁奖的时候，当文学《百花园》帅鹏举总编上台与我握手向我祝贺的时候，幸福的泪水瞬间溢满了我的双眼，我由衷地感谢文学《百花园》，感谢帅总编，感谢文学《百花园》编辑部的各位老师，感谢一直以来支持、鼓励和帮助我的家人及亲朋好友，是他们，让我在文学《百花园》中采撷了一枚红叶。

人间四月，一片春光。

4月23日下午，我千里迢迢来到河南郑州参加会议，当我出现在大厅的时候，忽然听见人群中有人直呼我的名字，听来如此亲切，声音犹如久别重逢的朋友，我的目光顺着声音的方向搜寻，我看到了一位庄重、文雅，又不失大家风范的雅士，他双目透露着刚毅的目光。是朋友还是

文友？突然觉得有一种似曾相识而今又无法想起的感觉，我在大脑中仔细搜寻存储的信息。

“我是帅……”不等说完，我立刻奔过去，紧紧地握住帅总编的手，在那一刻，千言万语我不知从何说起。帅总编审阅的稿件不知有多少，然而他能一眼认出从未谋面的我，我自惭不如帅总编的判断力和超人的记忆力，同时也敬佩帅总编孜孜不倦且细致入微的工作态度。

文学《百花园》从一个呱呱坠地的婴儿渐渐成长壮大，五年来，办得风生水起，其中，有园丁的群策群力，更有帅总编的呕心沥血。帅总编每天除了收稿、编稿和发稿，还要详细地统计几百号参赛作者的阅读量、留言和其他方面的资料。他有求必应，无论在微信群还是个人微信聊，他总是不厌其烦地解答群员提出的各种问题，群员们都说：帅总编大度，心阔如海洋，帅总编贴心，处处善解人意。

文学《百花园》第五届全国征文大奖赛，由文学《百花园》《河南经济报·经济新闻周刊》《河南科技报·科教版》联合发起，由文学《百花园》作家联盟承办的年度文学赛。今年二月，也许是命中注定的缘分，我看到了朋友在网络平台上发的参赛的帖子，我心欲动，抛出了《朝阳地缝》这块粗砖。

我的家乡张家界，素有“三千奇峰，八百秀水”的美称，而沉淀了亿万年的朝阳地缝又摘取了世界第一的桂冠，是张家界美丽风景的又一朵奇葩。去年八月我回到家乡，来到了朝阳地缝，在两个多小时的行走中，千奇的自然美景让我惊讶，让我陶醉。朝阳美景历历在目，家乡的情怀让我彻夜难眠，我把对家乡的爱倾注在笔墨之中，因为，故乡是我一生驻足的风景、不舍的眷恋。

我不是语文老师，但我从小就对文学情有独钟。我崇拜作家，因为我常常沉浸在他们的著作之中。他们的作品来源于生活，情到之处与我产生共鸣，我常常因书中故事情节的起伏跌宕而喜怒哀乐，从小到大、到今天变老，“作家”二字，一直是我顶礼膜拜的名词。近几年，我挤出时间写随笔，记录我在生活中发现的真善美。“精诚所至，金石为开。”2019 年，拙作《渡船》首次在《东莞文艺》杂志刊出，这无疑成了我业余写作的动力。

我不是作家，不是专业写作者，我是一介草根，写作只是我的业余爱好，凭着对文学的满腔热忱，我笔耕不辍，常常在人们进入梦乡的时候或者黎明之前，我走进文学的乐园，来到属于自己的那一片天地，坐在电脑前，搬砖叠瓦。严寒酷暑，我心坚如磐石，无可动摇。

郑州的四月天朗气清，惠风和畅，它处处蕴藉着希望和温暖。

同为追梦人的朋友们在美丽的郑州古城，相聚于一次文学盛宴。我们与名家面对面交流，领略中原文化的风光。我们有春的播种，也有秋的收获。打开红艳艳的荣誉证书，我百感交集：

文学《百花园》，“你是一树一树的花开，是燕在梁间呢喃，你是爱，是暖，是希望，你是人间的四月天！”

第四辑　几度山水

游云朝山小记

我的家乡有一座山，叫作云朝山，它位于湖南省慈利县境内，周边分别与桃源、石门、沅陵、桑植等县交界接壤。云朝山寺历史悠久，始建于汉朝，盛于元代。翻开清嘉庆《慈利县志》，你将会读到这样一段文字：“云朝山在邑南九十里，高数千仞，与腾云山对峙，亦胜地也。……登其上者，云雾四冥，恍若先天混沌之象，故传曰云朝。”

不知从哪个朝代开始，家乡人对云朝山就有了神话般的传说。小时候，老人们也常常给我们讲起云朝山的故事。

据说，云朝山上有一座寺，在很久很久以前，有一对仙鹤飞到了云朝山，从此，云朝山风神迥异，仙风道骨，苍黛凝重，宛若蓬莱仙境。

祖母也曾告诉过我，云朝山高耸入云，山顶上有一烛，夜间亮在山顶，远远望去，就像闪烁在夜空的一颗明星，无论春夏秋冬，夜夜熠熠生辉。

我听着这些传说渐渐地长大，也怀揣着这些故事走南闯北。几十年来，无论我在何方，传说中的云朝山的云，云朝山的鹤，云朝山的长明烛，总是在我的脑海里萦绕。近几年来，听说云朝山寺又续起了香火，我似乎又看到了一幅云雾缭绕、翠林如海的云朝山画面，想到了祖母给我们讲云朝山传说的情景，于是重游云朝山的欲望与日俱增，只是每次回乡，来也匆匆，去也匆匆，这个愿望终未实现。

2019 年岁末的一天，正值人们喜气洋洋迎接新春佳节的时候，我终于同家人一起游览了朝思暮想已久的云朝山。

那是一个春初冬末的日子，天气乍暖还寒。清晨，我们从家里出发，坐车经过龙潭河，然后绕道从木坪，一路盘山而上。途中经过云朝山村，透过车窗，我们看到了炊烟袅袅的村舍，柴门鸡鸣的山里人家，水波荡漾、青山含烟的高峡平湖。云朝山村，青山绿水，一派人间和乐的田园生活新气象。

过了云朝山村，螺旋式的车路一直通向半山腰的大风垭，这是一块人工开发出来的毛地，可供几辆车停放。到了大风垭，没有车路，只有一条羊肠小道蜿蜒而上，前方高山突兀苍郁，旁边万壑千山，松林啸啸，寒风撩衣，好在没有雨夹雪的天气，实乃一件幸事。

我们从大风垭开始登山，林中的积雪随处可见，山阴处的小道上也覆盖着一层薄薄的残留积雪。山路崎岖险峻，我们相互搀扶，相互提醒留心脚下。山越来越陡峭，路越来越狭窄，险要处有前人留下的石级路，路边没有防护栏。有一段路很险，我们不得不扪萝挽葛，至今回忆起来仍令人毛骨悚然，因为右边是陡峭的奇峰，左边是一带深壑，只要稍不留神，脚底一滑，就会飞落而下，与群山相拥“羽化而登仙”了。

万山朝拜，峰有千层的云朝山，生长着人间仙草，当年确有村民常来山中采药，为人治病。我身在此山，虽然没有寻到灵丹妙药，可我在山林中看到了一棵野生的古山茶树，古山茶树青枝绿叶，在万花纷谢雪压冬云之时，无数雪白的花朵仍然绽放在枝头上，点缀在万山丛中，真是千年神奇之物。我们还发现了几座志碑，都是年代已久的历代住持和尚的圆寂之墓。

到达山上的寺庙时，年轻人早已在金顶等候我们了，我们来不及烧香拜佛，只好急急跟随登顶。一级一级的石阶从寺庙通向金顶，拾级而上，犹如攀登天梯，因为金顶建在万丈悬崖的孤峰绝壁之上。20 世纪 90 年代，当地有几位村民，为了方便远近香客重续香火，自发集资，修成了现存的金顶。金顶周围用木栏围住，一间小屋里供奉着真武大帝。据考证，当年张三丰曾云游此地，伴佛讲道，在金顶建立了真武祠。

岁月悠悠，云朝悠悠。

我们站在金顶，感慨万千。举目远眺，苍山如海，松林遮天蔽日，引风呼啸。周边古藤古树，神鸟和鸣。脚下深不可测，人立金顶，如履薄冰。两座蜡烛山从万丈深渊中拔地而起，如刀劈斧削，数千年来，似长明灯亮在金顶对面。

从金顶下到寺院后，我才发现寺院和金顶两座奇峰均由一座石拱桥连接，拱桥宽约五米，长约十米，桥的两边有石栏，还有一幅龙图盘踞桥头。桥下，寺院和金顶两座险峰伸进了万丈深渊。

寺院四面环山，寺院是由火砖垒起来的一栋简易的平房，约有五间，院里香火未尽，余烟袅袅。旁边没有其他的建筑，周围有菜地、水池。一只小狗在外面转来转去，一看到我们，便立即跟了上来。忽然听见屋里有人连声呼唤“卓玛”，紧接着一位女人走了出来，手里端着饭碗，小狗卓玛跟了上去。从谈话中得知，她是远方的人，常年在此做义工，和师父一起守护着千年云朝。

环顾寺院，我似乎看到了当年“楼阁辉煌、光明掩映”、刘启达笔下的“紫馆碧城、琳宫琼室”的云朝寺庙，看到了“二里路红地毯、十八间粥棚、茶棚接待四方信客，数万朝拜者坐轿骑马”的香火鼎盛时期。

天色近晚，又有霜风袭来，我们不得不及时下山。下山的路很难走，我们低着头，小心翼翼。回望云朝山，我想起了那位来自远方的女义工，想起了世世代代在云朝山繁衍生息、勤劳耕作、行善积德的村民们。

我们终于下山，额头已被汗水浸湿，我擦着额头上的汗水，抬头仰望，似乎看到云朝山的山顶上还立着一对仙鹤，蜡烛山上烛火闪亮，照耀着四方子民。

草塘秋色

东莞市老年大学的旁边有一个荷塘，因为这里属于草塘区，所以，大家给荷塘取名为“草塘”。

那年夏日我路过草塘时，看见草塘中的荷花正盛开着，“映日荷花别样红”，那诱人勾魂的景使我一直念念不忘。

秋天到了，我想起了草塘，草塘的秋景美吗？荷花呢？凋零了吗？秆儿枯了吗？那叶儿呢？思恋之情又一次使我徒步来到草塘。呀！秋天的草塘美极了，我惊呆了，立在那儿一动也不动，真想把整个草塘揽在怀里轻轻地吻个够。

那天正是秋分，初升的太阳刚刚从东边照过来，透过晨雾，穿过树叶间的空隙，一缕缕地流在草塘上，那红的，黄的，绿的——赤橙黄绿青蓝紫，整个草塘五彩缤纷。

太阳照在树上，树枝像条条彩带随风飘动。太阳照在水里，满塘波光粼粼。那秋阳，让我感到全身暖烘烘的，心里暖融融的。

一条小道沿着草塘环绕，远远望去，像一条系在女人腰上的裙带。小道不宽，仅供行人过往，但那些上班族为了一睹草塘的秋景，也常常骑着自行车，手里按着车铃，嘴里哼着曲儿从这里经过。小道上行人不断，大多是想来这里游玩和观赏风景的。

草塘的四面绿树成荫，那棵高大的榕树苍劲挺拔，像一座天然的凉亭。树干粗壮，阔叶茂密碧绿，树冠好像一把擎天巨伞，舒展到路边，延伸到水里，为过路人遮风挡雨。横向的枝干长出了条条气根，长长的，细细的，像万条细绳顺着枝干依次下垂，落地生根。榕树下露出来的根盘根错节，从地下吸收水分养料，忠诚于它的主子。

荷塘边上的排排柳树，柳枝随风摇曳，在蓝天白云的陪衬下分外妖娆。还有很多我叫不出名字的树，枝叶繁茂，赶早的莺也舒展着身子，亮出歌喉，在绿绿的枝条上鸣唱。路边劲草丛生，偶尔也夹杂着几朵野花，幽幽清香扑鼻而来。

草塘的左边有一块不太宽的水泥平台，由层层石阶通向水中。平台上还有几个石凳供人们休闲时坐。荷塘的右边是一座建在水中的七曲八弯的小桥，人们常常凭栏观鱼，或者吟诗作画。

最富有诗意的还是那座红亭，它傍水而建，黄瓦红顶，飞檐翘角，红柱直立，虽无雕梁画栋，更谈不上玉宇琼楼金碧辉煌，但亭子的旁边柳树低垂，绿树成荫，整个亭子被掩映在绿色之中，远远望去，倒也有“万绿丛中一点红”的清幽雅致、恬静舒适之感。人们常常来到这里，朝观红日，暮看晚霞，夜望皎月，畅谈人生。

一座拱桥横跨草塘，将整个草塘一分为二。拱桥有三四米宽，桥面、桥身、桥栏全是白色。桥栏的造型酷似古桥，颜色近似汉白玉，但不是汉白玉。人们行走在桥上，“极目楚天舒”，整个草塘一览无遗。

“嗡嗡”的蜂儿成群结队，绕着莲花跳起了圆舞曲。轻盈的蜻蜓时而高飞，时而近水，时而落在荷叶上。一对鸳鸯漫游在清清的水面上，且行且珍惜，与世无争。

睡莲，满眼的碧绿，满眼的“红云盖明镜”，满眼的“白玉花开绿锦池”。睡莲开的花有红色的，也有白色的，红色的花像美人脸上绽开的笑容，又似少女的脸上泛起的朵朵红晕。白色的花，多像冰清玉洁的少女。那些打苞的，圆圆的朵儿，由细细的秆儿托着随风摇曳，像是和着音乐节拍向人们微微点头。

与睡莲有别的荷花，尽管有的花儿枯萎了，秆儿枯了，但有的荷叶还挂着绿，微风吹过，一阵轻摇，风韵犹存，阳光洒在上面，栩栩如生。荷秆儿直直的，像一个小伙子一样昂首挺胸，出污泥托起片片圆叶，像一把圆伞撑开在水面上。中国荷，不畏秋风扫落叶，无惧雪花飘零，正如诗人所赞：“出泥不污，中通外直，不枝不蔓，亭亭净植，祛utf清标，君子之质。”

我久久地站在那里，赞赏荷的“君子之质”。

远远地走来一位老人，他在荷塘边停下，拿出长长的竹竿，并在竹竿的一头系上长而细的钓线，在鱼钩上挂上鱼饵，然后将钓线用力抛向水中。他旁边摆满了钓鱼工具及鱼饵之类，好奇的人们偶尔也近至他的身旁稍稍停留片刻，但他无视他们的到来，一心一意地做他的事。我也纳闷儿，他一言不发在想什么呢？鱼儿能否上钩？今晚可有鱼宴？总之，那种专心致志的态度令我赞叹不已，我赶忙拿起相机拍下人与自然和谐的画面。

还有几位老人坐在榕树下，听着从树上传来的蝉鸣声，眯缝着双眼，悠闲自得。

天空湛蓝，云朵洁白，草塘的秋色溢满了我的双眼。

阳光照耀着东莞

清晨，太阳从东方地平线上缓缓升起，唤醒了沉睡的街市，街面上的人群也开始活跃起来了，环卫工人是第一批迎来黎明的人，他们推着垃圾车，拿着扫帚，清洁马路、小道，《我们的生活充满阳光》的歌声从那边传来，久久回荡在上空。

南城塘贝菜市场川流不息，处处可见运菜的大车小车，装菜的大篮小篮，那叫价的还价的、碰上熟人打个招呼或寒暄几句的声音既嘈杂又热闹，菜贩说，这儿每天从凌晨一点就开始各种蔬菜的买卖交易了。

华凯广场的那条小街全是卖早点的摊位，油条包子馒头、稀饭豆浆牛奶及各种煎烤烙饼一应俱全，尤其是东莞人爱吃的肠粉最为抢手，这些早点都是打包好的，一切为了方便赶早班的人。

上班的市民来也匆匆去也匆匆，在公交站牌旁，等车的、下车的、上车的人络绎不绝。身着薄薄的纱裙，披着长长的秀发的靓女像天使般远远走来，又像仙女飘然而去。帅哥穿得比较正规，上着衬衣领带，下装青色长裤，脚穿皮鞋，手提一个公文包，尽管穿着正装有点儿热，时而擦擦汗水，但他们还是忍耐着，因为这是公司的要求、工作的需要。

赶早班的车辆缓缓地行进在马路上，一辆挨着一辆，远远望去，像一片车的海洋。校车的颜色尤为突出，都是醒目的橙色，前面还带着大鼻子呢，这是安全的象征。校车接送幼儿园的小朋友，也接送小学生和中学生。

“一年之计在于春，一日之计在于晨”，因此，“晨”在东莞人的心中最为重要。

东莞市位于广东省中南部珠江口东岸、东江下游的珠江三角洲，地处东经约113度，北纬约22度，因此夏季很长，目前已临近11月，即将迎来立冬，可是白天的气温还在三十几度，商店、公司和酒店全开着空调。这里没有冬季，居住在这里的人从未见过冰封大山、漫天雪飘、瑞雪兆丰年的景象。

又逢农历九九重阳节，重阳节是东莞人最隆重的节日，也是他们彰显中华民族美德的又一途径。

岁岁重阳之日，各类唱班舞队纷纷拥进敬老院，一批批身着黄衣服的志愿者也带上各种慰问品把温暖送给老人，传递人间的真爱。重阳扫墓在东莞已成风俗。重阳祭祖，东莞人代代相传，他们并非迷信道教的“桓景降妖”的神话故事，而是传承中华几千年来的忠孝之美德。朋友告诉我，重阳节前后几天都可以扫墓祭祖，类似我们家乡的清明节。家乡的风俗是，清明节的前三天和后四天可以祭祖扫墓，清明那天是不扫墓的，但我们没有在重阳节祭祖扫墓的习俗。

东莞的10月无秋，感受不到“秋风萧瑟天气凉”“草木摇落露为霜”的秋景，可当地人在寻秋，踏秋，因此，重阳之日的“登高”也是东莞人必不可少的活动之一，他们登水濂山、莲花山、黄旗山、银瓶山，看天高云淡，看碧空万里，看层林绿染，极目远眺，心旷神怡。

东莞的10月是绿色的，垂叶榕翠绿挺拔，撑开伞形枝叶，盘根在庭院、大街及园林之中。街道两旁多为荔树、红心木棉和杧果树。玉兰花无愧于东莞市的市花，10月，树上虽没有洁而白的花朵，但玉兰树仍然是绿色之中的佼佼者。东莞人以莞香树引为自豪，因为它是中国树木中唯一以东莞地名命名的树木，历史悠久。如今，当你走进东莞的大街小巷、公园、广场及小区，首先映入眼帘的还是那一片绿。

白沙古井越千秋

无锡锡山山无锡，
平湖湖水水平湖，
常德德山山有德，
长沙沙水水无沙。

早就听说过这段歌谣。前几年去长沙天心阁时，有人建议我去看看白沙古井，但因当时家务缠身，未能如愿。

白沙古井位于长沙城南的回龙山下西侧，前仰天心阁，后依贺龙体育馆。泉水从井底汩汩流出，清澈透明，甘甜可口，四季不断。自明清以来，长沙人就世世代代饮用此水，更有不少穷苦人家汲水于此，担卖全城，以此为生。据考证，白沙古井建于春秋战国时期，清乾隆年间，进士旷敏本、优贡张九思写下了脍炙人口的《白沙井记》《白沙泉记》诗文，称其泉“流而不盈，挹而不匮”“清香甘美，夏凉而冬暖。煮为茗，芳洁不变；为酒，不酢不滓，浆者不腐；为药剂，不变其气味”。凡饮过白沙古井之水的人都说，白沙古井可与济南趵突泉、无锡惠山泉、贵阳漏突泉媲美。

今年暑假，我和家人在长沙的烨煌酒店待了 10 日，白天除了跑医院，其余的时间就蜗居在空调房中。先生有晚饭后出去散步的习惯，那天，他带回来一大瓶水，告诉我，是特意从长沙白沙古井舀来的。

看到我先生从白沙井取来的清泉水，我的心中重又燃起去白沙古井的欲望。那日，落日的余晖已从树梢上溜走，黄昏的帷幕渐渐地盖下来，怀揣着对白沙古井的好奇，我来到了回龙山，长长的石级路将我从回龙山顶引领到山的脚下，这里是白沙井公园，竹林幽径，古树蔽天，有碑林长廊。面向街道的公园大门是四柱三洞牌坊式的建筑，旁边两柱刻有对联："高阁仰天心，贲临瀛海三千客；古城寻地脉，细品长沙第一泉。"横联是："白沙古井。"

白沙古井在白沙井公园之内，井的四周都有高高的石栏围着，背靠山坡的石栏上刻有"白沙古井"四个大字。现有四眼泉水一字形排列，间距三米左右，井台由花岗岩石铺成，旁边有一条导水沟，为了方便居民取水，两边的石栏都有通向古井的石级通道。

站在石栏高处，俯瞰古井，我的脑子里立即浮现出古人取水的情景："汲者至，人肩二桶，手一瓢以待，以至之先后为次。先者两人对坐，迭举瓢，俯仰若献祷。汲满，以次进就，举瓢如初，竟日暮不息，无哗者。"然而，就在一千多年后的今天，人们不也照样如此取水吗？我看到成群结队的市民，虽不是肩挑二桶，但他们提着装纯净水的空桶，自发地排着队走下通道，在井边二人对舀，装满，将水桶装进推车，走了，后来者继而取之，又走了，整个过程如此循环。取水者不分年长年幼，有爷孙二人，有父子兄弟，在暮色中，他们静悄悄地来，然后又静悄悄地离去，一切井然有序，无哗者。

公园里琴声曼妙，飘然而至，伴着朦胧的夜色，婉转悠扬。古树下老人们在乘凉，他们听着音乐，摇着蒲扇，悠闲自得。几盏路灯洒下了柔和的灯光，灯光透过疏疏树叶，落在地面上，拼凑出一幅幅美丽的图案。凉风习习，似乎有淡淡的花香，悠远而又沁人心脾，我深深地吸了一口气，注视着在灯光下取水人移动的身影，久久不愿离去。

长沙白沙古井的由来有诸多传说，《白沙泉记》中有云："闻长老说，泉随山脉来，甚远。今长沙山至江西之袁州迤逦北奔，至此入城，盖术家有谓之荫龙泉者。”

民间也流传着另一个故事。传说很久以前，这里只有一口水塘，一条黑龙常在水塘里翻滚，害得人们不能饮用此水。一天清晨，一位老农发现一只丹顶鹤倒在水塘边，双眼紧闭，善良的老农将丹顶鹤带回家，经过老农的悉心照料和精心医治，丹顶鹤康复了。事隔几天，一位美貌如花名叫白沙的姑娘，在附近开了一家面馆，不怀好意的黑龙变成一美男子来到面馆，当他津津有味地吃着面条时，白沙姑娘就拿起一双筷子在面碗的前面一晃，面条变成了铁链，绞住了黑龙的肠胃，黑龙现了原形，拼命挣扎，霎时间，人们看见一只耀眼的丹顶鹤腾空而起，接着一座山压在了正在挣扎的黑龙身上，白鹤喝令黑龙不断地吐出清水。后来，这座山脚下有了一口水井，泉水汩汩流出，润泽着这一方子民。

白沙古井，也曾一度被官方控制，有资料云，自清末以来，官绅恶霸垄断了白沙古井。清光绪年间，善化知县在井后立牌，将白沙井划为官井、民井，并订立用水章程。1950 年，长沙市人民政府拨款维修古井，建立石栏，铺砌地面，白沙古井回到了人民的手中。

是夜，我辗转无眠，思索着从山崖沙石间喷出的清泉水真的是“频舀而不虞其竭，即或久不舀而不见其溢”吗？天微亮，我再次来到回龙山上，伴着鸟鸣，快步下山。公园里还是来来往往取水的人，他们点头笑而会之，恭谦礼让，取水如旧。一位来自怀化的人告诉我，他来长沙工作八年了，八年来，他饮用的都是白沙古井的清泉水。站在我旁边的一位操着长沙口音的老人说，他很小的时候就经常随父母来白沙井取水，以后的他，也是年年岁岁，朝朝暮暮，取水从未间断。

我很好奇，站在石栏边，紧紧地盯着那四眼泉水，我惊奇地发现，无论多少人舀之，井水不竭，停舀，也不见井水溢出来，多神奇的古井啊。我情不自禁地走下通道，站在泉水边，此时，我真想提着空桶，拿着瓢，在井水边与人对舀，不哗。

回眸山下，白沙井公园沐浴在晨曦中，“白沙古井”四个大字在阳光下闪闪发光，山坡上一棵棵古樟树苍劲挺拔，茂密的树叶层层叠叠，浓绿如云。

林中有一鹤发童颜的老者徐徐走来，口中抑扬顿挫道：“水位深不盈尺，信而守恒，夏不盈升，冬无虚涸，取之不尽。”

风花雪月伴古城

2019 年 7 月，我首次参加了全国散文作家大理笔会。会议为期四天，其间，我领略了大理的美丽风光，结识了许多文学朋友，受到了文学家们的艺术感染和文学熏陶，他们对文学执着追求的精神深深地感动了我。回来后，总想提笔把我的所见所闻都记下来，苦于自己才疏学浅，水笔断流，写不出令自己满意的东西，尤其是当我读到《东方散文》杂志平台推出的一篇又一篇佳作美文后，我的恐惧心理与日俱增，我怕我的枯燥文字难以描绘大理的人文地理和美丽风光，无以言表以文会友的那份真挚感情，因而搁笔三月之久。近日来辗转反侧，夜不能寐，那些为之感动的事情太多太多，于是我下定决心，哪怕是挂一漏万，哪怕是记流水账，也要把它们记下来，以了我的心愿，了我的一桩心事。

一

从东莞到大理坐飞机要转乘，因此，我和李婷老师决定从广东南站坐十几个小时的高铁直接到达大理。我们乘车的时间是早晨六点半，这就要求我们必须在前一天夜里四点半从东莞出发。婷考虑到我的不便，便给我打电话，邀请我去她家住宿，以便于第二天同行，我欣然同意。晚上十一点了，我先生担心我夜间单独乘出租车不安全，决定随我一同前往。出租车把我们带到了目的地后便在马路边停下来，先生提出要把我送到婷的家后再找车回去。我考虑到先生身体欠佳，走路又不方便，一人单独回去我也不放心，于是我笑着说：

“我有一张会问路的嘴，两条能走路的腿，没事儿的。”

先生笑了，我站在那里，目送他的车远离了我的视线后方才转身去寻找婷的家。我不想影响婷的工作，所以决定到她楼下后再给她打电话。

快到十二点了，高耸林立的高楼里少有灯亮着，天上刚有月影儿，几盏路灯泛出黄黄的光，忽见路边有一个小商铺的灯还亮着，我马上走过去，一个年轻人正要关店门，我忙上前打听我要去的地方，那个年轻人也说不清楚，他提醒我去问问门亭保安，或许在那里能得到帮助。

前方一百多米处便是门亭，亭子里的灯很亮，恰逢一位女保安在值夜班。我见她低着头在认真地写着什么，便不想打扰，可她总是不停笔，我便硬着头皮开腔了：

“请问 C 区在哪儿？”她没有回答我。

“她可能在专注着什么呢。”我心里想着。

考虑到时间太晚，我不得不上前一步试探着打听，她没有抬头，嘴里没有说一个字，只是抬起手臂向左边挥挥手，我谢了她，拖着行李箱朝着她挥手的方向走去。

我走过一块有花草树木的园林，来到另一条小道上，借着某家窗口透出来的影影绰绰的灯光寻找有 C 符号的高楼，令我沮丧的是，这里不是我要寻找的 C 区，而是 B 区。我在那里转来转去，每一栋楼都是 B 加数字的符号，正在我一筹莫展、六神无主的时候，一辆车从旁边开来，我好像发现了救世主，车一停，我就跟上前去。车上下来一对夫妇，他们准备将车上的东西搬下来，我向他们打听我要去的地方，女人笑着对我说：

“我们是刚刚搬来的，也不熟悉。这不，这么晚了我们还在搬家呢，这个地方像迷宫，尤其是夜晚，不易找到你要去的地方。”

那位男士听了我的话，立即放下手中的东西，要帮我一起去寻找，在另一栋楼的园林边站着一位老太太，我们向她说明来意，老太太看了看我，便毫不犹豫地说："我给你带路。"

正准备出发时，一辆摩托突然停在我们面前，老太太告诉我们说这是小区夜间巡逻的保安，我向那位保安说明了来意。

"你怎么走到相反的方向来了？"那位年轻的保安听了我的话笑着说。

"这个小区太大，房子多，况且你又走错了方向，如果我不给你带路，你是不容易走出去的。"

他领着我往回走了一段路程，返回到我刚刚进来的地方，我望见那位女保安还坐在那里低头看着什么，先前的那份委屈立刻涌上我的心头，但很快就消失了，继而转为对女保安的同情，她也不容易啊。我跟着巡逻保安走过一栋又一栋的房子，终于来到C区。C区的房子真多，每一个字母符号旁边都用数字编了号，保安一边走一边告诉我怎样才能找到我要去的地方、怎样按门铃，以及怎样进楼梯等。他一遍一遍地重复着，生怕我记不住，最后，他还是不放心，待我背得滚瓜烂熟后他才收住话题。突然他的手机响起，看来他有任务在身，他走了，我立在那里，目送着他的身影慢慢消失在黑暗中，那一刻，我的心里只有感激。

二

行走在大理古城，就像走进了另一个世界，它不像上海南京路那样繁华，也不像北京王府井大街那样名噪一方，它没有张家界的秀峰林立，也没有桂林山水的浪漫多情，它古朴、安静，就像一个内敛的女人，立在苍山脚下。

当我和文友们一起缓缓踏进街头时，挥毫在石壁上的"南诏古风，大理神韵"八个大字映入眼帘，一条清澈见底的小溪贯穿整个街道中心，溪水哗哗地流淌，像美妙的音乐陶醉着过往的游客。溪的两边杨柳依依，枝条婆娑起舞。

街道两旁来来往往的游客很多，有成双成对携手的情侣，有结伴而行三五成群的伙伴，也有行动缓慢、相互搀扶的年过花甲的老夫老妻，人们走在青石板上，踏着古典音韵的节奏，陶醉在诗情画意之中。

街道两旁的房子是木梁结构，青砖灰瓦，木门铜锁。当你站在屋檐下，你一定会情不自禁地忆起旧日的时光，拾起散落在时光中的过往记忆。

古城，古色古香，商铺林立，有小吃、糖人画、捏泥人、手工扎染、烟酒茶楼等。银匠铺更受人青睐，一位银匠坐在店铺门边敲动着他的小锤，小锤的“叮当”声吸引着过往的游客，以致很多人都要在这里驻足，一睹匠人的传统工艺。

一股馨香扑鼻而来，我很好奇，随着那股香味儿来到一家店铺，店铺里的地面上摆着几个大簸箕，簸箕里堆满了玫瑰花瓣，我很惊讶，这里又不是鲜花店，为什么还有玫瑰花瓣呢？忙问店主，才知道玫瑰花是用来做饼的，据说，用玫瑰花做成的饼很香，这是云南大理有名的特产，叫作“鲜花饼”。我很喜欢闻这玫瑰花的香味儿，于是和店主就鲜花饼的话题聊开了。

当我走出店铺时，突然发现，我的身边都是陌生人。我知道我已经掉队了，慌忙在人群中寻找队友，可是，茫茫人海，哪有队友的影子？正当我心急如焚之时，遇到了《东方散文》杂志总编憨仲老师和他的太太，于是我们结伴而行。憨仲老师平易近人，对我们和蔼可亲，因此，我在总编面前毫不拘束。我们边走边谈，就像拉家常一样。我们一同走进了一家珠宝店，店里琳琅满目。只见憨仲老师认真仔细地往这个玻璃柜里瞧瞧，然后又转到另一边望一望，我很纳闷儿，这样一个山东汉子，今日怎么会如此“小家碧玉”呢？憨仲老师从柜里挑选出一只翡翠玉手镯，放在手里看了一会儿，然后又与其他颜色进行比对，最后挑选了他满意的一只来到营业员跟前：

“美女，我太太戴这种颜色合适吗！”

“很合适，很合适。先生，您真会挑选。”年轻的营业员看了笑着回答。当憨仲老师给他的太太戴上手镯时，周围的人都投去羡慕的目光。

我们从珠宝店出来以后，径直朝北门走去，憨仲老师的那条不能着地的腿，随着他的拐杖在移动，并且不由自主地摆来摆去，正常人走几步就能走出很远，而他，则要先移动拐杖，然后再移动那条失去知觉的腿，尤其是在人群拥挤的地方，他的行进需要超乎常人的毅力。看到老师的额头上渗出了汗水，我便建议不去五华楼，可老师说：“去吧，五华楼是大理古城的重要标志之一，值得一看。”憨仲太太也告诉我，凡是憨仲老师坚持要做的事情，没有不成功的。

在返回的路上，我们被人群冲散了，不见憨仲老师的踪影，我边走边回头张望，总希望老师的身影在后面的某个地方出现，因为我是第一次与老师同行，不免为他的不便而担心，我开始不安起来。

“你看，那是谁？”

忽然憨仲太太指着前方一个拄着拐杖的人高兴地对我说。我一下子明白过来，憨仲老师早已走在了我们的前面，对他的敬佩之情油然而生。

早就有朋友告诉我，二十年前，憨仲昏迷三天之后醒来时，已半身不遂，曾经伴随他走南闯北的双腿有一条再也不能动弹了，这对正值血气方刚、在人生的道路上准备大展宏图的男儿来说，如五雷轰顶，当时，他绝望了，不过，他没有抱怨上天对他的不公，他躺在病床上，重新筹划着自己的人生。

老师认为他还有一双手，于是，他开始了写作。他写下了名著《泱泱齐风》上下卷，《天齐高风》上下卷及《天齐雄风》卷，为了这洋洋洒洒好几百万字的长卷，他拖着不便的腿走遍了十三个省市，上百个地市县，行程十万余里。他还亲自创办了文刊《东方散文》，让来自全国的文友在一次次的笔会中探讨、交流文学的真谛。他带着文友们一路行走，在他面前，没有上不了的高山，也没有下不了的大海。如今，《东方散文》享誉海内外。

那天，在大理古城的街道上，我的脑海里留下一个画面：一位老人，满头银发，着一身普通的蓝色衣服，靠着手里的拐杖，艰难地行走在古城的街头，他一直都没有停下来，而是一步一步地向前，他的身影，在我的视线里变得越来越高大。

三

20 世纪 50 年代末的电影《五朵金花》早已定格在人们的心中，“大理三月好风光，蝴蝶泉边好梳妆，蝴蝶飞来采花蜜哟，阿妹梳头为哪桩”的歌词脍炙人口。凡是到大理的游人，都会想起蝴蝶泉，想起影片中的阿鹏哥和金花妹的爱情故事。

在笔会的第二天，我如愿以偿，和文友们去了蝴蝶园。我们刚到蝴蝶园门口时，天上下起了毛毛细雨，有人撑起了伞，有人顶着头巾，有人干脆站在雨中，似乎在感受上天降下的甘露。售票大厅排起了长长的队伍，其实，雨，又算得了什么？一位已过而立之年的文友，端着摄像机，捕捉雨中美景，我从他的摄像机中，看到文友们一个个从雨中走来，镇定自若，似乎什么也没发生。

“多美啊！能否给我拍一张照？”我不认识他，冒昧地提出了这个要求，他微笑着，答应了我的要求。后来打听才知道，他是李三祥老师。李老师的衣服虽然被雨水淋湿了，但他的摄像机里，留下了文友们最珍贵的特写镜头。

进了蝴蝶园，我看到有一条修长的石板路通往蝴蝶泉，路的两边长满了修竹，有的人步行，有的人坐了电瓶车。为了欣赏园内风景，我选择步行，可是，我没走多远，大雨便哗哗地从天而降，好像洱海的水倒灌似的。修竹经不住风雨，左右摇摆，路边的花草也低下了头。风很大，尽管我牢牢地撑着伞，可它还是左右倾斜，起不到遮风避雨的作用。那条长长的通往蝴蝶泉的山路，好像变成了一条长长的溪流，雨水哗哗地顺山势而下，我的鞋湿了，裤腿湿了，头发也湿了，那时，真想旁边出现一辆电瓶车。

在路边的一家小店，我见到了我的文友们，他们就着雨的话题谈笑风生。

我们到达蝴蝶泉时，雨渐渐小了。

蝴蝶泉位于苍山第一峰云弄峰神摩山下，南边离大理古城 27 公里，蝴蝶泉面积 50 多平方米，为方形泉潭。整个蝴蝶泉由白色的围栏围着，泉水碧绿，像一块翡翠镶嵌在山中。小雨落在水面上，漾起层层微波。在围栏下面的石壁上，我们能清晰地见到“蝴蝶泉”三个大字，字被漆成了红色，隔栏相望，非常醒目。一棵大树枝粗叶茂，枝干几乎横斜到泉的另一边，我想，这应该是合欢树了。

蝴蝶泉的后面有亭子，有山，有树林，山中有溪水流出，蝴蝶泉的水应该是从岩缝的沙层中浸透出来的清冽泉水汇合而成的。这里幽静，如果没有游客的拜访，倒像是一处世外桃源。我立在蝴蝶泉边，想起了一代文豪郭沫若的诗句：“蝴蝶泉头蝴蝶树，蝴蝶飞来千万数。首尾连接数公尺，自树下垂疑花序。”可是，这里看不到蝴蝶的踪影。当年徐霞客描述的“连须钩足，自树巅倒悬而下，及于泉面，缤纷络绎，五色焕然”的壮丽景观已不复存在，蝴蝶荡然无存，只有那一潭绿幽幽的水像一位历经风雨的老人静卧在云弄峰的神摩山下。

游览的人络绎不绝，我立在细雨中，那一股从山中流淌下来的清清泉水早已在我的心中产生了涟漪。

大桥情思

当港珠澳大桥腾空而起，横卧在伶仃洋海面上的消息传来后，我就很想走近它，目睹它的雄壮、它的奇美。然而，由于许多条件的限制，几年来，我只能在千里之遥心里念着它。

或许我的真诚和向往感动了上天，天赐的良机来了，朋友景凤告诉我，有一个港珠澳大桥一日游的团，旅游者只需要身份证，就可以观看珠澳口岸人工岛，参观望桥驿站，坐豪华游轮进行珠澳海湾游，于是，我第一个报名了。

王驹和雄辉与我同行，他俩与我是东莞老年大学的校友。王驹为人随意平和，热情大方，我们都说他是活地图，每次出游，他都会不厌其烦地给我们介绍当地的风土人情、历史背景，以及地况地貌，跟着他行走，你将会学到很多从书本上学不到的东西。雄辉善解人意，热情活泼，与她为伴，你会感觉年轻了十岁。

与我同行的还有来自东莞市老年大学音乐班和舞蹈班的学员。乘上大巴，我们一路高歌，忘记了坐车的疲惫和一切烦恼。行驶在高速公路上的大巴车风驰电掣，将一路风景留存在我们的脑海中，很快，三个多小时的车程，就在我们一路的欢声笑语中悄悄地溜走了。

我们来到了珠澳口岸人工岛，导游告诉我们，这是唯一一个实现了香港、珠海、澳门三地旅客及车辆通关的互通陆路口岸。珠澳口岸人工岛位于拱北湾南侧，是港珠澳大桥三地的衔接中心，也是珠海、澳门进入大桥的唯一通道。我们顺着导游的指引，了解到珠海的车辆向左，可以通过珠海口岸建筑群顺利进出，澳门的车辆向右，可以从澳门口岸建筑群进出大桥。来自香港的车辆就更方便了，它们向左可以进入澳门口岸，向右可以进入珠海口岸。说到这里，导游“呵呵”地笑了起来，她的笑声，是一种自豪感的流露。

在港珠澳大桥珠海公路口岸出境大厅，我发现，出境香港的每一条通道都按字号排列，然而，这里静悄悄的。出境检查口的过道门紧锁着，门厅上有一块黄色的牌子，“凭通行证出境”六个大字孤零零地散落在牌子上，上面似乎有一层灰尘。在一个电梯口，我还看到了“暂停使用，敬请谅解”八个大字的告示牌，仔细一看，那是前往香港、澳门的电梯，电梯上下用红线拦着，看到沉睡的电梯，一种萧条冷落的感觉油然而生。人们说，以前，这里出境车辆川流不息，游客蜂拥而至，而今“此地空余黄鹤楼”，空旷冷清。疫情啊，给这里笼罩了一层阴影。

口岸人工岛有桥文化长廊，它全面展示了由古至今桥文化的变化。展示了从古诗词中描述的桥，到跨越时代变迁的桥的发展过程，我很想欣赏古诗词中描述的桥，遗憾的是，那天，桥文化长廊没有开放。

走出出境大厅，视野便开阔起来，迎着暮秋的暖阳，我们登上了望桥驿站，在这里，游客可以望见港珠澳大桥的桥头。望桥驿站紧靠海边，橙白色的建筑风格显得活力十足，也给人一种淡雅而静谧的空灵享受。举目远眺，城市、江河、桥梁，像一幅淡雅的水彩画，让人一饱眼福。驿站下面一片空旷，有马路，有草地，但很少看到有人行走，也没有车辆通行。我们倚着栏杆，以大海和桥梁为背景，留下了此情此景的美好记忆。

下午一点，我们乘车来到了珠海的湾仔码头，在那里，我们登上了珠澳海湾游的豪华游轮。游轮很大，可以容纳几百名游客。船舱里，一排排干净而舒适的座位排列两边，透过玻璃窗，你可以一览海面上的风景。上了游轮的我们，由于激动心情的驱使，一个个走出了舱外，有的还登上了顶层。我站在舱外，迎着海面上吹来的清风，心旷神怡，船在海中行走，留下滚滚的激流浪花。回望珠海，一座美丽的城市，倒映在海面上，那一排排鳞次栉比的高楼，似乎与蓝天相接。珠海啊，你在“画了一个圈”的美丽图案中绽放异彩。

在海面上，我们的游轮从两座桥下通过，这两座桥是连接澳门老区和新区的纽带。在一百多年前，澳门被葡萄牙租借，1999年，中国恢复了行使主权，澳门回归祖国，洗雪了中华民族的耻辱。如今，老区继承并发扬光大，新区的建设日新月异，经济蓬勃发展。澳门，就像一个失散多年的孩子找到了母亲，并在母亲的怀抱里享受着大爱。

当轮船向右环绕到澳门的南边时，我们的船与澳门近在咫尺，在这里，我们可以近距离地看到澳门的建筑，我很兴奋，因为我没有到过澳门。王驹告诉我，矗立空中的建筑物是观光塔，那高高的金黄色的扇形房子是葡京酒店，去澳门的游客，都想在这个地方碰碰运气。

妈祖庙隐在一座小山中，背面绿树掩映。妈祖庙的大门、石级和周边的一切清晰可见。我想起了《七子之歌·澳门》：“你可知MACAU不是我真姓/我离开你太久了/母亲/但是他们掠去的是我的肉体/你依然保管我内心的灵魂/那三百年来梦寐不忘的生母啊/请叫儿的乳名/叫我一声“澳门”/母亲啊母亲/我要回来/母亲/母亲。”不知不觉，我的脸上滚动着两行泪水。

游轮继续向着伶仃洋的方向环绕。我和王驹、雄辉，跟随大家一起来到顶层。大海，浩浩汤汤，横无际涯，面朝大海的人，心中怎能不春暖花开呢？我感叹东坡先生旷达乐观的人生态度：“寄蜉蝣于天地，渺沧海之一粟”，“苟非吾之所有，虽一毫而莫取。惟江上之清风，与山间之明月，耳得之而为声，目遇之而成色，取之无禁，用之不竭，是造物者之无尽藏也。”

空中飞来一只白色的海鸥，忽地又从游轮旁边飞走，在天空翱翔。

海面上有施工的船只在作业，也有扬起点点白帆的游船漂浮在海面上。我右侧的南海，波澜壮阔，气象万千。我想，人的胸怀，应该像大海，因为，海纳百川。

由于轮船不时地摇晃，我感到身体有些不适，有晕船的感觉，雄辉赶忙扶着我，之后，雄辉为了照顾我，与我寸步不离。顶层上站满了游客，他们欣赏大海，遥望蓝天，观赏白云。突然，人群不约而同地惊呼起来，前方出现了大桥的影子，渐渐地，桥身越来越长，人们的欢呼声更加激烈了。

港珠澳大桥，像一条出水蛟龙，横卧在烟波浩渺的海面上，极目远眺，水天一色，在风起云涌之间，大桥形成了一道绚丽的风景线。“风帆”桥塔，整体造型优美，寓意“扬帆起航”。含有“白海豚”元素的“海豚”塔，告诉人们，这是与海洋文化相结合的最佳杰作。“中国结”桥塔，纤巧灵动，精致优雅，在波光粼粼的海面上，构成最美丽的人工“图腾”。

港珠澳大桥的横空出世，灌注了建筑师们的智慧结晶，它是中华民族的骄傲。我望着大桥，似乎看到了建筑工人们废寝忘食，夜以继日，冒酷暑、战恶浪的情景，我又怎么不为他们“敢下五洋捉鳖，敢上九天揽月”、不屈不挠、英勇顽强的精神所感动呢?

天蓝蓝，海蓝蓝，游云朵朵，游客们一个个激情澎湃，他们以不同的姿势，用不同的角度，摄下最精彩的大桥画面。他们欢呼雀跃，是啊，港珠澳大桥，沟通了千年的阻隔，连接了三地的繁荣，我们可以告慰南宋爱国诗人文天祥，“惶恐滩头说惶恐，零丁洋里叹零丁”早已成为过去。

我站在游船上，面朝大海，一遍又一遍地重温我曾经的拙作《满江红·赞港珠澳大桥》:

出海蛟龙，腾空起，长虹又越，抬眼望，一桥飞架，满腔情阙。

千点白帆摇远翠，万峰碧浪追云月。拥伶仃，三地舞翩跹，同心结。

古今梦，心未竭，排恶澜，忠魂烈。战西风冷雨，浪翻山切。壮士笑谈东逝水，男儿勇洒英雄血。看华夏，沧海矗琼楼，寰球悦。

胜地不再，轮船缓缓掉头，我不舍回望，在广袤的苍穹下，港珠澳大桥熠熠生辉。

朝阳地缝

素有“三千奇峰，八百秀水”的张家界早已闻名遐迩，而在岁月的长河中荡涤了亿万年的朝阳地缝，在美丽的张家界中又独树一帜，成为一颗灿烂的新星，摘下了世界上最长的“一线天”桂冠。

来到朝阳地缝，你一定会情不自禁地赞叹大自然的鬼斧神工。

回溯悠久的历史，这里叫作“三都”，三都位于张家界慈利县东南，几处木房泥瓦散落在青山之中。三都风调雨顺，日照充足，千年来，人们在这里繁衍生息。后来，“三都”更名为“朝阳公社”，再后来，更名为“朝阳乡”。

这里原是一条暗河，在修建赵家垭水库的时候，人们截流了这条过境河的入口水源，从而露出了暗河在流经时形成的各类岩溶地貌的奇异形态。如今，朝阳地缝风景如画，处处充满了大自然神奇的色彩。

要去朝阳地缝，首先你得徒步，从山顶沿着石级下到峡谷，一路行走在陡峭而又弯弯曲曲的山路上，每走一步，你都得牢牢抓住护栏，留心脚下，偶尔也会心惊胆战，因为你的视角告诉你：脚下似乎是无底的深渊，可是，当你发现你已行走在青山叠翠、古木参天、野花盛开的山林中的时候，当你听到清脆悦耳的鸟鸣声的时候，你又会宠辱皆忘，其喜洋洋者矣。

下得山来，依偎在青山脚下的一潭碧水首先映入你的眼帘，那水，绿得深，绿得醉人，像一块翡翠碧玉，绿得圆滑，绿得清澈。她绿嫩得像一位飘然而至的仙女，揽在怀中你怕捏疼了她，吻着她你又怕烫伤了她，你只有深情地望着她，把你的一生情怀倾泻在绿的世界里。

绵延五公里的朝阳地缝，一条栈道在峡谷中延伸，两面壁立千仞，时而如刀劈斧切，时而又是一壁青峦。两壁之间的小溪顺山势而下，溪水清澈见底，哗哗流淌，那溅起的一朵朵浪花，像小姑娘漾起的笑窝，妩媚动人。下得溪水之中，掬一捧岁月，盈一眸恬淡，这一份温柔，怎会不撩起你的青春萌动和无尽的遐想？

夏天，人在峡谷中行走，如同九月里的秋天，凉风习习。仰望石崖峭壁，听着潺潺的流水声，你醉了，猛然觉醒，前面一壁崖山挡住了你的去路，这时，你将身子扭一扭，侧身而过，你的前面又宽阔明朗起来。从崖壁上飞溅下来的细细丝雨，像春风杨柳轻拂你的脸庞，犹如大自然的甘露在滋润你干涸的心田，你会毫不犹豫地仰起头，吮吸从天而降的甘露，享受大自然的惠赠。

崖壁上绿色的植被又是一道亮丽的风景线。长长的藤萝从半山的青壁上向下蔓延，一条紧挨着一条，在崖壁上顺溜溜地一字儿排列，风动时飘飘悠悠，远望，就像挂在崖壁上的一层薄薄的绿色纱帐。不知名的小草野花，仅仅凭借着石缝里的那一丁点儿土壤，顽强地生存下来，不知是哪一只小鸟，也不知是从哪里衔来一颗种子，让那些小树从石隙中探出头来，把它的绿色涂在石壁上。

在朝阳地缝，我喜欢看从山顶上流下来的清清泉水，顺着那一壁石山，悄无声息地漫流，一起流进峡谷。我喜欢看从石缝中飞入深潭的水花，细如银丝的水花，银得耀眼。我喜欢看“飞流直下三千尺”的瀑布，气势磅礴，一泻恩怨情仇，继而又扬起媚人的浪花。

游览朝阳地缝，就像游览十里画廊。这条喀斯特区过境的伏流河，整个洞穴岩溶润滑浑圆，造型奇特。石莲、石须、石幔、石瀑布、石壁流等让你感到神秘莫测。溶痕、流痕、波痕、暗竖井、洞顶穹隆、孔窗等，尽显人间的稀奇古怪和惊险，科学家会告诉你，这是人类十个千年等一回的瑰丽珍宝。

站在谷底，从头顶上两崖相交的缝隙远远望去，你将会看到蓝蓝的一线天空，空中飘忽着一丝游云。一抹阳光从崖缝中流泻下来，斑驳点点，如同撒落的珍珠，光华耀眼，让深邃的谷底光辉交织，也给绿色的植被带来生存的希望。偶尔你也会驻足，仰望崖顶上一树枝丫，枝丫横向生长，努力向着对方攀缘。当两崖的树梢相交的时候，它们永远也不会忘记自己的根向所在，因此，尽管两崖相隔咫尺，却永远不得吻合，这就是大自然带给人类的神奇所在。

回廊渐尽，带着不舍乘上电梯，来到山顶，举目远眺，层峦耸翠。山下，有良田屋舍，我们行走在田埂上，令我惊讶的是，朝阳地缝竟隐藏在那两棵树之下、两丘田垄之间。

南行永州

我第一次去永州是在2009年腊月，记得是小年刚过，快要过大年的时候，正好那年冬天没有下大雪，天助我，让我有了去永州的机会。那天上午我们自驾从慈利出发，经过长沙、株洲、湘潭、衡阳等地，于下午三点左右到达永州市，因为要去医院，而且晚上又要急着离开永州回深圳，所以没有时间去游览市街，只能从车窗走马观花似的观赏永州的市容。

那时的市区街道不宽，街道两旁的林荫大道上，来往的行人寥寥无几，楼房不高，仅仅几层，看不到几十层的高楼大厦。楼房多是用以前的老砖砌成的，有的房子还是搓砂墙面。柳宗元的塑像静立在市区的步行街中，那时的永州，古朴、安详，很少为人知晓。

永州位于湖南省西南部，湘江经西向东穿越祁零盆地，潇水由南至北纵贯全境，二水汇于永州市区，因而永州雅称为“潇湘”。湖南的潇湘电影制片厂不知是否由此而得名。

永州以前被称为“冷水滩市”，我记得各大报刊上常有“冷水滩市”几个醒目的大字，直到1995年行政区划时，才被设为地级市。

永州处于湖南省西南角落，由于地理环境和交通不便，当时的永州在经济建设方面还处于较落后的局面。

今年，时隔十年，我又重返永州。

我们仍然是自驾，于下午三点半到达永州市区后，立即入住维也纳大酒店。酒店是一栋二十几层的高楼，这栋楼房和旁边的大厦一样，气势恢宏，引人注目，我猜测，这应该是最近几年的新产物。

我们订的是双人间，房间宽敞明亮，全新的沙发、茶几、衣柜、写字台、大彩电等一应俱全，有一壁透明的玻璃墙，我迫不及待地拉开窗帘，窗外美景如画，湘江水穿越市区滚滚东流，江上一座长桥横架，江水两岸绿树成荫，掩映着条条马路。周边的小区高楼、花园，尽收眼底。

我们此行的目的是专程看望吴叔的。吴叔的家离市区很近，只需十五分钟的车程就可到达，安放好行李，我们直奔吴叔的家。

吴叔盖了新房，房子不远处有一大块空地，全用细铁丝网和木栅栏围着，围栏中有多个鸡舍，无疑这是一个养鸡场。房子的前面有三个大鱼塘，是当地面积最大的鱼塘。左边的大鱼塘毗邻马路，前几年因政府改造市容，拓展道路，需要占据吴叔的半边鱼塘，开工那年，政府相应地给吴叔补了点儿青苗费，至于损失费，吴叔没有提起，他说，国家为民办事，他理应积极支持。

两个鱼塘之间有一个荷花池，我们去时，几朵荷花艳艳地开着，荷叶丛中夹杂着一朵朵莲蓬，莲蓬长出了莲子，在微风中摇曳。不远处有一片梨树，吴叔说，每年夏天，一忙就顾不上果木树了，梨树常常春来开花，夏来挂果，无人采摘时，满树果子只有风雨飘摇了。另一个鱼塘最大，鱼坝筑得很宽，坝上种着各种蔬菜、香瓜，还栽有红薯。

吴叔的别墅坐落在他买下的九亩多地的中间，在阳光的照耀下显得非常耀眼。有一条通向别墅的车道，沿车道两旁各有一排房屋，入口处挂着一块牌子，上面写着“永州市凌泉特种水产专业养殖合作社”。我问起这些旧房子的来历，吴叔说，以前他办了加工厂，远近乡邻都来这里打米去壳磨粉，生意很红火。现在，他改行了，当年加工厂的一堆机器，早已锈迹斑斑。

他也养过猪，也是村里最大的养猪专业户，有一年他养了四十多头母猪，正当受益时，传来瘟疫，吴叔的养猪业受到了极大的损失。钱没了，用于投资的借款还要偿还，家人埋怨，旁人笑话，他痛苦，此后大病了一场。看到那排旧房子里留下的空空的猪圈，我简直不敢想象吴叔当年是怎么走过来的。

后来，吴叔决定探索新的路子，他想因地制宜，从事水产养殖业，于是，他又大胆地承包了八十亩鱼塘，一边种庄稼，一边经营渔业。

养猪辛苦，养鱼更加操心。为了鱼塘的蓄水效果好，他细心观察每个鱼塘的每一寸堤坝，在容易漏水的地方，他担来沙子，挑来水泥，将几个塘坝打理得严严实实。他引来水，蓄好水，将上万尾鱼苗投在鱼塘里，准备长大后再分养。

我以前认为，养鱼人只要把鱼苗投进鱼塘就应该少事了，听了吴叔的介绍，我才恍然大悟。

养鱼人要精明，要根据水温、天气、季节、水质、鱼类生长和吃食的情况，按量投放鱼食。除此以外，吴叔还说，要随时巡塘，防止鱼缺氧，一旦发现鱼缺氧，就要立即使用增氧机给鱼补氧，还要时常检测水质，保持水质优良，这样才有利于鱼的快速成长。

那天天气炎热，三十八摄氏度的气温叫人喘不过气来，我们撑着伞在鱼塘边观望一会儿后就躲进吴叔的家里休息，只见吴叔顶着烈日围着几个鱼塘转来转去，我们多次劝他进屋休息，以防中暑，可吴叔仍然坚持巡塘，他说，作为养鱼人，即使千忙万忙也要常巡塘，要做到早巡塘，晚巡塘，半夜里巡塘，黎明前巡塘，防止鱼塘出现异常。

吴叔的养鱼业并不是一帆风顺的。2018 年 6 月 28 日，湖南暴发洪水，永州也不例外，吴叔的鱼塘水漫金山，大部分鱼一夜之间离开了鱼塘，时隔三天，又遭遇更大的暴雨，几万条鱼没了，他亏了血本，后来许多天，他都蹲在鱼塘边，看着鱼塘一片狼藉，他伤心极了。

后来，吴叔重新调整心态，外出打工，筹备东山再起的资金，只要能挣到钱，再苦再累的活儿他都干，他当过保安，也在工地上搬过砖。

今年，他两次南下，看好桂花鱼的市场，又重整旗鼓，引进了一批桂花鱼。为了减少成本，他又千里迢迢引进上万尾小鱼，以便长大后作为桂花鱼的主食。这次，吴叔的心硬是拴在鱼塘上了，他巡塘的时间更密了，有时半夜还不敢入睡，即使半夜醒来，也要翻身坐起，走出屋子去巡塘，如今，桂花鱼长势令人满意。

我们问吴叔今后有什么打算，吴叔笑着说，希望没有天灾，希望鱼不浮头，希望来年有个好价钱。

回家时，我们车子的后备厢被塞得满满的，那是吴叔送来的几篮子鸡蛋，从树上摘来的新鲜水果，从荷花池打来的莲蓬，还有从鱼塘中捞上的桂花鱼。

第五辑　人间絮话

相约

中心广场

2018年的第一天，我们迎着地平线上的第一道曙光来到中心广场，一齐剪裁开心的好时光。

“东莞市的中心广场很大，至于大到什么程度，你想一想天安门广场就知道了。”我刚来东莞时就有人曾经这样告诉我。

怀着对中心广场的好奇，我来到了东莞南城，见到了中心广场。广场真的很大，比我想象的要大得多。广场旁边绿树成林，芳草茵茵，风景如画。那些舞蹈的姐妹们和蔼可亲，不容分说一下子就接纳了我，于是，我经常和她们一起舞蹈，一起谈笑，正是这种轻歌飞扬、翩翩起舞的生活，使我在花甲之年找到了生活的乐趣，心中不禁感叹：

“夕阳无限好！”

几年来，每当东方渐露晨曦，广场上就有音乐缓缓响起，那是赶早的人在翩翩起舞。晚上，当月亮还没有挂上树梢的时候，广场上的音乐就从玉兰大剧院那边飘过来。那些舞者，不仅舞出了健康的体魄，而且舞出了精彩的人生。一批批舞者从广场上脱颖而出，如今已经成为老年干部大学和市民艺术中心的艺术团或舞蹈班的佼佼者和带头人，她们常常活跃在志愿者大舞台上，活跃在各种类型的赛场上。

我们从天涯海角而来，我们在中心广场相约，相约快乐，相约幸福，相约人间温暖。我们建立了一个“相约快乐”微信群，这个群就像是我们的家，在群里我们可以尽情地说笑，尽情地分享舞蹈的魅力。这个群也像一个宁静的港湾，我们常在里面将疲惫和烦恼释放。不拿一分工资和报酬、甘愿奉献的舞队队长新文，常常带领我们走出广场，走出南城，走进大自然。我们看广东从化的枫叶，看东莞植物园的名贵古树，看水濂山的山水，走黄旗山的绿道。桑葚园里有我们的歌声，巽寮湾的沙滩上有我们留下的足迹，我们一起游览广州小蛮腰，我们还一起去荷花盛开的荷塘。朋友，如果你来到中心广场与我们相约，我相信，你的生活一定会充满阳光。

人称“德德玛”的宋老师曾经是中心广场舞蹈的倡导者和组织者，大家都亲切地叫她“小梦老师”。宋老师不仅擅长舞蹈，而且还是“老年干部大学青松合唱团”的主力歌唱演员，经常参加全国的歌咏大赛，也常常捧着金牌回家。如今，能歌善舞、聚一身才华的新文已经成为我们的带头人，新文聪明伶俐，是岭南一方才女，因此深受大家拥戴。今日她和宋老师相聚，心中的千言万语无以言表，她们用灿烂的笑容代替了一切。

阿萍既是我们舞队的编导，也是我们的舞蹈老师，同时也是我们的朋友。你看她亭亭玉立，柳叶眉，面色桃红，含羞地一笑更像一朵水莲花。

清晨的太阳升起来了，阳光洒在树林里，洒在芳草上，广场上的一切都清晰明朗起来，每一个角落都是亦真亦幻的诗章。冬日的阳光暖暖的，它使我们陶醉，它使我们感怀，它使我们沉浸在诗情画意之中。天空蔚蓝，白云悠悠，树林里莺歌燕舞，鸟语花香，广场上的紫金花盛开着，香气怡人。我们踏着音乐的节奏，唱着太阳之歌欢呼雀跃。我们唱啊，笑啊，喊啊，我们跳起来了，一个个腾空而起，把丝巾抛向空中，让丝巾在空中随风飘逸，一条条，一团团，像蘑菇，像五颜六色的牡丹，也像红红的玫瑰，丝巾啊，把我们心中的美好，幸福的喜悦编织成了盛开在空中的朵朵鲜花。

“天高任鸟飞，海阔凭鱼跃”，我被感染了，也情不自禁地“飞”了起来，我多想像小鸟一样在空中自由飞翔，正如徐志摩在《想飞》一文中所说：“是人没有不想飞的……飞上天空去浮着，看地球这弹丸在太空里滚着，从陆地到海，从海再到陆地。凌空去看一个明白。”于是，我挥舞着丝巾，一跃而起，丝巾在空中飘着，我整个人也好像飘飘然而升空了。

广场上美女云集，人才济济。她们来自天南地北，她们身着亮丽的服装姗姗而来，她们就像从空中飘下来的仙女一样轻轻地落在广场上，她们的美装点了大自然，她们的美使自然风景更加绚丽多彩。蔚蓝的天，洁白的云，红衣少女，黄狗，风姿绰约的佳人，人在画中游，画中有佳人，人与秀色，天然合一，这景，这图，就像一位画家以简练隽永的笔墨描绘了一幅充满生机的大自然画卷。好一首如诗如画如歌如潮的诗篇，她们的美无愧于人们视线中一道最亮丽的风景线。

相聚是短暂的，我们永远也不会忘记，今天我们相约，相约在中心广场，相约在 2018 年的元旦。友谊是长存的，让我们把心停泊在友谊的港湾，在彩云升起的时候，慢慢驶向岁月变迁的终点。

朋友们，友谊是一幅用心绘就的画卷，愿来年我们再相约，不见不散。

同沙生态公园

金秋十月，我和朋友们一起走进同沙生态公园。

东莞市同沙生态公园是一个天生丽质、融山水生态与人文景观为一体的新型公园。这里山清水秀，环境优美，凡是来东莞的人都想要一睹同沙生态公园的美景，亲自体验大自然的生活，在同沙生态公园游柳岸花堤，观楼台水榭，赏荷塘月色。

同沙有一个天然湖，湖很大，到底有多大，我不曾知道，也不曾走过或路过。在车上阿春告诉我，她曾花了四个多小时绕湖一周。想必这个湖是很大很美的了，否则，城里人怎能舍得步行而不愿意乘车观光呢？还是要感谢我们的新文队长，是她，满足了我们的心愿。

到了同沙生态公园之后，我们就在靠近湖边的那片绿茵茵的草地上席地而坐。美食大餐开始了，每个人都拿出了自己精心准备的美食以飨大家。各种各样的美食，叫人看得眼花缭乱，垂涎欲滴。

汤类有银耳莲子汤、花生红豆汤、蘑菇鸡汤、猪大骨芋头汤等十多种。娟娟的当归粥很受大家的青睐，她说，这种汤是由糯米、红枣、黑豆、红豆、鸡蛋、花生、当归煲成的。先把红豆和花生洗净泡一个小时，鸡蛋先煲熟后去壳，粥九成熟再放糖。这种粥益气补血，营养价值可高了。

除了汤还有面食，各种样式的大笼包小笼包、肉馅饼、韭菜蘑菇饼、南瓜富贵饼，东北大饺、南方水饺，还有凉拌黑木耳、凉拌海带、鸡翅鸡腿、鸭肉鹅肉，以及很多我叫不出名的佳肴。水果也有十多种呢。

大家喜欢吃夏莲芬做的凉皮。凉皮吃在嘴里，脆生生的，凉凉的，微辣，淡香。来到这儿的人都不客气，不一会儿，一大盆凉皮就被大家一扫而光。

王婉文姐姐的凉面别有一番风味，适合大众口味，很快两大盆面条便一根不剩。阿萍烙的鸡蛋饼也不错。我不会做特色食品，只好从超市买了几盒东莞名产“老婆饼”充充数，不过郭洁建给了我一个台阶下，硬着头皮吃了一个。

大家在草地上吃得津津有味，一个个喜笑颜开，其乐无穷。

美食刚结束，紧接着由新文队长主持的文艺活动就开始了。大家围坐在青青的草地上，听着阿华的《卖荔枝》粤语歌曲，情丝缠绵，心潮起伏。郭洁人小身瘦，可她的歌声悦耳动听，她唱得前俯后仰，边唱边做一些俏皮的动作，大家笑得合不拢嘴。

由阿萍和阿春伴舞，新文演唱的《鸿雁》把大家带到了“江水长，秋草黄，草原上琴声忧伤”的茫茫的大草原上，其唱功、演技真可谓“台上一分钟，台下十年功”。言新民姐姐带领的广场舞也是一鸣惊人。我也和她们一起跳起了秧歌。我们在蓝天白云下翩翩起舞，像一群花蝴蝶，飞在同沙生态公园。

波波老师既年轻又帅气，他教了我们《小苹果》的广场舞，音乐欢快，动作优美。我们站在草地上，认真地学着，踏着音乐的节拍欢快地跳着，忘记了时间，忘记了外面的世界。

返程的时候，大家依依不舍，上车时都情不自禁地回望那一片绿色的草地。

桑葚园

刚来到东莞，别人说起桑葚，我一头雾水，问朋友：“桑葚是什么？”虽然我在山里长大，摘过许多野果子，但不知道桑葚是什么。于是，我和朋友们相约，去东莞麻涌有机汇农场桑果园摘桑葚。

五十多分钟的车程后，园林的门牌便映入眼帘。园农高兴地接待了我们，同时告诉我们，走进桑园，按人头十元，供吃，不管吃多少，十元全包。如果将桑葚带回家，按三十元一斤计售。他们也可以提供中餐，但要收费。出来一趟也不容易，为了尽兴，我们还是订了中餐。

了解了园林的规则之后，一位年轻的女园林管理员给我们每人一个篮子，供装桑葚用。拿到篮子，我们迫不及待地走进了园林。

园中全是桑树，桑树不是很高大，有的刚栽几年，有的则是去年才开始培育的，但不管是大树还是小树，高树还是矮树，无论是前年栽培的还是去年育的，都结满了桑葚，一串串地挂满了枝条。

管理员告诉我，红红的桑葚没有成熟，吃起来酸酸的，紫黑色的是成熟了的，吃起来很甜，但只要一摇动桑树，桑葚就会大颗大颗地掉下来，怪可惜的，所以，我摘桑葚的时候总是小心翼翼。可是禁不住桑葚味道的诱惑，不管干净不干净，先吃几颗再说，毕竟我是第一次看到桑葚，既稀奇又兴奋。

姐妹们一边采摘一边说着玩笑。有的人很内行，不一会儿就摘了半篮子，全是又大又黑的桑葚，我羡慕极了，低头看自己的篮子，还只有十几颗，她们都笑了，我的脸上火辣辣的，因为一进园子我只顾观赏，就像刘姥姥进了大观园似的，一切都感到新鲜。突然，那边传来了歌声，是摘桑葚的姑娘们唱的，婉转、悠扬、动听。看到水中群群白鸭，望着绿绿的桑叶儿，摘着黑里透红的桑葚，想着如今的幸福生活，她们怎能不歌唱呢？

阵阵歌声过后，姑娘们拿起相机开始留影了，将桑树、桑葚、清凌凌的水、游水的鸭一一留在自己的相机里。有的三个一群，四个一伙，摆着模特儿的姿势，留下了她们的青春倩影。我也情不自禁地试了镜头，和朋友站在桑树下，提着篮儿，举着一只被桑葚染成紫红色的手，让阿妍给我们“咔嚓”了一张，这一张将给我留下永久的记忆。时间过得太快了，姐妹们坐在草地上，望着蔚蓝的天，听着林中悦耳的鸟鸣，看着水中嬉戏的白鸭，闻着野花送来的阵阵清香，陶醉在桑葚园中。

中午，圆桌大餐开始了，全是农家风味的菜，有桑叶煮鱼，有桑葚煲鸡，还有多种香菜、野菜，都是绿色环保的蔬菜。忽然，阿春用筷子从盘儿中夹起了一条长长的菜叶虫，笑着说：“这虫子好肥呀，大家放心大胆地吃吧，这是无农药的菜，太环保了，哈哈。”大家也跟着哈哈大笑起来，笑得那么开心，那么甜蜜。

下午两点，我们带着自己摘来的桑葚，告别了园农，告别了桑葚园。

说梦

随心所欲甚好

昨夜，我朦朦胧胧，好像回到了家乡，见到了很多朋友。新萍、力云和美琴手把手地教我戏剧中的动作，记得有台步、提沉含仰、双环手、小舞花等动作。后来梦中的景色变换，物非人非，我好像又来到了东莞，在一个从未去过的地方参加扇舞排练，后来又和朋友们一起演出，总之，都是舞的画面。

现在回忆起来，可能是这几天我在广场上向朋友们学习舞蹈《我爱梅兰芳》太专注所致，因为大家都学会了，我还是一头雾水。另外，也可能正如朋友所说，心火太重，所以应以降火为宜。

梦中也舞，有人说，我真的是一个地地道道、不折不扣、名副其实的“舞痴”，但凡舞者，我想也该会有这样的经历吧，因为白天所做的事夜晚出现在梦中是常有的事情。

我很想把每日一梦记录下来，日积月累，编成一本供自己翻阅的故事书，书名就叫《梦》吧。虽然梦中的景、梦中的人、梦中的事似昙花一现、过眼的云烟，且又瞬息万变，不成故事，有时醒后又不记得，记录下来的也只是零零星星的、为常人不可理解的、杂乱无章的废话而已，不过到那时，我可以从另一个角度在书中寻找我的生活轨迹，根据“日有所思，夜有所梦”的说法，分析我在白天想了一些什么，夜里又梦见了什么，这是否能成为我人生经历的一部回忆录？梦中的人和事有点儿不切实际，我想也可能就是一场文字游戏，玩一玩罢了。

今日说梦，是无头无绪的，是随心所欲的，说一说也是一种心灵的释放。我觉得，随心所欲甚好。

夜间的梦

那一夜我做了许多梦。

我梦见上山去摘板栗，参天的板栗树很粗，两人合围都不够。树梢接近蓝天，要摘到板栗是难上加难。我不顾一切爬上树，突然发现我的面前有一根横枝，枝上结满了板栗球，而且在我一伸手就能摘到的范围内，我高兴极了，从树叶中一个一个地将板栗球摘下来。开始，板栗球还长满了刺儿，颜色青青的，可后来，颜色就慢慢地变了，变成了褐色，褐色是板栗成熟了的颜色。有的板栗球裂口了，我看到了褐色的板栗，我高兴极了，这不是我小时候捡板栗的情景吗？

不知怎么，场景又变了，高大的板栗树不像先前那样粗了，只有先前的树枝那样粗。树上结满了果子，定睛一看，不是板栗树了，而是桐子树，沉甸甸的桐苞将树枝压弯了。我爬上树，身子顺着树干滑下去，树弯下来了，弯曲在地面上，我坐在斜倒在地面的树枝上，将青青的桐苞一个不落地摘下来。

就在我高兴之时，忽然看到倒在面前的那棵树被砍了，我想不明白了，本来只是将树干压弯，摘完桐苞后树就会直立起来，以前我们一群小伙伴常常这样做啊，可是，这棵树怎么被砍了呢？看到那棵树被砍，我心里难过极了，我恨自己的所为，当悔恨交加、欲罢不能的时候，我醒了，心中庆幸，幸好这只是一个梦。

我怕做梦，从小时候开始，我就有做噩梦的现象。那一夜从梦中醒来之后，离天亮还有两三个钟头，但我不能坐等天亮啊，我克制住情绪，微微闭上眼睛，一丝微弱的灯光从门的缝隙里透进来，我又起身重新关紧门，躺下。渐渐地，我处于迷糊之中，好像我已故几十年的奶奶慢慢地走来，靠近我的床边，她不说话，我也看不清她的脸，她好像挨着我躺下了，我知道奶奶早已不在人世了，我害怕极了，可又不能动弹，在惊恐中我大声地对她说："奶奶，你不要吓我，明天我给你多烧一些纸钱。"

奶奶好像不见了，我的左侧也没了人影儿，可是，不知又是谁站在我的床头，接踵而来的又是一阵惊恐，我好像握住了孙子的一只手，我担心他，于是，我一声一声地叫着孙子的名字，可是力不从心，尽管我使出了全身的力气，还是只能含糊其词地哼哼。我处于极度恐慌之中，不知过了多久，我迷迷糊糊地听见睡在另一个床铺的孙子在喊："奶奶，你醒醒。奶奶，你醒醒。"

我完全醒了，醒来之后感觉心有余悸，全身乏力，再也不敢熟睡了。

第二天上午我去小区服务部交管理费，见服务部的门前有两位工作人员烧了一堆纸钱，旁边点着四根蜡烛，还摆了一桌饭菜，我知道，这是在过七月十五中元节。我们家乡的七月半是农历七月十二，在这一天，我们都要为亡人准备一桌饭菜，烧一摞纸钱，以寄托哀思。

那天晚上我和先生通电话，叫他晚上再给奶奶烧一摞纸钱。这不是迷信，而是我在思念我的奶奶。

其实，夜间睡得不安宁，应该是白天太累了的原因，或者是人的体质太虚弱引起的，小时候我吃药多，郎中常常这样解释。

梦中的绿

我喜欢绿色，曾经做了许多关于绿色的梦，几乎不记得了，唯有那夜的梦还零零星星地留存在我的大脑里。

梦中，我好像来到了儿时住过的地方，那里有我儿时住过的房子，几十年来，父亲就一直住在那所房子里。我看到房前的那条小溪涨水了，溪水快要漫过堤坝。我站在窗边，透过窗口看到了小溪上方一片绿色，小溪变得越来越宽，那绿色的草全浮在水面上。

我走出小屋，来到溪边，放眼望去，使我惊奇的是，那一片绿简直望不到边，看不到溪水了，浮出水面的全是绿色，像绿色的草坪一样，那绿色的良田，绿色的树，绿色的山，我的眼前只有绿色了，似乎是绿色的海洋，我完全醉了，醉在绿色中。

我下到溪水中，沿着溪水而上，在绿色中漫游。我看到了前面的房子，房子就在小溪的上游，一面靠山，一面临水。那里以前是生产队的榨油坊，现在住了人，木房改建成了砖房。房子一面靠水，一面靠山，房子和山仅由一条小路隔开，但小路要高出房子好几米，平时只要我们出门往上走，都要经过这条小路，因而过路人能将房子看得一清二楚，有时也免不了和房子主人打个招呼。

我记得那里的一草一木，我顺着几棵榆树慢慢地游到了那座房子的溪边，来到了小时候的必经之路。我瞧着房子，房子也绿了，望着小路，小路上的草变得更绿了，望着青山，青山更加郁郁葱葱了。

我徜徉在绿色中，没有思索，没有遐想，一切静悄悄的。

醒来，刚好凌晨四点。

就“梦”答友人

我有一个朋友夜里常常做梦，在朋友圈发帖，想求高人解答，我不是高人，我是一个俗人、愚人，故不敢高攀，但我很在意此事，因为我与她同病相怜。

我夜里常常做梦，我每天都睡得较晚，刚刚躺下，大脑里就出现白天的、夜间的、昨天的和前天的各种各样的事、形形色色的物，想着，思着，思绪就像放飞的风筝越放越远。人似醒非醒的，似梦非梦的，我也茫然无解，能否解释为“心不能清则乱梦多”呢？

我的梦做得可怕，黑夜，面目狰狞的人朝我走来，越来越近，看不清脸，怕极了，于是乎大叫一声，吓醒了，全身大汗淋漓。

我有时也梦见已故的亲人，每次醒来都是泪流满面。

我小时候还做过一个离奇的梦，我梦见我到了沙漠地带，四周空旷，天像要塌下来，我吓坏了。说也奇怪，我竟然意识到我是在做梦，于是我用双手使劲抓地面的沙，醒了，发现自己还紧紧地握着奶奶的手。

甜梦、美梦也曾有之。1972 年我在常德参加师训，梦见我写了一首七律，美！我用心记下来了，但一觉醒来，不知所云。

孔子曰：“甚矣，吾衰也！久矣，吾不复梦见周公。”

清代纳兰性德在《沁园春·丁巳重阳前》词序中有：“丁巳重阳前三日，梦亡妇淡妆素服，执手哽咽，语多不复能记。但临别有云：‘衔恨愿为天上月，年年犹得向郎圆。’妇素未工诗，不知何以得此也，觉后感赋。”

作家朱自清也曾云曰：“梦中的天地是自由的，任你徜徉，任你翱翔，若夜夜做着清楚的梦，我想，精神恍惚也无妨的。”

圣人有梦，名人有梦，更何况芸芸众生呢。

人的一生岂能与草木同腐？有志者该有梦，该有一个清楚的梦。

愿我自己“夜夜做着清楚的梦”。

愿我的朋友做一个美美的“财富梦”“理想梦”，第二日一大早说与众人，我便与其分享。

相册，闪光的记忆

相册是一本回忆录，其中有我们心路历程的记载，也有我们人生故事的闪光。我会常常翻开这本相册，重温照片上的这些人和这些人的故事，从这些照片中慢慢地翻阅人生的经历，品味生活，领悟人生的价值。

阳春三月，东莞市老年干部大学音乐班“爱之声”志愿者艺术团一行 61 人去粤晖园踏青。

我和黄鹤珠、谢丽芬、卫秀嫦由老师安排在卢国兴的车上。卢是我们音乐提高班的学员，人很热情，开车技术很好，因此，坐他的车我们很放心。一路上大家一边欣赏路途风景，一边谈笑风生。

一场春雨已把粤晖园洗刷得干干净净，湖水随着阵阵清风荡起了微波，堤岸杨柳依依，林中小鸟鸣唱，春花绽放，此时的我们心旷神怡，无一不陶醉在美丽的粤晖园中。

“先拍一张合影吧。”老师说。

我们都很赞成，合照后大家就可以自由活动了。

我平时寡言少语，不擅长与人交谈，每次拍集体照时，我都自觉地站到最后一排，即使站到第一排，我也会靠边站。一次，我们音乐提高班年终汇报演出结束后准备留影，老师把我拉到了前排，我有自知之明，便站到了前排的右角，我想，应该把闪光的地方留给那些年轻人，他们的气质能激发人的精神活力，是美学当中的天然一笔。

这次照相，我还是站到了倒数第二排右起两个女学员的中间，这样的位置多好，很适合我，我很喜欢。

我非常喜欢这张集体照，背景是广东名园粤晖园的景点，名叫紫烟崖，有“当日落紫烟，紫烟氤氲，映出一弯彩虹时，更是醉人”之说。照片中的人虽有少部分我不太熟悉，但大多数是和我一同学习、一同演出，携手两年的朋友。看到照片，我常常情不自禁地回忆演出的当年，那些苦中有乐的日子，那些陪伴我一起走过来的人，这些回忆将永远随着照片保存下来。

这次我和李老师有了一张合影。

老师很受人喜欢，每次聚会活动时，大家都争先恐后地和老师合影，那些肩并肩手拉手的动作、那些深情相拥的感情、那些溢于言表的喜悦都叫人羡慕不已。每当那个时候，我总是站在一旁默默含笑，然后，默默地走开。尽管我和老师是同龄人，退休前都在不同的地方站过讲台拿过粉笔，但现在她是我的老师，“一日为师，终身为父”的道理我一直铭记在心，我从心里佩服她。老师是一个极具魅力的女人，一个精力充沛的人。老师初到老年大学时，音乐班的学员只有二十多人，现在，已有三百多人拜在她的门下，这都与老师的诚实做人、爱生敬业、技艺精湛、教学有方的优点分不开。去年开学时我坐在教室的最后一排，老师发现我视力差，便主动帮我调座位，尽管老师的好心被我婉言谢绝了，但我还是从心里万分感激她。老师对学员的关心总是体现在细小的事情上，这就叫作“无微不至”。

这次到了粤晖园之后，大家在餐厅集中听候行程安排，不知谁又抢先一步拥着老师留下了美好的镜头，然后大家接二连三一张又一张地拍。我不知是什么力量的推动，当时什么也来不及想，什么也不顾，也抢了一个单独和老师合照的位置，这不是一时的冲动，而是由于师生情感的萌动而致。

以后每当我看到这张合影，看到我们之间“心有灵犀一点通”的那种无法用言语表达的微笑，我心里都会轻轻地送上一句祝福：“老师，您多保重！”

我一翻开相册，目光就会停留在朋友黄鹤珠的照片上。照片上的她的确很美，乌黑的秀发，苗条的身材，身着印有百花绽放的蓝底上衣，黄、绿、蓝相间的彩色丝巾飘逸在肩，照片背景是小溪流水，柳岸花堤黄。这张照片还是在她毫无准备的情况下别人抢拍的，那天，她一直在为别人奔来跑去。她就是一个处处为别人着想的人。

她是一位退休教师，我们在音乐和钢琴班是同桌，两年来也曾多次一起在“爱之声”志愿者艺术团参加文艺演出。她学习刻苦、办事认真，由此就可以想象出她在教育战线上是为人师表、忠诚敬业的楷模。她待人诚恳和善，从不背后嘀嘀咕咕。她赞扬别人，却从来不炫耀自己。为了排练和演出，她曾多次放弃和家人一起出国旅游的机会。在排练中，她从不迟到早退，当别人纠正她的动作时，她并不自以为是，而是虚心接受，反复苦练，直到满意为止。为了在《挥动梦想的旗帜》这一节目中扮演好角色，每次排练她总是利用休息时间请教别人，或者模仿老师的动作对着镜子反复练。

我们无话不谈，可以说，她是我遇到的最虚心的人。

我喜欢和朋友们拍丝巾照，丝巾让我们美丽。

那天我身上披戴的那条丝巾是儿媳在今年我来东莞的时候送给我的，颜色淡雅，上面印有小小的红绿相间的朵朵细花，披在我身上，一来保暖，二来也可以分散别人的注意力，因为当他们看到我时，眼球会在丝巾上打转，这样就遮掩了岁月在我脸上留下的苍老痕迹和深深的皱纹。爱美之心，人皆有之，那天我围上这条丝巾，站在镜头前我感到信心十足。姐妹们的丝巾各色各样，清风吹来，丝巾在她们胸前轻轻飘动，她们从古亭中款款走来，她们像蝴蝶一样在花丛中飞舞，她们像朵朵白云从蓝天中轻轻地飘落，她们就像仙女飘然而至，此时，给幽静的粤晖园增添了灵气，给古色的粤晖园增添了艳丽的风景色彩。

绿树小鸟鸣翠，紫烟崖流水叮咚，大家迷上了园林的美景，忘记了昨天和明天，忘记了一切恩怨情仇，陶醉在大自然的赏赐和彼此的情义之中。姐妹们抑制不住内心的激动，把柔软轻薄的丝巾抛向空中，丝巾在空中飞舞，随风而飘，我们望着轻飘飘的丝巾，张开双臂一遍又一遍地欢呼，我们把欢乐送上了蓝天，我们把笑声洒在了大地，我们用丝巾编织了未来的美梦。看到这一切，我想到了毛泽东的一首诗词："赤橙黄绿青蓝紫，谁持彩练当空舞？雨后复斜阳，关山阵阵苍。"

"这道风景很美！"我常常说。

"五元坊建筑独特，寓意深藏，拾级而上，脚踏青云路，身游彩云间，称心如意。"它们是会元坊、解元坊、状元坊、士园坊和兴元坊。

"粤晖园中的第五座元坊——兴元坊，内阁学士为皇帝近臣，功高者，封侯拜相，辅国兴邦，因此称为兴元"。

我和佩佩一路来到兴元坊，与之产生了共鸣，于是，我们在这里留影。

每次走出去，我和佩佩都要留一张合影，她是我"一见钟情"的朋友，更是无话不谈的知己。

"爱之声"志愿者艺术团成立的那一天，我们一起在老干七楼开会，老师宣布节目名单和节目负责人，我被安排在佩佩负责的那个节目中。因为我是新学员，大家不认识我，当老师将我介绍给大家的时候，我一眼便看到了前排的一个学员给我送来了甜甜的微笑，并轻轻地拍手表示欢迎，从此以后，那微微的一笑一直印在我的脑海中。后来知道，那人，是罗佩芝，朋友们都叫她"佩佩"。

佩佩是一位知识女性，常常在微信朋友圈里给我们送来“三分钟新闻早餐”，使我们不行千里路能知天下事。

佩佩人缘好，大家都喜欢她，因为她天生丽质聪慧过人，落落大方处处与人为善。她是班委会成员之一，总是配合班长把班上的事情安排得井井有条，处处以身作则，从不推卸责任。当班上组织期末会演的时候，佩佩克服家庭困难，挤出时间，积极带领大家排练节目，使期末会演圆满结束。在“爱之声”艺术团中，她更是一个难得的热心人，老师的得力助手。

这是一张没有施粉黛的原版照，也意味着我和佩佩在众人面前，今后将“原汁原味”地展现自己，“原汁原味”地做人。

在紫烟崖景点，我和胡波摆了一个心形姿势，有了一张很满意的合影。我和波波不是同辈人，她该小我一辈吧，正因为这长辈与晚辈的关系，我们就有了“尊”与“爱”的关系。这种关系一直持续到现在。波波青春靓丽，见人含笑，一双大眼睛水汪汪的，如秋水荡漾，含着深情，整齐的刘海儿刚好盖在一笔眉的上面，白皙的脸蛋上常常泛出朵朵红晕，远远走来，如仙女翩跹。那天她穿着艳丽的花色短裙，系上玫红色的围巾，紧身小脚裤，高跟鞋，见到她，谁又能猜出她的真实年龄呢？不说“二八姝丽”才怪呢。

波波知书达理，善解人意。记得我们首次去星河传说参加排练的前一天，我不知道路线，因为我初来东莞，人生地不熟，再加上我本来就是一个路盲，所以，心里一直焦急不安。这时，与我们素不相识的波波主动登记了我们的电话号码，并约定候车的时间和地点，第二天，波波安排了专车把我们几个及时地送到了排练场地。那次，我认识了她，从此以后，我们便有了联系，我也渐渐地了解了她的为人。

波波聪明好学，她喜欢文学，常常写诗作词。她也爱好音乐舞蹈。

她是南城合唱团的团员，也是老干音乐班“爱之声”志愿者艺术团的舞蹈演员，她是交谊舞班的佼佼者，也是民族舞蹈班的领舞人之一。她喜欢她的家庭，她爱她的儿子和丈夫。

波波是一位新型的女性，是一位好妻子、好母亲，在我心中，她就像一位美丽的天使，永远那么迷人。

看到我和祁惠娴的合影，我想起了我们的曾经。我们开始似曾相识，但无语言交流。在班上听课，她是班长，我是学员；在艺术团里，她是副团长，我是团员；在排练节目时，她是导演，我是演员。然而我们渐渐地相识，渐渐地了解，渐渐地有了共同语言，最后，很投机，一个眼神，一个微笑，我们彼此都能读懂。

“我原以为三月菊很傲慢呢。”娴对别人说。

其实，她没说错，因为我平时总是沉默寡言，不擅长用言语表达，常常被人误解。我也曾这样误解过她。同样，她也不会用语言装饰自己，总是用诚实的行动来表达。

娴很聪明，她擅长交谊舞、拉丁舞和民族舞，无论参加哪个舞种的表演，她都是主角儿。她也擅长美声和民族唱法，常常登台演唱，那甜润、清脆的歌声常常赢得观众的喝彩。

娴做任何事都是任劳任怨。班上三四十人的节目，她负责编排。当团里把编排大型节目的任务交给她的时候，她知道要耗时间，费精神，但为了班里的工作，为了团里的演出，她乐意接受，从不计较名利得失，也不管别人如何评价。她看视频，想动作，放弃了家务，牺牲了自己的休息时间，这一切，大家都看在眼里。

“阿娴是好人。”大家都这样说。

“谁能与我同醉，相知年年岁岁，咫尺天涯皆有缘，此情温暖人间。”

阿娴，祝你平安！一生平安！

我和这些照片中的人都是老年大学的朋友，志同道合、情趣相同的知心者。我不会忘记我们的相逢相识和相知。正如孟子所说：“人之相识，贵在相知；人之相知，贵在知心。”朋友，让我们永远举杯吧！因为“酒逢知己千杯少”。

年味

每年过年我们都要乐上一段时间，一般要到正月十五元宵节过后才能结束。

今年有腊月三十，但如果遇到月小，腊月二十九便可以吃团圆饭了。

为了迎接新年，我们打扫卫生，整理房间，从一楼到五楼，从木门到玻璃窗，我们都打扫得干干净净。朱红的大门上挂了两盏大红灯笼，并贴了对联，对联是由我先生写的，上联是：东来紫气西来福；下联是：南进祥光北进财。横批是：万事亨通。

儿媳们给我们买了新衣服，两个儿子也相互给孩子们买了他们最喜爱的书本及其他东西。

每年，我们都要精心准备大年三十的那一顿团圆饭，那是难得的一次相聚。腊月二十九，我们从超市买了年三十美味佳肴必备的食材，水果、糖果、糕点及各种瓜子之类，以备正月客人来拜年之用。我们还买了鞭炮，准备在开年饭时燃放，庆祝一年来取得的收获。

我们家乡放鞭炮很有讲究，年三十吃团圆饭之前必须燃放鞭炮，以此祭拜先祖。晚上十二点刚过放一次，表示辞旧迎新。正月初一，主人开大门时放一次，叫“开门炮”，象征开门红。

六妹一家三口也从东莞回来在我家过年，我们又邀请了孩子的三叔。

时间刚到零点，远到山庄，近至左邻右舍的鞭炮声此起彼落，有的人家已开始吃年饭了，我们考虑到孩子们的休息和媳妇的工作，年饭稍微晚一点。天还没亮我就起床准备年饭，那时，家家户户的灯全都亮着，我也开了客厅里的大吊灯、大门前的两盏红灯笼及楼梯要道的大灯小灯，红灯绿灯，楼上楼下灯火通明。

年饭准备好了火锅材料：羊肉、牛肉、鸡肉、鱼、猪蹄儿，以及大儿子爱吃的腊排骨、小儿子爱吃的腊香肠、儿媳妇爱吃的鸡杂。桌上还专门备了鸡爪儿，寓意“捞钱手”，花菜，寓意“发财”。除此之外，其他的还有十多种呢。

年饭开始之前，我们要先敬供祖先和已故老人，装上两碗饭，斟上两杯酒，放上两双筷子，然后在房前点燃香烛，烧一摞纸钱，心中默默祈祷：“父母、祖父母、外祖父母、曾祖父母、外曾祖父母、内祖外祖一齐请用。”完毕，燃放鞭炮。

年饭开始了。吃年饭时，外人是不能进来的，我们入乡随俗，关上大门，团团圆圆地围桌而坐，齐举酒杯，共庆一年来的丰收成果，共叙新年的打算，共祝来年的好运气。儿子、媳妇、孙辈举杯祝我们健康长寿，我们也祝晚辈健康成长，学习进步，工作顺利。席间，互送红包，孙辈们拿着红包，笑着，跳着，儿媳们收到我们的红包深受感动。

年饭从九点一直到十一点方才结束。

吃罢年饭，沐浴更衣，将红包放在新衣的口袋里，预示来年红红火火，有钱，大发财。这是我们土家人的一个风俗习惯。晚上八点，一家人围着电火炉而坐，观看“春晚”电视节目。在炉架子上铺上棉被，放上桌面板，摆上清茶饮料及各种小吃，随着节目的开始和高潮，我们的手机也不时地响起，那是亲戚朋友、战友及同学打来的祝福电话，当然，我们也祝福他们。孙女和孙子也给他们的老师送上了“羊年大吉，万事如意”的祝福语。

到了零点，激动的时刻来临了，“春晚”的主持人向全国人民拜年，多激动啊，我们的鞭炮响了，左邻右舍的鞭炮响了，四周的鞭炮响了，远处的鞭炮响了，天空中出现了五彩斑斓的烟花，鞭炮声经久不息，烟花也久久地此起彼落。

那夜，鞭炮声伴着我们进入梦乡。

大年初一，人们喜气洋洋，相互拜年，互道平安。

孩子们欢天喜地地跟着大人们拥上街头巷尾，成双成对的新婚夫妇也提上礼品开始拜新年。“初一不出门，初二行千里”，这是我们当地人的习惯，意思是初一只能给族里的长辈拜年，因为本族是自家门户，可以走动。

初一下午，我们去了孩子的四叔家。孩子的四叔家就在城郊，离我家不远，坐车只需要半个小时就到了，那里的农田多，也有一个小型砖厂，经济效益不错。他们也盖起了新房，女儿大学毕业，儿子也上了高中，夫妇靠打工、捡废品过日子，由于节俭，日子倒是能过得去。看到我们到来，他们一家很感动并热情款待我们。刚满五岁的孙子一下车就到处观光，我问他为什么，他回答：“我想在外面转一转，看一看这儿的风景。”看来，乡村的生活气息不仅大人们向往，也吸引着孩子们。

初二开始大拜年，不计较族内族外，也是女儿女婿回娘家拜年的日子。每年我们先到婆家上坟祭祖，今年照样，但与往年不同的是，在我的倡议下，不管多忙，朱家兄妹六个这次都要在老二家团聚一次。由于工作和其他原因，我们长时间没有团聚了，都是你来他去，时间不一。所以我的倡议得到了大家的支持。

早上七点，我们全家一起出发。过了险道雷雨垭，大雨滂沱，路面的坑坑洼洼积满了水。经过景龙桥乡镇政府那一段路时，车子摇摇晃晃，左右颠簸，值得庆幸的是，因为是隔年春，天气渐暖，老天没有像往年那样下雪，路面没有结冰，车子还能行走，这倒是一件好事。

难得的相聚增进了兄弟妯娌之间的友谊。饭后，火坑里燃烧着的木柴发出“吱吱”的响声，熊熊大火把兄弟们的脸庞照得通红，他们商量着给已故父母立碑的事情，大家踊跃出资，碑文由我先生起草后写在碑上，后由工匠雕刻。我和先生还承担了为祖父祖母及外祖父的立碑费用，我们乐意，大家也无异议。“忠”和“孝”是中华民族的美德，这种美德在我们家代代相传。

在老二家，我还看到了几十年前父辈们劳作时的农具，老二还在使用着，蓑衣、斗笠、锄头、犁耙、箩筐、扁担、背篓、竹篓、大簸箕小簸箕、石磨石碓、碗柜饭甑等，看到这些，我想起父辈们披星戴月、脸朝黄土背朝天，不管天晴下雨还是刮风飘雪，他们都在辛勤地劳动的情景。

下午五点，我们离开老二家，一起回娘家。

我的父亲含辛茹苦把我们六个儿女养大，帮助我们成家立业。如今父亲四世同堂，儿女子孙已有三十七人。每年春节，我们都要在娘家热闹两个晚上，于是在今年的初二晚上，这支大队伍一个都不缺。

初三雨停了，但无太阳，行人照样穿上棉衣，围上围巾，戴上棉帽，山里的气温更低。清晨，我带着几个妹妹和妹夫去给祖母和已故三十七年的母亲上坟，母亲被葬在她的娘家亮沙潭。我们用两个竹背篓背上鞭炮、香火、蜡烛和纸钱，绕山爬坡，来到母亲的坟前。尽管每年扫墓，但母亲的坟上还是长满了很深很深的杂草，我们拨开茅草，在坟脚的石孔中点燃蜡烛香火，把纸钱烧（捎）给母亲。大家依次立在坟前，想着慈母的恩德，想着她生前为儿女奉献的点点滴滴，想着母亲走后父亲拖儿带女的辛酸，不由得泪如雨下，跪地久久不起。我们告慰九泉下的母亲：母亲，请您不要挂牵我们，您的儿女都已经长大了，三个女儿都是人民教师，孙辈们也相继大学毕业。我们现在都很幸福，您老人家就安心地长眠吧！

早餐热闹极了，就像办喜酒似的，姑姑一家二十多人也来给我的父亲拜年，总共六十多人的拜年大餐在乡下实属罕见。碗筷是用大木桶装的，米饭是用大饭甑蒸的，装饭的木勺都放了好几把。有的不愿意挤在桌子上，干脆端着碗离开桌子，火坑边、禾场上、火桌边到处都是天然的饭桌。弟弟、弟媳忙内忙外，还要招呼新来的客人，劝酒的吵闹声、孩子们的嬉笑声，简直把整个村子闹翻了，过路的人都说：这户人家的年味儿真浓。

吃罢早饭，房前的禾场上响起了音乐，我们姐妹几个跳起了欢快的舞蹈。附近的人也来了，父亲虽然八十多岁了，但他喜欢热闹，看到这个场面，真有说不出的高兴。

我很想带上二妹三妹看望队上尚健在的一位年事已高的老人，我们称她“青玉姨妈”，小时候我们经常去青玉姨妈屋后的山上砍柴，在她房子周围的田地里干农活儿，几十年没有去过那个地方了，现在也很想看看儿时熟悉的地方。我们边走边谈，叫着大山小山的名儿，谈论着山上发生的故事。不知不觉到了青玉姨妈的家，不凑巧的是她外出了，房门紧锁，外面禾场上长满了青草。听说她一个人独住，我不由得一阵心寒。不远处还有几栋木屋依山而建，听说是青玉姨妈儿子的房子，房子旧了，屋子里没有住人。

下午四点，我们去姑姑家拜年，八十多岁的姑姑喜笑颜开：“我活着拖累你们了，害得你们每年专程来看我。”话虽这样说，但她还是希望我们常常去看望她。姑姑的吊脚楼老房子还在，屋里有老式家具、土灶、水缸，还有火坑房（用作客厅）和拴在门边的木栅栏。看到这座老宅，我不禁想起了逢年过节在姑姑家生活的情景。如今生活好了，姑姑和她的二儿子一起住进了新房，这栋木屋也保存在那儿，姑姑还特意放了一张床，偶尔睡在那里，可能是留恋姑父的原因吧。

初四去三妹家是既定计划，但天公不作美，又下起了毛毛细雨，考虑到道路泥泞难走，三妹夫妇将招待我们的东西一并带到父亲家，亲自下厨，做了满满两桌香喷喷的饭菜。

初四下午，我们都去了二妹家。二妹虽然离乡镇政府很近，但房子坐落在山坳里，一条小道通向马路，典型的农家小院。二妹从教几十年，退休后喜欢上了广场舞，由她组建的舞蹈队常参加县级舞蹈大赛，并经常得奖。乡下人办喜事，也少不了舞蹈队队员们的捧场。二妹夫从部队复员后当了后勤，种田种菜做饭都是一把好手，因此，初四在二妹家的那顿晚餐令大家赞不绝口。

初五，我们来到告子峪，我先生的小弟家。一条小溪从山中延伸过来，溪水“哗哗”地流着，水很浅，没有桥，村民们只好踩着水中的大石头，小心翼翼地过“桥”。老人小孩要人背着才能通过，否则将会落水。河道两岸古树参天，几栋木房散落在山中。一座四合院特别引人注目，里面没有住人，但保存完好。这里是云朝山下，故事书上说：“从前山上有座庙，庙里住着一个老和尚。”可在这里不是传说，是真有其事。

下午，我们又直奔朝阳乡四妹家，沿途经过龙潭河镇、金坪乡。山上的樱桃花开了，农舍炊烟缭绕，所经之处都是一幅美丽的山水画。在四妹家，我们又度过了一个欢乐的夜晚。

初六、初七日，大家在我家尽情地乐了两天，直到初八我要回东莞时，拜年的活动才算结束，可是，大家意犹未尽，不出十五，年味儿还是浓浓的。

虽然立了秋

一

虽然立了秋，但人们还是赶早去菜市场买菜，去商场购买东西，附近的紫霞商场六点半开门，菜场则还早一个小时，因为越早，蔬菜越新鲜。我也趁早来到街上，这是一条环城街道，街道往北从计生委，经过环城医院、县政府，一直延伸到澧水河畔。街道的南面是一架铁桥，铁桥后面是原来的城东中学，城东中学设在山坡上，学校附近住着许多当地的农民，也住着一些城镇居民。

我刚走出小巷，来到街道上，就听到前方有哭声，走上前去，只见一位上了年纪的老奶奶，左右手各拄着一根很粗的木棒，木棒高出她个头很多，握住木棒的右手还紧紧地捏着一个塑料袋，里面装着六个包子，看来老奶奶是从山上下来买包子的。

老奶奶一边哭，一边说着什么，我听不清楚，开始以为她是发病了，一直站在她旁边不知说什么好。这时过来一位三十岁左右的女士，正急急忙忙地赶着上班，当她经过老奶奶的身旁时，立刻停了下来。

“奶奶，您怎么了？”她关切地问。老奶奶哭着回答，含糊不清。

“您是不是找不着家了？”她又问了一句。老奶奶似乎听懂了问话，忙点点头。

“怎么办？不知道她住哪里啊。”女士焦急地说。

这时，过路的人也渐渐围了过来。正当大家一筹莫展之时，有一位路人认出了老奶奶，她说老奶奶住在城东中学的附近，她曾经在山坡上看到过她，于是，她主动提出送老奶奶回家，大家叮嘱她过马路时要小心，一定要把老奶奶送到家。

她和老奶奶走远了，直到两人的背影在晨曦之中消失后，人群才散了去。

虽然立了秋，但有一种温暖依然存在。

二

因为我住外地，半年才能回家一次。那天我正在家里整理衣物，先生从外面打来电话，告诉我说秀云姑姑要来看我。我当时感觉一阵内疚，秀云姑姑今年八十多岁了，我应该主动去看望她，但因各种原因总是告诉自己，“改日再去吧”。可老人就不一样了，她总是惦记着晚辈，所以，她一听说我回到了家，就立即要来见我。

接到电话后，我立刻下楼，到大门边去迎接她。

秀云姑姑来了，她走路很慢很慢，身子骨远不像从前那样硬朗了。她走路时身体向前倾，左脚向前慢慢移开一步后，才慢慢移动右脚，行走不方便了。我立刻跑上前去扶她上了台阶，扶她进屋坐下。

她老了，老得快，大不如从前，她一个人在外面行走，我真为她的安全担心。

和秀云姑姑沟通有些困难，因她的耳朵有些背，每说一句话，我都得大声重复几次或者靠近她之后她才能听得清楚。

秀云姑姑告诉我，她的眼睛不太好使，看东西模模糊糊的，总是看不清人的面容，距离稍远一点，只能凭声音判断对方是谁，然后再交谈。

去年我曾见过她一次，状态比现在要好得多，那时，姑夫因病双腿不能移动，姑姑又年老，所以家中有保姆照料，孩子们也很关心她们，尽管不方便下楼，日子倒也过得去。后来，姑夫患了阿尔茨海默病，说话不着边儿，也不能正常与人交流，这也给二老的生活带来一些困难。今年疫情期间，姑夫走了，给了姑姑人生中最大的一次打击。

姑夫是二坊坪人，农民出身，曾参加过抗美援朝，在战场上是负责架线的通信兵。在战火纷飞、硝烟弥漫的战场上，姑夫和其他战士一样，将生命置之度外。

从部队转业之后，姑夫成了一位邮递员，每天背上一大包报纸和信件，翻山越岭，上山下乡，送信送报。在邮政部门工作几十年，直到退休。

姑夫不善言谈，年轻时上山下乡累了的时候，或者有客人时，就陪客人喝一点儿小酒，这时，他的话就多了起来。“大运动”时我在读初中，不知什么原因，姑夫和一批人被隔离审查，秀云姑姑每天坚持去探望他，她曾对我说：“你姑夫是正派的，我不怕别人叽叽歪歪说闲话，我探望他是光明正大的。”

记得那年我还在溪口（慈利三中）学校学习时，晚饭后常去操场看篮球赛。有一天，姑夫去那里送报，他在篮球场见到了我，二话没说，就从口袋里掏出两斤粮票和一元五角钱，递给了我。要知道，在那饥荒年月，国家工作人员的粮食是定量发放的，我知道这是从他口中抠出来的粮食。当时连牙刷都买不起的我很受感动，我朝他笑了笑，也没说话，因为我也是一个少言的人。五十多年来，我一直为这件事心存感激，经常提起。

秀云姑姑是我父亲的堂妹，我称她为大牙牙（大姑姑）。还是人民公社的时候，秀云姑姑就在乡下卫生院当药剂员，一直工作到退休。

秀云姑姑的工作单位就在我就读的学校附近。我读初高中时，常去秀云姑姑家，尤其是在生活遇到困难的时候，总是有秀云姑姑相助。那时我因营养不良，人瘦，身体极差，站在大街上总被人说大风将把我吹了去，我也常头晕目眩，这时，秀云姑姑就帮我垫付医药费，因那时我家里确实拿不出几毛钱。

后来我参加了工作，有了两个孩子，工作单位离秀云姑姑工作的卫生院很近，有时我出差开会，秀云姑姑总是将孩子们接到她家，把孩子们的衣服洗得干干净净，细心地照料我的两个孩子，使我能安心地去工作。时间久了，孩子们也喜欢住在秀云姑姑家里。

20 世纪 90 年代初，当我们的生活拮据的时候，秀云姑姑主动借钱给我们，帮助我们解决燃眉之急。

姑夫走后，孩子们将秀云姑姑接到县城和他们一起生活，但姑姑想有自己的空间，孩子们便遵从了母亲的意愿。为了让不方便行走的姑姑生活不孤单，便将一楼的一间车库改装成卧室，内有洗手间，这样，姑姑便可自由进出。晚饭后在房前的小区里坐一坐，看小区人舞蹈，和老人们聊聊天，每天围绕小区公园慢慢走三圈。孩子们在生活上也给予了姑姑全方位的照顾，姑姑夸奖他们很孝顺。

这次见秀云姑姑，也是我回家乡之前计划中的一件事。我也是接近七十岁的人了，秀云姑姑又怎能年轻呢?

看到眼前的她，我也想到了我的晚景，想到了那些年岁已高的老人，那些城市和乡村中的老人。

愿秋阳，永远温暖着他们。

更新

一个周日的下午，我陪孙子去英孚上课，到达那个学校附近的公交车只有 15 路，只需两元的车费，不过，我们每次都要等很长时间才能乘上车，而且常常因等车的时间过长而误了到校的时间，所以，我和孙子商量，咱这次不等公交，坐出租车，孙子欣然同意。正说着，前方一辆有“空车”字样的出租车朝我们这个方向驶来，还是站在路边的孙子反应快，他立即挥动小手将出租车拦下。

司机是一个开朗的人，我们一上车，就和我们聊上了，问我们要去哪里，去那里做什么，还问我们是哪里人，我如实相告。说起来我们还是老乡呢，因为说话投机，不知不觉就到了下车的地点，司机首先问我是否有零钱付费，我说没有。

“那怎么办？怎么找得开？”司机急了。

“没事，我可以扫码。”

“你扫码？你还会扫码？”司机扭过头来惊奇地望着我，似乎他眼前的这位老太太是个文盲似的。他慢慢地拿出他塑封了的二维码，迟迟不愿给我，他怕招惹一些不必要的麻烦，他不相信一个乡下婆婆还会用智能手机，还会扫码。

“你真的会扫码吗？”司机不放心地问我，又加重了语气。

“会。”我肯定地回答

“不敢相信，不敢相信。”司机还是不停地重复那句话。

我打开手机，扫了司机的二维码，按要求付了车费，这时，司机

“呵呵”地笑起来。

“想不到你真的会扫码，不错，不错。”

“我奶奶不仅会扫码，她是……还会……”

我知道孙子的下文是“我奶奶是一位退休老师……”这是他平时爱说的一句话，于是，我捏了一下他的手，暗示他不要继续说下去，孙子很乖，没有说下去。

过后我仔细地思量，是我身上还散发着成天围着锅灶转的油烟味儿，还是我生来就不擅修饰打扮的衣着，还是我老态龙钟的模样？我想，无论是哪种原因，都会引起外人对本人身份及职业的怀疑。

我有几个朋友和我同时退休离校，近几年来我想加她们的微信，可是她们还没有使用智能手机，我告诉她们，微信在日常生活中是必不可少的，可她们认为微信太复杂，太难学，所以，从未用过智能手机。司机可能见多了这样的乘客，所以，对我是否会扫码的怀疑也不是没有原因的。

半年前我也不会用手机扫码付费，虽然儿子曾给我更换了四次智能手机，可我还是只会用来接打电话，外出时拍几张照，或偶尔在微信朋友圈或群里冒个泡，其他一概不会。

记得一年前在菜市场买菜时，我看到菜摊老板用二维码收费，当我看到年轻人用手机扫码付费的时候，我感到很神奇，顿生羡慕之心，心想我这一辈子是望尘莫及了。

一次和朋友们外出，看到她们也用“滴滴出行”乘车，方便极了。

“我为什么就不会呢？”我反复地问自己。

有一次去鱼市场，我也试着用手机付费，不但没有成功，还被收费的年轻人数落了几句，那种滋味难以言表。

事在人为，我总是这样认为。一件事成功与否，在于人的努力程度，“只要功夫深，铁杵磨成针”这个道理我还是懂的，我想，不就是个扫二维码付费吗？多实践不就行了？我一贯认为，只有人想不到的事情，没有人做不到的事情。

说实话，我感谢出租车司机对我的赞扬，因为，他从另一个角度警示我：人生要不断地更新，更新自己的思想，更新自己的理念，更新自己的所为，更新自己的生活态度，与时俱进，乐观积极地生活。

第六辑　几米阳光

街头的莲蓬

七月，似火的骄阳炙烤着长沙这座古城的每一寸土地，使得古老的长沙城变成了名副其实的“火城”。大街上热闹非凡，南来北往的人川流不息，这些人，有的是向往波涌的湘江、著名的橘子洲头、层林尽染的岳麓山，为美景而来的，有的是慕名“北有协和，南有湘雅”，为求医而来的。不论是着一身薄纱裙、撑着遮阳伞、踩着高跟凉鞋，像仙女一样从你身旁飘然而去的美女们，还是穿梭在人流之中的街头小贩，在这些过客中，最引人注目的，还是那些在街头卖莲蓬的人。

江南的盛夏，正是莲花渐渐谢幕，莲蓬亭亭玉立的时候，莲蓬孕育了洁白细腻、肉质脆嫩的莲子，七月，采摘正当时。

莲子有补脾止泻、益肾、养心安神的作用，尤其是莲子百合、莲子红枣、莲子银耳汤等，既能滋补身体，又有中药疗效。

有湖水的地方就盛产莲子，湖北的汈汊湖盛产白莲，江西有庙前白莲，宁都有通心白莲，而湖南的湘莲则举国闻名。

近日来，在长沙街头，卖莲蓬的人比比皆是，他们头顶草帽，肩担两筐莲蓬，大街小巷，街头街尾，一路吆喝。地铁通道口，天桥桥头，公交车站旁边，医院、酒店的门口，都有他们的身影。

他们从乡下来，可以说是从碧绿的莲湖而来，一条扁担两只筐，扁担上系一条擦汗的布巾，筐里放着一些新鲜的莲蓬，小塑料袋里装着两个红薯、一截玉米棒子或者其他干粮，无论日出和日落，他们依旧留守街头。

总不见年轻人担着莲蓬过往，多是上了年纪的人在街头卖莲蓬，摘下草帽就能见到他们稀稀疏疏的几根银发，见到被冷雨雪霜扭曲，如今布满了皱纹的脸，我想，生长在湖边的他们从儿时起就会“溪头卧剥莲蓬”了，他们又何尝不是那一群“彩舫下垂杨，深入荷花去。浅笑擘莲蓬，去却中心苦”的妹子和伢仔呢？他们饮着湖中的水长大，随着星斗的转移，随着日月的轮换，他们又饮着湖中的水逐渐变老。

如今，他们已经不再是“溪头卧剥莲蓬”的亡赖小儿，而是为生计奔波的卖莲蓬的人。为了每天能卖出更多的莲蓬，他们担着两只筐子，沿街叫卖。筐子的上面是装着莲蓬的大簸箕，他们用白色的布料或编织料垫在圆圆的簸箕上，然后在簸箕上将莲蓬搭成宝塔形，为了卖相好，再放上一小盘剥开了的莲子。当簸箕上的莲蓬卖完后，他们又从筐里拿出备好的新鲜莲蓬，或者剥出一盘莲子，继续沿街叫卖。

“卖莲子啰！”他们从那边吆喝着走过来。

“姐姐，你要买莲蓬吗？”他们迎了过去。

“莲蓬十元三个，那只筐里的莲蓬十元四个，您看，多新鲜的莲蓬啊！”他们几乎是央求着。

总之，卖莲蓬人的目光一直注视着由远而近的过客，左顾右盼，指望被人问津。如果有人在他们担前稍停片刻，哪怕是多看一眼，他们紧锁着的眉头顿时就舒展开来，赶忙笑脸相迎，人走了，莲蓬原封未动，他们又无力地瘫坐在地上，原本笑开了的那两道眉似乎又上了一把锁，那莲蓬上的星星点点似乎就是他们心中的圈圈阴影。

一日，我在梓园路红旗药号站等车，不知何因，那会儿站牌下没有候车人，一位挑着莲蓬的老媄驰老远就笑着朝我走来，她穿着一件带花的上衣，几绺银花盘在脑后，满脸的汗水。她在我面前停下来，一直笑着望我，还不等我开口，她就抢先说话了。

“大妹子，这莲蓬绿绿的，这莲子嫩嫩的，可香可甜啊。”

她不停地说着，后来告诉我，今年的莲蓬丰收了，她不是城里人，她是在湖边捞鱼和剥着莲蓬长大的，她想挑着莲蓬来城里碰碰运气，因为城里价格高一点，但是中午高温，出来的人少啊。

我们聊得很投机，毕竟都是上了年纪的同辈人。我端详着她，发现人生的苦辣不曾写在她的脸上，因为她一直是笑容满面，从她的笑容里，我看到老娭毑对生活的乐观和豁达。

“娭毑，我想买莲蓬。”娭毑连忙为我精心挑选一些鲜嫩的莲蓬，我付了款，娭毑一阵哈哈笑，之后又挑着莲蓬开始叫卖：“卖莲蓬啰，新鲜的莲蓬，不好吃不要钱。”

我望着娭毑渐渐消失的背影，仿佛看到了江南水乡那片清波荡漾的莲湖，田田的荷叶和碧绿的莲蓬就像风姿绰约的少女在随风起舞。

“乘月采芙蓉，夜夜得莲子。”

“锦带杂花钿，罗衣垂绿川。问子今何去，出采江南莲。”

采莲吟诗，多幸福的芙蓉人啊！

感恩与你相见

张姐

开学后的第二堂钢琴课，老师要检查作业，可我上完课后一直没有练习，于是心里很着急，很想来个“笨鸟先飞”，提前去老年大学，趁上课之前在教室里练习新学的曲子，免得在课堂上“出洋相”。

学校是下午两点半上课，我急急忙忙上了公交车，一看时间，我一下子慌了，快到两点了，不迟到才怪呢。我担心起来，进了学校大门，仔细瞧瞧大厅里悬挂的大钟，发现才中午十二点，我长长地吁了一口气，责怪自己老眼昏花，办事火急火燎的。

电梯要到上课前二十分钟才开放，于是我准备爬楼梯。钢琴教室在八楼，我只好慢慢地往上爬。我想，要是还年轻就好了，我会“蹬蹬蹬”毫不费力地爬上去，可如今不一样了，花甲之年，时间不会饶人的。楼梯的歇息台标着楼层的序号，我每上一层歇息台都要停下来休息一会儿，朝墙上望一望，看看到了第几层，还剩多少层，就这样，我吃力地爬到了八楼。

学校为了安全起见，平时每间教室都锁着，偶尔中午会不落锁，我许愿：“今天千万不要锁门。”

我的座位在倒数第二排，我平时不喜欢坐前面，因为坐在后面，上课时不会被老师盯着，比较自由。

教室后面的门关着，我轻轻地推开门，一眼就看到教室的前面有人在练琴，是谁比我还早呢？近至跟前，原来是张姐。看到张姐，我想起了一年前的事情。

在一个炎热的下午，也是在这栋楼里，我也是步行上了八楼，八楼静悄悄的，空无一人，当我走到教室门口时，发现对面教室的一扇窗开着，门半开，我好奇，轻轻地推开门，发现一位大姐在写着什么，便走过去笑着和她打招呼。我问她在写什么，她告诉我说，上午是英语课，她记不住单词，现在正在整理听课笔记呢。我看了她的笔记，写得很认真，书上也做了一些笔记，重要的短语和句型都画上了一道道红色记号。

了解后得知，原来我们是同一个钢琴班的，那天中午她也想提前练练琴。我俩一同进了钢琴教室，我问该怎样称呼她，她便拿起粉笔在黑板上写下了她的姓名和年龄。张姐八十五岁了，比我大二十几岁啊，看她那精气神儿，我简直不敢相信这是事实。

今天，张姐一个人又利用中午的休息时间在教室里温习功课，她的钢琴架上摆着《哈农》教本，这是老师上周布置的作业。张姐告诉我，她的眼睛不好使，如果看书时间稍长一点，眼睛就疼，有时连五线谱的符号都看不清。她曾犯过类风湿病，弹琴时手指不听使唤，尽管这样，张姐还是每天都坚持在家练习，她说，人老了要学习新的东西，思维才不会僵化，坚持做自己喜欢做的事，老年生活才会有乐趣。

后来，老师每上一堂课，张姐都会上讲台弹一首曲子，给老师交一份满意的作业。而我的课外作业完成得不好，常常欠交，忙起来时，真想放弃。

今天的课堂作业是《保卫黄河》，这对我来说就更难了。但一想到张姐，我还有什么话可说呢？

几年过去了，我没有再见过张姐，祝她安好！

梅老师

梅老师，全名叫梅财利，是我的第一任钢琴老师。

梅姓我听得不多，单就梅字来讲，像是女性，可他是男老师，有可能是他的父母希望梅家兴旺发达，也有可能是他的父母希望自己的儿子将来荣华富贵，所以取名时把“财”和“利”都用上了。

老师大约三十多岁，年轻帅气。记得在上第一堂钢琴课时，老师首先做了自我介绍，因为学员都是离退休的干部和职工，且我们班上多为女性，大家都知道，三个女人一台戏，当大家听到老师的自我介绍后，都笑了起来，有人轻轻地说：“梅财利，谋财利。”这时，我发现老师的脸一下子变得通红。

老师用手做示范，告诉我们什么是五线谱，并用五个手指作为五线，然后一五一十地讲解。虽然老师讲得浅显，但对我们这些初学者来说还是不容易记。“人老嘴碎，谷老米碎”，大家在下面嘀嘀咕咕，交头接耳，老师平息了一次又一次，但还是拿我们这些婆婆妈妈的老人没办法。最后，老师推心置腹地和我们谈开了，他亲切地叫了声“阿姨们”，然后讲了他的工作经历和他的学历（他原以为我们瞧不起他）。他在原单位是教学骨干，进校不久就晋级为“中教一级”，后因被外面的新潮所吸引，就来到广东东莞打拼。

其实，梅老师是一位教学经验丰富，责任心很强的老师，我们都喜欢听他的课。每当我们学完一首曲子后，在下一堂课的时候，老师就要我们一个一个地当面演奏，然后给予指正。从老师那里，我们学到了很多钢琴方面的基本知识。一个学期后，我们这些零基础的学员，也能弹奏一些简单的曲子了。

我清楚地记得老师上课的程序。老师先要我们认唱曲子，掌握节拍，然后他又一个小节一个小节地弹奏，给我们做示范。在较难和最重要的地方，他反复给我们讲解和提示，然后让我们自己练习。老师对我们一视同仁，随问随答，不厌其烦。我们练习的时候，他总是按座次一个一个地检查并耐心细致地指导。上他的课时，我们都觉得两节课的时间很快就过去了。

记得最后的那堂课，只剩下最后十分钟了，老师给我们提了一些有关学习的建议和要求，说完笑着告诉我们，他要去珠海办事，而且要赶火车，想提前几分钟走，他要我们不要擅自离开座位，在教室里要保持安静，最后，他又从我们每个学员的座位旁边绕了一圈，然后他推开门，在门边望着我们，微笑着，他想转身走开，但他又回到教室，用手势暗示我们安静，最后，他又深情地朝我们笑了一下，轻轻地带上门，走了。

一个星期很快就过去了，转眼又到了上钢琴课的时间，我带着准备好的作业（上讲台弹奏）来到学校，很想给梅老师一个惊喜，可是在上课前，有人说，梅老师走了，我们换了老师，我不敢相信这是事实。上课了，梅老师果然没来。

新来的老师授课内容和方式与我的想法和目的不同，于是我辍学了。后来又换了一位老师，我才重返校园，但梅老师还是没来，只有他临走时的笑容永远留在了我们的心中。

前天是感恩节，微信朋友圈里多是感恩的文章，我知道我要感恩父母，感恩亲人和朋友，可是在这一天，我又想到了梅老师，想起了他走出教室时留下的甜甜的笑。

大爷

2019 年 1 月 13 日，我和我先生带小孙子开始了一年一度的回家过年的旅程，还是像往年一样背着行李，拉着行李箱，在人流中奔跑着赶火车，虽然累，但归心似箭，累中有乐。

广州车站的“母婴老弱病残”候车室是我们最熟悉的地方，过安检后就能看到一楼大厅的正中有电梯，电梯的右边就是“母婴老弱病残”候车室。

进了候车室后，我们选了一个较合适的地方坐下来，那里离出口近，上车方便，同时，也可以清楚地看到正面墙上电子屏显示的车次时间。候车室里的乘客多半是老人和孩子，还有怀抱婴儿的母亲。

似乎有人在唱歌，是男声。

在候车室，我很少遇见唱歌的人。记得 2017 年 1 月，我们回老家时也是乘坐的这趟列车，也是坐在这个候车室的这排座位上，后排的一位大爷不知是哪一路的快活神仙，唱起歌来了，歌声吸引了我们，吸引了众多的乘客。大爷越唱兴致越高，我们都围过去为他鼓掌，给他拍照，孙子也和其他的几个小朋友情不自禁地和着节拍自由地舞起来。歌声、掌声、笑声轰动了整个候车室，谁料这场面惊动了乘警和服务员，他们立刻过来劝阻，说不要影响公共秩序，围观的乘客只好散去，大爷也笑着停止了歌唱，不过，人们散后，大爷还是轻轻地哼着，估计那位大爷是个乐天派，也可能是儿孙满堂生活幸福的人，他爱唱歌，爱生活，要不，怎么会在候车室也唱歌呢?

2019 年 1 月 13 日，我又听到了歌声，循着歌声，我看到了一位大爷，虽然头发花白，但容光焕发，精神抖擞，他穿一件橘黄色的衣服，这模样，似乎曾经见过面，于是我想起了 2017 年遇见的那位大爷。好奇心使我向大爷走去，聊后得知他就是两年前坐在我们后排唱歌的那位大爷，不料两年后的今天，在相同的地点、相同的月份，我们又不期而遇了。

这是巧遇，除此以外还有什么解释呢？说不准多少年后，我又会在广州车站的“母婴老弱病残”候车室再一次见到那位大爷，见到那位用歌声给生活带来快乐的人。

我期待着！

烤红薯

昨天下午放学时，我在华凯广场下面等校车准备接孙子，发现旁边有一辆小推车，车上有一个烤红薯的炉子，炉子上面摆满了大小不一的红薯，炉子旁边还有一口小锅，锅里是炒栗子的沙子。一来烤红薯的人闲着，二来校车还未到，于是我们便聊开了。

这位中年男子是安徽人，家中有老有小，十年前为了养家糊口，只身来到东莞打拼。他告诉我，开始那些年生意还算过得去，一年也能赚个七八万寄回家，近年来可不行了，紧张呢。他还告诉我，他卖红薯不是一天到晚到处游走，而是定时定点。比如说，周一至周五下午四点后就在华凯广场的楼下（正是我接孙子的地方）。这是他的一条生意经。

过往行人络绎不绝，尽管人们从他小车边经过，但除了鼻子的“拜访”都毅然地走开了。我看他不时地摆摆红薯，翻翻栗子，望着来来去去的行人，多想有人照顾他的生意啊。但他不气馁，仍然机械性地重复前面的动作。

校车到了，我领着孙子买了一个烤红薯，虽然只花了两元钱，但总算照顾了他的生意。

生活的道路千万条，谋生求生的本领千万种，但行行都能出“状元”。不管是白领阶层还是打拼苦力，只要自己立意去做，就得坚持去做，就像这位卖烤红薯的人一样，把苦和累当成是人生中的一种“休闲”经历，何乐而不为？

腊月小记

农历腊月初八俗称“腊八节”，这是中华民族的传统节日，也是古代欢庆丰收感谢祖先和神灵的祭祀仪式，还有人说是为了纪念抗金名将岳飞，民间还流传着吃腊八粥的习俗。

今年的腊八节，朋友们在微信朋友圈中晒出了色香味俱全的腊八粥。据我所知，我们老家从来不过腊八节，所以从我记事起，就不知道还有“腊八”的传统节日。最近几年，我移居外地，感受到了“腊八节”的节日气氛。

说来也巧，我们家乡虽然不过“腊八节”，但我们一家与腊月初八似乎有着千丝万缕的联系。20世纪90年代初，我在县城的第一套房子是腊月初八竣工的，亲朋好友也碰巧在“腊八”这天举杯庆贺。几十年后重新翻修了这栋房子，查看日志后我惊喜地发现，那年也是在农历腊月初八乔迁新居，多巧啊！

今年的腊月初八我回到了家乡，天气很冷，我和先生围在电火炉边取暖。先生告诉我，1965年腊月初八他当上了海军，那天，公社社长用一辆旧单车把他送到了慈利县城，当天，他换上了海军服，光荣入伍，成为当地唯一的一位海军，成了一名“兵哥哥”。

腊月初八对我们家来说的确有着不一般的意义。

今年腊月初八天气很冷，晚上，我一个人坐在熏肉房烤火取暖时，伙房的门被风吹得“咣当咣当”响，窗户也好像在抖动。我立刻意识到外面起大风了，接着，“呼呼”的风一阵接着一阵，我又在火堆上添了木柴，烧了一大堆木柴火。

“要下雪了吧。”我心里这样想着。

腊月初九那天我起得很早，想去超市买五六十斤猪肉做腊肠，因此要赶早才能有优先选择的余地。我透过窗户看了看外面的天色，地面上好像有一层白，真的下雪了？我又爬上楼顶，看到远近的瓦房顶上有一层薄薄的雪，这才相信昨晚下了一场小雪。

我穿上带绒的皮鞋，围上围巾，外面有零星小雨，我坐车来到超市，超市刚开门，很幸运，我是第一个顾客，购到了我需要的东西。我用购物车把猪肉推到超市门口，准备找辆出租车送我去菜市场的加工店加工腊肠，这时外面又飘起了零星雪花，但不大。街道上车来车往，我拦停了一辆出租车，说明了要去的地方，司机听后摇头说不顺路，我又拦停了一辆，司机照样摇头说不方便去那里，就这样，一辆辆出租车在我身边停下，然后司机摇摇头又从我身边开走了，我很失望，但我也能理解，他们想多赚钱，因为他们要养家糊口，如今劳动者的生活模式就是这样的。

从超市门口进出的人都要看一眼地上的那几袋猪肉，然后又看看我。

我的手脚冻得发麻，我跺着脚，搓搓手，然后又重新包好头巾。怎么办呢？坐车的希望化为泡影，我一筹莫展。

十几分钟过去了，我还站在那里跺着脚，一位穿着橘黄色衣服的清洁工拿着扫把走过来，我立即跑过去向他求助，可他说他也没有办法。这时，一位捡废品的老人刚好从我旁边经过，他说他有一个极简易的拖废品的滑轮拖车，但放在家里，他愿意帮忙回家去取，我感激不尽。

我和这位老人离开了超市，一路步行，老人告诉我他是乡下人，家有二女，都在外省打工，生活还过得去，他在县城捡废品，一天也有几十元的收入，多则一百多元。我劝他天太冷时别出来捡废品，他说他不想给孩子们增加经济负担。

“勤劳朴实的人，多么善良的父母。”我心里暗暗称赞。

捡废品的活儿虽然很脏，但老人的心灵很纯洁。

腊月初十，街道上有一层雪，薄薄的，但地面结了冰，行人的脚步很慢，有人买了很多大白菜和大萝卜，以防冰冻和雪层加厚。我也买了面条饺子之类，并将楼下的部分木柴搬上楼顶熏肉房。

人们都在忙来忙去，预防更大的冰冻和大雪的到来，不过，孩子们倒是喜气洋洋，他们盼望着下一场大雪，那时，他们就可以堆雪人，打雪仗了。

腊月十一，晚上睡觉时，尽管铺上两层棉褥子，盖上大棉被和厚厚的羊毛毯，但半夜醒来还是感到很冷，我先生感冒了，一夜咳嗽不停，旁边的孙子虽然睡得香，但他把身子缩成了一团。不等天亮，我就起了床，感觉今天是我回家后最冷的一天，天寒地冻的，外面一定是下大雪了。我开了灯，不敢开窗，试着开水龙头，可水管冻了。我又爬到楼顶上的柴火房，准备生火熏肉，忽然听见旁边有人翻得柴枝响，好像要从外面爬上楼顶似的。“有强盗吗？偷什么呢，房顶上挂着的只有腊肠和腊肉。”我打了一个寒战。

紧接着瓦顶上似乎又有什么东西重重地滑过，好像有人从瓦顶上滚下去了，我更加害怕，柴房里的灯很暗，我屏住气细听，原来的响声没了，只听见天上落下来的雪米子“嗒嗒”地打在瓦上，我一下子明白了，原来是较大的冰雹从瓦顶上滑落时弄出的声音，我镇定下来，把那堆火烧得旺旺的。

天微亮了，外面静静的，巷子里没有行人路过，更听不到脚踩在雪地里发出的“咯吱”声，我也没有听到街道上车辆的鸣笛声，山边铁道上火车路过时发出的一声长鸣，打破了小城的宁静。

路面上盖了一层厚厚的雪，我惦记着住在乡下的父亲，我想，那里一定是“林海雪原”了。

风过留痕

山竹

听说台风“山竹”要来了，我真没把它当回事儿，因为以前都有台风预警，可每次都是绕着东莞走，“擦边”都没有，市民安然无恙，学生们照样上课，商场、酒店照样营业，上班族照样上下班挤公交车，公园里鲜花盛开，人们漫步在风平浪静的湖边，漫步在林荫小道上。

“有可能东莞是一块风水宝地，它享受着上天的庇佑，让天灾望而生畏。”那时我曾这样想过。

这次为迎接“山竹”的到来，东莞发布了防台风紧急动员令，启动防台风Ⅰ级应急响应，全市停工、停产、停课。为以防万一，从昨晚开始，我们全家人待在家中，不敢轻举妄动。

“整个广东都在等台风的到来，就像热恋中的少女等待她男朋友的到来一样，怕他不来，又怕他来。”我的朋友在微信中打趣地说。

今日清早，我探头窗外，外面起风了，小区院子里的树被风刮得“沙沙”响，有的被刮弯了腰。我听不到平日里车辆过往的声音，也没有看到一个人影，小区一下子安静多了。

风一阵一阵地刮着，发出“呜呜”的号叫声，有时这“呜呜”的声音拉得很长很长，像拉警报似的，又像是一种哀叫声，听起来叫人非常担惊受怕。

我马上在手机上搜索信息，看本省本市有关台风报道的情况，看各地区及当地市民是否安然无恙，但微信群里除了一条紧急通知，没有别的信息，这倒使我松了一口气。

想起今日与医生有约，估计台风还没来呢，于是我们冒险乘车去了医院。医院里还有医生在坚持上班，他们像平时一样在自己的岗位上镇定自若，微笑面对每一位病人，好像还不知道有“山竹”这位不速之客。

医院的外面，还有清洁工正在打扫被狂风吹落下来的树叶。有人在做应急指挥：“台风要来了，这等……那等……要速速转移……”

人们在做应急准备。

有几个人朝医院这边走来，风将他们的衣襟吹起，他们有点像太空漫步，双腿好像是被风抬着走的。我有点儿招架不住了，赶忙钻进车，径直回家。

窗外的风一个劲地刮着，那“呜呜”的声音一发不可收拾，像鬼哭，像狼嚎，在撕裂着人的心肺。

“山竹，愿你像轻燕一样从空中掠过，因为这里的人们是善良的。”

我心中默默地祈祷着。

大榕树

这棵榕树像一把天然的巨伞，撑在东莞市人民公园的正门口，榕树旁边就是8路公交车的终点站，终点站的马路对面就是东莞市老年干部大学的所在地。每次我去老年大学上课都在这里下车。不知为什么，每次路过这里时，我都要情不自禁地望一眼那棵大榕树，有时甚至走过去摸摸从树枝上依次下垂的、长长的、细细的须根，听说这些细细的须根能落地生根。

虽然我生在山中长在山中，见过参天古树，但从来没有见过榕树。

记得小时候看过一部影片，在这部影片中，有一个画面很美，一棵古老的榕树挺立在村头，枝叶繁茂，像一位百岁老人兀立在夕阳下。一位穿着红衫的姑娘常常立在榕树下，久久地翘首张望，她无暇顾及从树上传来的阵阵蝉鸣，她在等待征战归来的将士和英雄，等待她日夜思念的亲人。黄昏时，她带上一炷香火，跪在树下祈祷，淡淡的霞，落了她满满一身。从那时起，榕树、红衣姑娘与落霞交织的画面也就落在了我的记忆中，也就是从那时起，我对榕树产生了不了情。

来到东莞，我见到了许许多多家乡不曾有的树木，但我对榕树情有独钟，每次看到榕树，我都要从不同角度拍摄榕树的风韵，每当我路过人民公园门前的那棵大榕树时，说不清为什么，总要走过去，看看那棵岿然不动的大榕树。那叶，青翠碧绿；那枝干，横向舒展开来，像撑开的一把绿伞；那树，粗粗的，需多人合围。根露在外面，盘根错节，紧紧地扎在泥土里。

六月的阳光灼人，榕树下一片阴凉地，引来无数茶饭之余的聊天者。有时天上下着小雨，榕树下站满了过路人，他们借着这天然的绿伞，避风躲雨。

前天我又去上课，下车后我又不由自主地去看榕树，一阵风儿吹来，树叶婆娑，树下的大妈们在尽情地歌舞。

古老的榕树，生命如炬，庇荫众生，坚韧不拔，百折不挠，多像国人的性格。

英雄花

春天来了，树木都吐了新芽，可你还是赤条条的。春浓了，大地着上了绿装，你仍然是赤裸裸的。山山岭岭的花开了，可我还不见你的片片绿叶。每天我从你的旁边经过，每天我都要把你张望。我留恋去年的你，红红的花，一簇簇、一团团地挂在枝上，红得鲜艳，红得叫人不忍离开。

今年我又来到你的树下，盼望看到像往年盛开的朵朵红花。我从二月盼到三月，又从三月望到四月，我计算着，等待着，就在红红的五月，不知是在哪一天，也不知是在哪一夜，你绽放了，当我每天来到华凯广场时，你的香就会随着阵阵清风飘来，我情不自禁地追香而至，然后久久地望着满满的一树红花，那红得诱人的红花。

我不知道你叫什么花，只知道你是我心中最美的花，因为你是红的，就像一颗心。

后来有人告诉我，你叫“英雄花”。

疫情的话题

一

看完“春晚”节目后，远处传来了鞭炮声，估计是老园艺厂那边的村民为迎接新年而放的。前几年在看“春晚”节目时，时针一指向十二点，我所住的这条巷子，以及全城的大街小巷，鞭炮声震耳欲聋，人们放烟花鞭炮，喜迎新春佳节。

今年有所不同，人们迎新年的鞭炮声远远不及往年，也许是大家的心都系在疫情上，都在为武汉担忧，都在祈祷“天佑中华”的缘故吧。

春晚节目以一首由李谷一领唱的歌曲《难忘今宵》而结束，听完，我便有一种新年伊始的感觉，但这种感觉不似往年有着浓浓的年味儿，我的心中似乎有某种牵挂，这种牵挂使我久久不能入眠。

迷糊着睡了一觉，做了一个梦，梦也一反常态，不是思念父母，而是惦记着日夜坚守在岗位上的白衣天使，以及躺在病床上的同胞们。

我又听到了鞭炮声，是对门那户人家燃放的鞭炮，因他家是做小生意的，可能想在大年初一图个开门红的吉利吧。我所住的整条巷子还是冷冷清清，往日燃放鞭炮时散落在地上的红纸碎片，像一条厚厚的红地毯从巷子的东头铺到西头，如今，地面上湿湿的，天上飘着微雨，家家关门闭户，无人走出，只有每家大门上高挂的两只大红灯笼从己亥年红到了庚子年。

孩子们起床了，送来温馨的话语：妈妈新年快乐！爸爸新年快乐！孙女和孙子也一起给我们拜年，我们两位老人，心中漾起了一股年味儿，不过，在这种特殊情况下，这年味儿淡淡的。

北方人过年吃饺子，这和我们老家的习俗不太一样，我们正月初一早上吃鸡蛋，至于为何吃鸡蛋，我不知来历，只知道从我记事起，初一早上就有吃鸡蛋的习俗，我想，鸡蛋是圆的，有团圆的寓意吧。

白天的电视节目很多，也有网络电视，但我们很少看娱乐节目，都看新闻，我们真的很想了解武汉的疫情。孩子们也通过手机看新闻，了解全国各省市所面临的疫情，以及所采取的防范措施，并随时报告给我们。

我们和亲朋好友互通电话，不串门，不出去拜年，不走亲访友，出门戴口罩，我们认为，这是与疫情做斗争的有效措施之一，我们不是紧张过度，而是为“佑我中华同胞”而尽自己所能。

按老家的拜年习惯，初一给族里长辈拜年，初二才回娘家，所以，每年的正月初二，我们五姐妹都会带上全家人去乡下弟弟家给父亲拜年。今年情况不同了，父亲已于去年正月离世，按照家乡的习俗，今年的正月初二是家人和亲戚相聚纪念他的日子，家乡人叫作“拜新年”，但面临疫情，我们怎么“拜新年”呢？以前每年的初一，父亲总是电话不断，问我们初二几点启程，并反复强调我们回家后要多住几日，此时，从话音中可以听出，他高兴得像个小孩子似的。如今，父亲孤零零地躺在深山里，谁去看望他呢？正月初一再也接不到他的电话了。

我对在天堂里的父亲说：“父亲，我很想念您，我多想回到家乡，为您点上一炷香，陪陪孤独的您。父亲啊，您可知道，为了大家庭的安全，为了大中华的平安，我们暂时不能去看您，我想，您不会介意的，如果您在世，也会要我们这样做的，因为您是一名共产党员，您的一生是献爱心的一生，是善良的一生。父亲，再等待一些时日吧，到那时，我一定会来看望您，给您烧一炷香。”

我们兄弟姐妹互通信息，彼此叮嘱不要随意外出，不接触外人，各自珍重。

大年初一，我们一家人全待在家里，透过玻璃墙，我们几乎很少看到有行人路过，偶尔几个，也都是戴着口罩出行。儿子的朋友给我家送来一个电子产品，他是戴着口罩来的，把东西放到门边就走了，彼此都没言语。从晚上的电视新闻中得知，武汉的新冠肺炎病例又增加了，我们的心情都很沉重，不过我们坚信，黑暗即将过去，曙光就在前头。

儿媳妇在慈利县人民医院财务科工作，她每天很早就去了医院，晚上回来得很晚，有时通宵地加班。初四上午，她突然打电话给我，说她暂时不能回家，要主动隔离，问其原因，才知道事情的经过。

有一个电工，二十几年前曾是我们的邻居，现在还在慈利县人民医院做电工。去年腊月二十九，这位电工和从武汉过来的女婿有过密切接触，初四他去了医院，和各科室的人员、院长和党委书记接触过，并且在财务科停留的时间较长。

初四上午，他的女婿被确诊为新冠肺炎患者，已被送往长沙医院医治。电工知道女婿被确诊后，立即报告院长，主动隔离，这样，牵涉到了电工在初四的早上接触到的所有人员，也包括我的儿媳妇。

接了这个电话后，我的心情更加沉重了。我想，保护好自己，不给大家庭添乱，就是为国家做贡献。

早饭后，戴着口罩的大儿子回来告诉我，后街有五个穿着防护服的医生从街上的某栋楼里走出来，街面上停有一辆医院的车。不一会儿，在我们巷子的东头（离我家 100 米远），又有一群穿着白大褂的医生好像在执行什么任务，儿子对我们说，老年人和小孩身体弱，千万不要出去。听到这个信息，我虽不恐惧，但还是为家人的安全担心，为千千万万同胞的生命安危担心。我和兄弟姐妹们通过电话，要他们多加保重，不要外出，我告诉他们，只要万众一心，就能战胜疫魔。

今天初六，有人告诉我，张家界有了首例确诊者，此人去年腊月二十七从湖北坐汽车到张家界汽车站，这辆车共有 39 人，在慈利下车的就有 14 人。她回张家界后还参加过五次聚会，照这样推算，传染的范围可能就扩大了。我想，这不是官方消息，不能传播出去。

每天晚上，我们一直坚持看新闻联播，了解全国的疫情，心中默默为战斗在第一线的白衣战士祝福，为躺在病床上的同胞们祈福，为我中华祈福。

二

2020 年的春天，我们自觉在家隔离已经有好长一段时间了，在家久坐后，一站起来双腿就不听使唤，明显地感到难以站立。

每天我必做三顿饭，之余，陪孙子上网课。老师们很辛苦，网课作业很难批改，因上传的作业图片模糊，批改时老师需要仔细辨认。我家的二位宝贝都说：老师真辛苦。

家乡的温度低，我每天穿着厚厚的棉睡衣，双腿弯曲在电炉边取暖，时间久了，双腿酸酸的。快两个月了吧，除了和家人说一到两句必答必问的话之外，再也没有和别人接触过。在家坐久了，想看书，眼睛不给力。通过手机可以学习和了解很多东西，可是字太小。很想出去走走，一来怕近距离接触，二来到处都设有岗哨点，想去哪里也受约束，干脆宅在家里。

家人喜欢看新闻，我也跟着看，被抗疫的英雄事迹所感动，也为不幸者而落泪。我想，外面的桃花开了吧？桃花是红色，李花是白色，刚上小学时，老师就在课堂上说：“桃花红，红艳艳。李花白，白皑皑。”打小我就记得这两句话，因此，每年的春天，我都想看“桃花红，李花白”的春景。

靠铁路边的山上有许多户人家，山上有橘子园，有大片的菜地。平时，在山上种菜的人不少，这段时间菜地无人问津。近几日看到山上有人走动，我想，那里应该是一方净土，那里没有禁令，行人都可自由地来往，于是在一天下午，我戴上口罩，上了一次山，看到了橘子园，看到了油菜花，看到了大片的菜园，也看到了山里人家。我站在山上，大声吟诵着老师教给我的诗句："桃花红，红艳艳。李花白，白皑皑。"

三

我顺着那条山坡路走着，听林间的鸟语，闻桃林的花香。

"美眉好。"后面有人大声地说。

我不是美女，美与我无关，我不回头。

"美眉好。"后面的人又重复了一句。

我不是美眉，我仍然往前走，一个劲地往前走，不回头，步子迈得更大了。

"妹妹你大胆地往前走哇，莫回呀头。"后面的人唱了起来。

我没看见美女呀，美女在哪里？我纳闷了。

我忙回过头，摘下口罩，望着后面戴口罩的人。

那人不好意思，毕恭毕敬地对我说：

"奶奶您好。"

他没摘下口罩，看不到脸上是否有尴尬的表情，不过我心里明白：这是口罩引来的故事。

口罩故事幽默，更值得赞扬的是，我们都坚持戴口罩。

几米阳光

生活是一杯甘甜的乳汁，包含着人生的幸福和快乐，生活是一杯苦涩的酒，包含着人生的酸甜苦辣。生活对待每一个人都是平等的，然而，生活是苦还是甜，这在于人们对待生活的态度和观点。

生活中总有几米阳光在温暖着你。

人生中所走的坎坷路，求生中所经历的苦难，我认为那是生活对你的磨炼。有人把生活中的苦涩当成是一种心灵鸡汤，他们活在当下，探索未来，在奋斗的风口浪尖上享受成功的幸福。

劳动有脑力劳动和体力劳动之分，无论是脑力劳动者还是体力劳动者，如果他们立足本分，与人为善，与世无争，视财富和权势如粪土，不谋私利，奉献自己，就像山中的野花，待到春来时，默默无闻地把馨香送到人间，他们的生活又怎么会不充满阳光呢?

与之相反，有的人向往灯红酒绿，向往富豪大宅，向往奢靡的生活，总想给自己贴上富豪一代的标签，浑浑噩噩，混世一生，与草木同腐，殊不知真正的幸福元素在哪里。而那些拉人力车者、挖煤劳工、马路清洁工等生活在社会底层的人，虽然他们过着平淡的生活，但他们过得很幸福，有价值，有意义，因为他们把幸福定格在平凡而又艰苦的劳作之中。

这不得不使我想起十几年前的一件事，那时我还未退休，仍然在学校工作，学校离我家步行需三十分钟左右，每天我都要在早上六点半以前赶到学校，准备早自习的辅导。那时没有公交车，步行是我唯一的出行方式。为了不耽误早自习，我每天五点多起床，六点前从家里出发。

冬天的那个点，天还没亮，外面伸手不见五指，我们的巷子里又没有路灯，我只好穿过漆黑的巷子，摸索到马路上。

马路上空无一人，只有几处透过树枝散落在地上的路灯光，每次，我总是期待有人路过，但我都失望了，那个点，谁又会上马路呢？偶尔一辆车从我旁边急速驶过，但前照灯光又电闪般地消失了，那时的我，感到十分害怕。

一次，我在恐惧之中隐隐约约地听到了音乐，从很远的地方传来，渐渐地由远而近，我情不自禁地止住脚步，回过头来，仔细地听着。

“幸福的花儿心中开放，爱情的歌儿随风飘荡，我们的心儿飞向远方，憧憬那美好的革命理想。”

“我们的生活充满阳光，充满阳光。”

音乐随风传来，悠扬动听，打破了这座小城黎明前的宁静。一辆破旧的三轮车伴随着美妙的音乐从我旁边经过，我的紧张情绪全没了，每一根绷得紧紧的神经全松弛了下来。我目送三轮车一路载歌，最后在离我不远的一家饮食店门口停下，只见他很快地跳下车，给店里递上几把干米粉丝，然后又去了另一家。我明白了，原来他是给早餐店送米粉的。我望着他远去的背影，喃喃自语：他多幸福啊！

虽然时间过去了许多年，许多记忆都已在我脑海中消失，但我一直没有忘记那位开三轮车人的浪漫生活。

去年回家乡时，我在一饮食店门口又遇到了他，还是那辆旧三轮车，车上仍然装着干米粉丝，那美妙动听的音乐仍然吸引着马路上过往的行人。毫无疑问，许多年来，他起早贪黑，辛勤劳作，他在平凡的求温饱的生活方式中，享受着他的幸福人生。他脸上的笑容告诉人们，他很幸福，他为自己所走的谋生之路感到骄傲。

像这样生活在底层，又敢于面对现实的人不乏其例。前不久我从东莞市人民医院准备乘首班车回家，那天天还未亮，一轮皎月还斜挂在空中，我乘电梯来到一楼通往门诊大厅的走廊，看到一位清洁工大叔在灯影下辛苦地劳作，那佝偻的身影时隐时现，我不知为何，一种同情油然而生，别人还在香甜的睡梦中，可这位大叔早已在这里默默无闻地付出。我同情他，同时又被他的行为所感动，因为，他的垃圾车上还在播放着轻快而又动听的音乐，声音虽然调得很小，但凡从他身旁路过的人都能产生一种心灵的共鸣。大叔精神焕发，他的精神灵魂随着音乐升华，我想，此时此刻，在他的心灵中，一定蕴藏着千千万万个幸福的元素。

生活是美好的，人，无论富贵与贫穷、伟大与平凡，只要你敢于面对，生活中的那几米阳光将会永远温暖着你。

第七辑　寸草春晖

插柳花儿开

每年的春天，山里百花齐放。每年的夏天，山花依然烂漫，唯有插柳花儿，永远定格在我四岁以前的记忆中。

至今我还清楚地记得我家老房子的样子。老房子有一个很大的后院，院子里有一块很大的菜园，一条木栅栏将菜园与前面的人行道隔开，院子的另外一面靠山，山边有一棵插柳树，不知是因为顺口还是喜欢插柳花，我们一看到插柳树，就叫它“插柳花儿”，在我们的口语中，“插柳儿花”成了插柳树的代名词。

插柳树不是我们在湖边常见的杨柳树。杨柳树高大枝粗，柳条垂下，“柳阴直。烟里丝丝弄碧”。插柳树虽然只有两个手指头粗，不过两人高，但它像白杨一样向上生长，笔直挺立，有着和白杨一样的不屈的性格，人们把它插到哪里，它就在哪里存活下来。插柳树的叶子碧绿碧绿，光滑得像涂了一层绿色的植物油。叶子为椭圆形，顶部稍尖，叶的两边有细细的分叉。

我家后院的插柳树由许多棵插柳树丛生在一起，远远望去，亭亭玉立。每年夏天到来，插柳树开花了，一朵一朵地袅娜地开着，薄薄的花瓣雪白雪白，像在阳光下绽开的棉团点缀在树上，淡雅、芬芳。

一次我还在睡梦中，母亲把我推醒：“妹陀，快起床，那棵插柳树开花了。”母亲一边开心地笑着，一边催我起床。我赶忙穿好衣服，随着母亲走出房门。我看见那棵青枝绿叶的插柳树开满了插柳花儿，它立在山边，似乎是一幅着墨的淡淡的山水画，母亲牵着我的手来到树下，数着一朵一朵的花儿，尽享插柳花儿的馨香。

母亲的卧室与插柳树遥遥相对，每次母亲梳妆的时候，总是将卧室门敞开着。一次，我看见母亲在梳妆台前对着镜子梳妆，只见她将长长的头发分在左右两边，扎了两个马尾后，又将一朵插柳花儿试戴在头上，自言自语地说：

“好看吗？”

“好看，好看，妈妈。”站在一旁的我立即插话。

母亲转过身来，随即将头上的插柳儿花给我戴上，左看右看，笑着说：“妹陀像朵花，再戴上一朵插柳花儿，就更美了。”我看着镜子里的我，看到头上的那朵花，也跟着母亲笑起来。以后，母亲常常把插柳花儿插在我的两个小羊角辫儿上，我也常常戴着插柳儿花和小朋友一起玩耍。

插柳树叶是天然的洗发剂。母亲说，山里的插柳树吸收着天然的养分，有小溪的灌溉，有清风的吹拂，有阳光雨露的滋润。

母亲常把插柳树叶洗净，放在小小的木盆里揉碎，不一会儿，绿色的叶汁儿出来了，然后把叶汁儿淋在我们的头发上，轻揉一会儿后，用温水将头发冲洗干净。用插柳树叶汁洗过的头发光亮柔软，像黑色的瀑布从头上倾泻而下。

插柳树开花的时候，也是我最愉快的时候。夏夜，我和母亲常坐在院子里，那时，月儿当空，母亲告诉我，月亮里有一棵桂花树，有一只玉兔，还有一位叫嫦娥的仙女。

“嫦娥姐姐经常戴插柳儿花吗？”

“你猜呢？”我的问话常常逗乐母亲。

母亲还告诉我，她喜欢插柳儿花。中华人民共和国成立时，全国开展了扫盲运动，乡里都办起了夜校，母亲和父亲不约而同地入校了。有一次，父亲托人给母亲送了很多很多的插柳儿花，再后来，由媒人介绍，他们相亲了。说到这里，我看见母亲脸上的笑容就像一朵绽开的插柳花儿。

还记得一个夜晚，母亲没有回家，还不到一岁的妹妹要吃奶，在床上爬来爬去，哭着喊着要找母亲，无论奶奶怎么哄劝，她还是一个劲儿地哭，奶奶毫无办法，只好一直重复那一句话："不要哭了，山里有野物，野物专吃爱哭的孩子。"不见母亲回家，又看见妹妹不停地哭闹，我也开始想起母亲来，跟着妹妹一起哭开了。

后来奶奶告诉我，母亲跟着男劳力出夜工去了，听说她是先进分子，还是劳动模范呢。以后的日子，我总是看见母亲背着背篓，扛着锄头，早出晚归，劳动在第一线。

又一个夏天，插柳树又开花了，我摘下一朵插柳花儿，献给了母亲。

家里的那束玫瑰

家里的那束玫瑰飘来阵阵清香，每每看到它，我都有一种赏心悦目的感觉，朵朵红花由细细的绿叶儿衬托着，显得格外引人注目。每次回家，我都要细心地呵护，浇浇水，剪掉枯叶，然后静观一会儿，就像看见久别的老朋友一样，对她有说不完的心里话。

玫瑰花的由来还得从“三八”节那天说起。

那天的阳光真好，太阳早早地温暖着春日的大地，也温暖着春天的人们，我按照惯例在户外锻炼后急匆匆地赶回家。刚一进门，玫瑰花的幽香就扑鼻而来，我看见茶几上有一大束鲜艳的玫瑰花，露珠落在花瓣上，晶莹剔透。碧绿的叶子悄然地托起红艳艳的玫瑰，尽着配角的责任。玫瑰花红绿相间，分外妖娆，使整个屋子增添了喜色。

玫瑰花的旁边有一张字条，上面写着：

“亲爱的妈妈，今天是‘三八’节，祝您永远健康，永远快乐！您永远是我和弟弟的好妈妈。”

落款是“明明和青青”，明明和青青是两个儿子的乳名。

看着那束玫瑰，我一遍又一遍地读着字里行间洋溢着爱的话语，顿时，一股暖流涌上心头，我好像看到了我和孩子们朝夕相伴的幸福和快乐，看到了他们儿时天真、活泼的情景，我的眼睛湿润了，我双手捧起鲜花，闻着它的馨香，久久不愿放下。

“妈——妈”，他们在牙牙学语的时候，一天到晚不停地叫着。当我带着满身的粉笔末从教室里走出来的时候，大儿子的两只小手向我伸过来，在空中舞着，甜甜地叫着，咯咯地笑着，那时，哪怕我身心再累，哪怕事儿再多，我都会放下教科书和备课本，将他深情地搂在怀里，亲他的脸蛋儿，虽然他的脸上和衣服上也沾满了粉笔末，可是我们都不在乎，现在回忆起来，那是我人生中最幸福的时刻。

比弟弟大三岁的哥哥常常带着弟弟在校园里玩耍。两间教室的周围是农家菜地，也有一片果树林，我去上课了，兄弟俩就在果树林里捉虫子，看停留在花朵上的小蜜蜂，看天空中飞来的鸟。蜻蜓飞来了，天真的兄弟俩就想捉蜻蜓，蜻蜓飞走了，弟弟失望地哭起来，哥哥抹去弟弟的眼泪，扮一个鬼脸，把弟弟逗乐了。秋天到了，果子成熟，黄澄澄的橘子缀在枝头上，沉甸甸地压弯了枝头，可怜那两位小兄弟，常常坐在树下，望着果子，口水不断地从他们的嘴里流出来，谁也不敢要，谁也不敢去碰，别人问起来，兄弟二人齐声回答："妈妈说过，不经允许，不许采摘，那是公家的。"

人们还常常看到哥儿俩牵着小手，坐在教室外面的土堆上等候妈妈下课，等久了，就在土堆上睡着了。

好心人送给哥哥一颗糖，哥哥舍不得吃，要留给弟弟。校长送给哥哥一个熟红薯，那是一位乡亲专门慰劳校长的礼物，哥哥对校长说：

"我还要一个红薯，我弟弟还没有呢。"

"唯一的红薯送给了你，我到哪里去找第二个呢？"校长笑起来。同一所学校的老师至今还记得哥儿俩吃红薯的事情，那句"我还要一个红薯，我弟弟还没有呢"已成为人们平日里的笑料。

农家菜地间有一个水池，供干旱时给菜地和果木树浇水用。水边杂草丛生，兄弟俩经常坐在水池边，他们猜想水中定会有许多小鱼儿，因为鱼儿离不开水，于是，他们常常坐在池边等着鱼儿出现，但他们常常带着失望而归，因为他们只看到水中冒泡的孑孓、草丛中的蟋蟀，还有喜欢光顾小孩子的蚊虫。

一次，哥儿俩见妈妈久久不回家，于是又来到了水池边，弟弟不小心滑了一跤，半个身子落进水里，急坏了的哥哥使出全身的力气拉扯，正在千钧一发之际，被过路人救起。那次，弟弟吓哭了，哥哥也吓哭了。

“弟弟，快过来，妈妈给了我们一毛钱，哈哈，今天好开心啊！”听到哥哥的呼唤，弟弟飞快地跑过去。那时的他们，花一毛钱也是一种奢侈，他们计划着买平时想买而又无钱购买的东西，可是到了最后，他们还是舍不得花掉，把那一毛钱留存下来。

哥哥从学校回家路过几家糖果糕点铺的时候，总免不了要在那里停一会儿，他多想像别的孩子一样，嘴里有一颗香甜的糖果，可是他在母亲面前从来不提及这件事。我听说之后，感到很内疚，觉得亏欠了孩子们。

“这兄弟俩很懂事，很听话，讲文明又有礼貌。”这是我的同事们对他们的评价。

一次，年龄还小的弟弟在操场上和别的孩子玩耍，双方都喜欢那一截带泥的小树枝，哥哥发现了，跑过去说服弟弟，把“好玩具”让给了那位小朋友。

哥哥和弟弟很团结，对别的小朋友很友好，从来不打架，不骂人，不说脏话。

有时候从食堂里买来一份带点儿荤的菜，孩子们谁也不会先动那道菜。

“今天餐桌上的这道好菜先让谁尝？”爸爸问。

“妈妈先吃，妈妈辛苦。”兄弟俩异口同声地回答。在以后的日子里，孩子们总是把好吃的东西留着，每次总是先让着父母。他们从小就学会了分享，学会了感恩，从小就有尊敬父母、尊敬长辈的传统美德。

“妈妈，我给你唱一首歌。”弟弟放学了，背着书包朝我跑过来，他立正站在家门口的小路上，满头大汗，气喘吁吁，嘴唇干裂，这时，如果有一杯清泉水，他会一饮而下，可他忍耐着，直直地站在那儿“阿——门——阿——”认真地唱着，他多想把他从幼儿园刚刚学到的歌完美地呈现给他的母亲啊。我高兴地蹲在他的面前，认真地听着，虽然我没有听清一句歌词，不知道他唱的是什么歌，但我享受到了孩子带给我的快乐和幸福。很多年过去了，“阿——门——阿——”的声音还在我的脑海里萦绕。

之后的几十年，我很喜欢《蜗牛与黄鹂鸟》这首歌，经常唱着，经常回味关于孩子们的天真活泼的故事。

一次，孙子放学回来，站在我面前，激情地为我演唱一首歌，像他爸爸小时候一样，可爱极了。我听明白了，他唱的也是《蜗牛与黄鹂鸟》，那神态、那模样、那感情，像极了他的父亲。

时间催人老，“逝者如斯，而未尝往也”。

如今，我的孩子们已经是不惑之年，已是为人之父，可他们还是像小时候那样对母亲有一种纯真的爱，仍然感恩母亲，我心底想对孩子们说：“谢谢，亲爱的孩子们！”

孙子知道这束玫瑰花是奶奶在节日那天收到的最珍贵的礼物，于是，他小心翼翼地将它插在花瓶中，倒上水，每天放学回家总是先看看那束玫瑰花后才放下书包。

“花儿会枯萎吗，奶奶？”他常常这样问我。

“不会的，这束花与其他的花不一样。”

“为什么？”

为什么呢？我也在问自己。

“慈母手中线，游子身上衣。临行密密缝，意恐迟迟归。谁言寸草心，报得三春晖。”“爱子心无尽，归家喜及辰。”

此时此刻，小小年纪的他，又怎能理解我的解读呢？

孙子照样每天给玫瑰花浇水，嘴里也常常哼着：“玫瑰玫瑰我爱你，圣洁的光辉照大地。春天开在枝头上，长夏开在荆棘里。”每当这时，我也情不自禁地哼唱起来。

我的爷爷

我从未见过我的爷爷，对他无任何印象，也很少念及他，因为爷爷走的时候，我的父亲还是个很小的孩子，后来，父亲也很少在我面前提起他。今日清明，我想起了我的爷爷。

在我很小的时候，奶奶也偶尔对我说起过爷爷，但谈得甚少，我想，可能是奶奶不愿触及她那心灵中最痛苦的地方，人嘛，最怕触到伤心处。

祖爷爷养育了三儿一女，我的爷爷排行第二，在我祖爷爷出殡那天，为了给家里增加劳力，爷爷和奶奶披麻戴孝在灵堂里成亲，从此，爷爷和奶奶在一间半的寒窑里相敬如宾，在青山环保、溪水长流的山沟里过着男耕女织的生活。

爷爷个子不是很高，勤劳忠厚，平日里言语不多，只知道长年累月地劳作，春天来了，犁田耕地播种，晴天头上裹一条头巾，雨天穿一件蓑衣，起早贪黑。对于春耕、夏耕、秋收和冬藏，爷爷更是行行拿手。别看爷爷农民出身，长年累月地劳作，可他还有民间艺画的技能，乡里人称他为“画匠”，谁家有红白喜事时，爷爷便被请去画山水虫鸟等油漆画，颇得东家的喜欢。尽管山里人家境贫寒，但只要天不久旱，地不久涝，他们还是能用玉米、麦子、地瓜、青菜等糊口度日的，由于奶奶贤惠勤劳，爷爷吃苦耐劳，那时，他们一家四口日子过得倒也安稳。

可是好景不长，我父亲还不到上学年龄时，奶奶就得了一场大病，她卧床不起长达三年。“屋漏偏逢连夜雨”，就在奶奶生病期间，国民党开始“抓壮丁”，就是把人抓走去充军，凡是有男人的家庭都难逃此劫。

有人为了逃脱这一灾难，忍痛砍掉几个手指头，那样就不能持枪了，就避免了被“抓壮丁”。可怜我那老实巴交的爷爷被人盯上了，他连夜逃到溪口镇我姑奶奶家躲藏起来，我姑奶奶年轻时长得眉清目秀，是远近有名的美女，因而嫁到了一个有三房四妾有钱有势的大户人家，爷爷躲在那里倒是安全多了。

日子一天天地过去，爷爷与家里两地相隔，音信全无，他整日惦记两个幼小的孩子是否有食充饥，担心他的妻子不在人世。爷爷整日忧愁，夜不能寐，度日如年的日子煎熬着他。有一天，他实在是熬不住了，就在那个月黑风高的夜晚，爷爷艰难地爬过狗子垭，摸着黑蹚过汤家溪，在黎明前回到了日夜思念的家。奶奶告诉我，那些抓壮丁的人一天也没有放松过盯梢，就在爷爷到家的那天，他们端着枪把爷爷绑走了，当时还不到十岁的父亲在路上与被人押着的爷爷相遇时，只见爷爷以泪洗面，父亲一路哭着跑回了家，病床上的奶奶更是如万箭穿心，家里乱成一团，几日没了炊烟。

爷爷先是被押到丛木坪乡，后又被押到慈利县城，此后杳无音信。

几年后，同村的一位老乡逃跑回家后，他向我奶奶讲述了一个情景：那年，那位老乡被押到衡阳后与我爷爷巧遇，得知我爷爷几次试图逃跑但都未成功，后遭到几顿毒打，爷爷被打得遍体鳞伤，动弹不得。那天，那位老乡看见我爷爷身上盖着稻草，躺在田埂上，只听见我爷爷有气无力地问了一句：

“她还活着没？可能不在世上了。”他惦记着我的奶奶。

同村人说，爷爷的生命可能就在那田埂上终止了。

中华人民共和国成立后，慈利县档案馆有一份居住在台湾的老兵的名单，我家先生几经查证，也没有查到我爷爷的名字。

我的爷爷，您在哪儿啊？您是在战乱中阵亡，还是客死他乡？我的爷爷，您的魂在何方？我多想去衡阳的那个山村，在您用稻草盖身的那个田埂上去寻找您的足迹，寻回您不散的魂灵。

今日清明节，朝着衡阳的方向，我点燃一炷香，愿我的爷爷魂归故里。

奶奶的小裹脚

奶奶的脚很小，是不是三寸，我那时还小，不得而知。总之，在我的印象中，那双脚与我们的脚大不一样。春天到来天气暖和的时候，我常常看见奶奶拿一把小剪刀，搬一把小板凳，坐在太阳底下，露出了使我感到好奇的小脚：脚背凸起，脚形似月牙，五指向内弯曲，脚心有一条很深的缝隙，外观小巧玲珑，如果套上一双绣花鞋，着实好看。

奶奶告诉我，她的脚掌上长了“鸡眼”，如果不用剪子把它剔出来，走路会很不方便，疼着呢。当时我很好奇，我想到了家中的大公鸡大母鸡，它们的眼睛圆圆的，鸡眼怎么会长在奶奶的脚掌上了呢？于是，当奶奶掏鸡眼的时候，我总是仔细瞧着。

奶奶脚掌上的“鸡眼”很硬，只见她用小剪子将“鸡眼”剪破，然后小心翼翼地、一点一点地将“鸡眼”的肉挖出来，最后，“鸡眼”倒是被掏出来了，她的脚掌上却留下一个小坑，有时还渗着血，只听奶奶连声说着：“这下可好了，这下可好了，走路不疼了，干活儿也方便了。”

像这样掏“鸡眼”的事时常发生。

冬天，天寒地冻，每天夜晚，我们都要在火坑里生一大堆木柴火，火上面吊着一把催壶，壶里烧着热水，一家子坐在火边取暖拉家常，在靠近窗户的简易木台上，搁着一盏很旧很旧的装有桐油的灯，灯芯的一头浸在油灯内，另一头发出微弱的亮光，奶奶常常借着这忽明忽暗的亮光，认真地洗脚。

奶奶有一个小小的专供洗脚用的木盆，她先从催壶里倒一些热水，脱掉袜子，慢慢地把那长长的、白色的、宽约四寸的裹脚布一层一层地解下来，整齐地叠好后放在椅子上，然后再将她那双小小的脚浸泡在水里面。脚盆虽小，但奶奶的脚伸进去以后，里面的空间还是很大的。只见她将一只脚搁在另一只脚的背上互相摩擦。

奶奶告诉我："会洗脚的脚洗脚，不会洗脚的手洗脚。"话虽这样说，但到后来她还是免不了用手洗脚这一过程。

看到奶奶在水中晃动着的那双只有脚背显眼的小脚，我心里嘀咕着：奶奶的脚怎么这么小？只有正常人的一半大啊，想着想着就情不自禁地把手伸进水里，但接着又马上把手缩回来，只是往奶奶的腿上浇一点儿水罢了。

奶奶的脚很小，奶奶的小腿也很细，正如她自己所说："像两根干柴。"

是的，她说对了，的确像两根干柴。奶奶老了，像干柴的腿上已有一层脱落下来的粗糙的皮屑。

"奶奶，你的腿何时才能粗壮起来啊？"我心疼地问。

"呵呵，只会越来越细的。人老了，不会再粗了哟。"

奶奶边说边用干布擦着那双脚，然后拿出长长的白色的裹脚布，从脚趾开始慢慢地缠起来，最后一直缠到小腿，完毕，再套上袜子。

"奶奶，你为什么要缠那么长的一条白色的布呢，那双小腿是被缠细的吧？"我不解地问奶奶。

于是，奶奶给我讲起了有关裹脚的故事。

在奶奶小时候，裹脚成为一种时尚，当时女人脚的大小成为判断美与丑的标准，女孩儿长大后为了嫁一户好人家，必须裹得一双小脚，而男人娶妻，则以妻大脚为耻，小脚为荣。那些脚稍大一点的女孩子不敢走出家门，不敢将自己的脚暴露在公共场合之下，生怕遭人唾骂，让人评头论足。因此，女孩子在很小的时候就开始缠足裹脚，如果不成功，就再次将脚缠紧后从高处跳下来，待脚趾折断后再重新裹缠。有的女孩子在裹脚的时候疼痛难忍，常常叫爹喊娘，茶饭不进，长时间不能下地。有的要过几月之后才能借助木棍的支撑移动。那个时代的女孩子，无论穷人家的还是富人家的，都难逃脱这摧残人体的一关。

奶奶走路时身子扭来扭去，就像是用脚后跟走路一样。奶奶有两双布鞋，一双是她年轻时穿过的绣花鞋，几十年来她一直放在很旧的白杨木的陪嫁箱子里，从未见她穿过，鞋面子是黑色的，鞋头用丝线绣了几朵梅花，花的旁边还绣了枝叶。还有一双是她平时套在脚上的，鞋的样子像半条船，后面较宽，前面尖尖的，如果下雨，鞋的外面就包上几片宽宽的老竹笋叶子后再套上草鞋。我们平时穿的草鞋全部是用稻草编的，可奶奶的草鞋是用粗麻加几条碎布条编织而成的，比稻草鞋美观而且耐穿。我常常看见奶奶在夜晚借着油灯的光亮编织草鞋，看她编草鞋的样子，很难想象她曾经是大户人家出身。

我常常看见奶奶提着小木桶到房前的小溪中去取水，只见她小心翼翼地走下石级，装满水后又一步一步地走上来，有时水在木桶中荡来荡去，免不了打湿她的裤脚鞋袜，但家中的那口大水缸总是被奶奶装得满满的。

后山有一眼泉水，甘美清澄。听村里人说，如果长期饮用那里的水，人就会聪慧睿智，且常年无病。奶奶知道后，便常去那里担水。

一次她搂着我说："小妹陀（我的乳名），奶奶让你常喝那里的水，你就会更加聪明，更容易背熟师父的文章，书读好了，长大后就会有出息。"

奶奶是这样说的，也是这样做的。

那眼泉水离我家较远，取水的人要经过好几座山，然后从山脚下沿山沟而行。一天清晨，奶奶像往常一样担着木桶出发了，她吸着山林里的新鲜空气，听着布谷鸟的布谷声，想着她将要担回来的那一担清泉水，奶奶笑了，于是，她的那双小裹脚在高低不平的小路上不停地歪来歪去。顶着露水的杂草湿了她的鞋袜，湿了她的裤腿，路上的乱石硌着她的小脚，可她全然不顾，依然顺着山路而行。来到清澈的甘泉边，奶奶像往常一样用小水瓢将两只木桶装得满满的，不料在返回的路上，那两桶水的重量远远超过了她的负荷能力，两桶水不停地左右摇晃，奶奶体力不支，豆大的汗珠从她的额头顺着脸颊滚下来，可是，奶奶仍然坚持着。天空突变，眼看就要下大雨了，奶奶不得不加快了脚步，她的那双草鞋被路上的乱石磨坏了，脚心被扎得揪心地痛，在一个下坡处，又有一颗尖尖的石头扎在奶奶的脚心，奶奶“哎哟”一声，瞬间从坡上滑下来，两只木桶也滚得远远的，当时电闪雷鸣，大雨滂沱，当奶奶爬起来时，全身水淋淋的，脚上的血染红了她的裹脚布。

我也常常看见奶奶下地种菜，进山砍柴扯猪草，因为父母从早到晚在生产队做工，所以家中的粗细活儿全由奶奶承担。奶奶常常用背篓背着还很小的弟弟或妹妹舂米推磨，烧水做饭，喂猪养鸡，一天到晚，忙内忙外，真苦了小裹脚的奶奶。

一次奶奶洗脚的时候，我看到那双小脚变大了，腿也变粗了，一按一个深印子，我知道，那是因为奶奶一天到晚不停地劳作，她的脚才会肿得像一个大麦包子。我抚摸着奶奶那双肿得很厉害的小脚，泪水哗哗地从脸上滚落下来。

后来，奶奶的那双像干柴的腿越来越细了，长在脚上的“鸡眼”也越来越多了。一次，奶奶去捡柴，也可能是太劳累的缘故，那双小裹脚再也支撑不起奶奶的人体重量了，从此，她再也没有站起来。

几十年过去了，奶奶的小裹脚，奶奶脚上的“鸡眼”，依然是我心中永远抹不去的记忆。

弹指一挥十二年

十二年的光阴如弹指一挥间，你从一个呱呱坠地的婴儿，成长为一个俊俏潇洒、阳光活泼的少年。

就在我们喜庆澳门回归的时候，我们也喜庆你的到来，喜庆我们有了一位小孙子，感谢上天，让我们这辈子有缘。

2010 年新春佳节伊始，我们从深圳乘上长途列车，带你回湖南老家，那时的你，刚刚六十多天，坐在列车上，不哭不闹。白天，你看窗外飞驰而过的田园风景，夜晚，你望着车厢里的明灯，望着上下车的旅客，像一个长大了的孩子，有你的思维和思想。你像一个久别家乡的游子，在踏上归乡的路程中感到无比欣慰，因此，圆圆的小脸蛋上露出的微笑，是那样的清纯和甜美。

当与你同龄的孩子还只会喊出“爸爸”或者“妈妈”的时候，你的心灵中已经深深地烙印了唐诗。我清楚地记得，每当我读一句唐诗的时候，你都会看着我的脸，用心记忆。一首绝句，三遍过后，你就能一字不落地吟诵。你的四姨奶奶说，你的大脑就像一部复读机，无论儿歌还是绝句，不过三遍，你就能背下来，那时的你，刚刚一岁多一点。

“床前明月光，疑是地上霜。举头望明月，低头思故乡。”你的心中流淌着唐诗的声韵。

以后的你，沉浸在诗韵当中。当我们坐在车厢里带你远行的时候，你会情不自禁地唱起诗韵歌：“云对雨，雪对风，晚照对晴空。来鸿对去雁，宿鸟对鸣虫。”你望着窗外，一路应景：“两岸晓烟杨柳绿，一园春雨杏花红。”那时的我们也笑着和你：“两鬓风霜，途次早行之客，一蓑烟雨，溪边晚钓之翁。”

你喜欢看月亮，看星星，听鸟鸣虫吟，情到之处，即兴一首：“小溪流水漾身心，幽竹万树郁青青。镜湖倒影天上月，三月风光好春景。”那时的你，还不到十岁。

小小年纪的你，喜欢天文地理，你的小脑袋就像一部百科全书，凡是教过你的老师都感到惊讶。

你喜欢看电视，除了小时候喜欢的《喜羊羊与灰太狼》《熊出没》以外，你还喜欢看《哈利·波特》《荒岛求生》《名侦探柯南》，喜欢看第二次世界大战系列影片，喜欢看中国近现代历史故事片。

小时候你很喜欢听故事，刚上幼儿园的时候，每天睡觉前总是央求爷爷完成“一日一故事”，如《天方夜谭》《古希腊神话》，虽然对书中的故事不甚理解，但你总是入神地倾听。有一天爷爷累了，不想继续下去，当时你就哭了，哭得很伤心，最后，爷爷被你的精神感动了。

幼儿园刚毕业，你就能独立阅读一些故事书，你读完《钢铁是怎样炼成的》一书后，你崇拜保尔·柯察金，你告诉我，保尔是英雄。你在《自然发现大百科》《儿童太空百科全书》《福尔摩斯探案集》《恐龙百科》等书中积累了丰富的知识。一次，当你在《山海经》中读到了自己家乡的山脉——龟山时，你第一时间把这一发现告诉我，告诉你的爷爷，那时，你显得异常兴奋。

如今，你又开始阅读《西游记》《聊斋志异》《水浒传》等名著。每次我们去超市，你总是在销售书籍的柜台前留下，在知识的海洋里放飞你的童真。

如今你长大了，喜欢古人的精华，你对古文产生了浓厚的兴趣。你可曾记得，当你陪我在园中散步的时候，我们一起背诵《短歌行》，你总是指着天上的明月高声朗诵：“明明如月，何时可掇？”“月明星稀，乌鹊南飞。”当你读到“山不厌高，海不厌深。周公吐哺，天下归心”时，你声情并茂，扬起双手，让肢体和语言共抒激情。常常是我忘得快，你开玩笑地说：“奶奶，瞧你这记性。”

现在，你又恋上了《古文观止》，背诵《岳阳楼记》《滕王阁序》。有时，你问我：“奶奶，怎样才能‘先天下之忧而忧，后天下之乐而乐’呢？”

有时你又告诉我：“奶奶，我想去岳阳楼。”

“为什么？”

你说：“岳阳楼在洞庭一湖，‘衔远山，吞长江。浩浩汤汤，横无际涯。朝晖夕阴，气象万千’。”我一下子明白了，你读过《岳阳楼记》。

你似乎与书本有前世的缘分，今生相遇，难舍情缘。

“逝者如斯，而未尝往也。”十二年的光阴如弹指一挥间，其间发生的很多事情就像发生在昨天一样。

你的十二年，阳光，美好。它让人回忆，让人留恋，让人感慨。

清明夜梦

清明节的那天晚上，我梦见了我的母亲。

母亲还是当年离开时的模样，匀称的身材，长长的头发垂落在肩头，她站在离我不远的地方，带着微笑望着我，留恋的眼神告诉我，她好像有很多的话要和我说，也似乎示意我不要急于离开，但她没有说出来，只是一直盯着我看，生怕我从她身边永远地消失。

忽然，母亲不见了，我立刻寻找：“妈妈，你在哪里，妈妈……”尽管我四下里寻找，可是，哪有母亲的影子，母亲走了，走得无影无踪。

我在梦中哭出声来，惊醒后，发现枕头被泪水浸湿了一大片，想到母亲已经走了几十年，如今阴阳两隔，我哭得更加伤心了。

母亲十六岁那年嫁过来，十七岁便生下我，正当妙龄少女、如花似玉的她，便要承担一大家子的生活重任。

村里人都说我的母亲长得很漂亮，乌黑的头发滑溜溜地从头上飘落下来，落在肩上，随风飘拂。当她穿上那件白底带绿格子的花衬衫时，更像一朵水仙花，清秀、可人，她的美，百里挑一。

母亲心灵手巧，她用那双勤劳的双手，在枕套、围裙和布鞋上绣上美丽的图案。母亲绣的梅花、桃花，就像树上开的一样，辨不出真假。她绣的画眉更是栩栩如生。村里的姑娘出嫁时常常请她帮忙做嫁妆鞋，非她莫属。村里人称她是仙女下凡。

我们家里有一个很精致的小竹篮，全是用细篾编织而成的，那是母亲的针线篮。针线篮是母亲的陪嫁物，篮子里有纽扣、底扣和针，还有用纺车纺出来的几个棉线团儿。

母亲常用纺车纺棉线，纺棉线时，右手摇纺车，左手拿着棉花扭扭儿，随着右手的摇动，左手中的棉花扭扭儿就变成了棉线，棉线也随之缠绕在纺车的竹签上。棉线在竹签的中间绕得多，两头绕得少，这样的棉线团儿，我们叫作“穗子”。母亲纺的棉线匀称，比较细，很好用，邻家的媳妇常常来我家向母亲学习纺棉线，临走时，手里拿着我母亲送给她的棉线团儿连连道谢。

我常常看见母亲拿出一些不能穿的旧衣服，衣服上有十几个大大小小的补丁，还有荆棘戳出来的洞口。母亲将稍稍好一点的，没有洞的布片子拆下来，洗净，晒干，整整齐齐地叠起来，放在她的针线篮子里，以便今后缝补在另一件衣服上。母亲白天出集体工，晚上，她就坐在油灯下，手里拿着针和线缝缝补补。

记得有一次夜晚，母亲又准备借着油灯为我们补衣服，我的心里突然感到一阵隐痛，我担心母亲的身体。当她拿起一件有破洞的衣服时，我赶忙从竹篮里拿出棉线团儿，想递给母亲，可由于晚上灯光很暗，情急之中，将线团掉到火坑里去了，这可是母亲好几个夜晚的心血，我当时吓哭了，可是母亲连忙从火坑里捡起线团对我说：

“还好还好，只烧掉一边，另一边还可以用呢。”

我当时信以为真，一下子就不哭了，后来才知道，那个线团完全报废了。

遇到大雨滂沱或者冬天大雪纷飞的日子，生产队放假了，母亲总是拿出那个小竹篮做针线活儿，也只有在这时，我才有机会挨着母亲坐下，看着她穿针引线，和她说说话。

“妈妈，我想学做针线活儿。”我望着母亲，等着她的回答。

“你太小，等你长大了再学吧。男孩子不用学做针线活儿，因为他不嫁人。”母亲笑着望了我一眼，我明白了母亲的意思，女孩子必须学做针线活儿，因为她长大了要嫁人。

一次，母亲突然停下手中的针线活儿，来一句戏中的唱词：

“上轿上轿，天气不好。”

我很惊讶，母亲从未这样高兴过。母亲告诉我，她看过《梁山伯与祝英台》的汉戏，她说，祝英台迟迟不愿上轿，这是马文才劝她上轿时说的话。那一次，母亲还哼起了歌儿：

“嘿啦啦啦啦，嘿啦啦啦，嘿啦啦啦啦，嘿啦啦啦，天空出彩霞呀，地上开红花呀……”

她说，这是抗美援朝时的经典老歌，当时我很小，也不知道啥意思，总感到稀奇，感到高兴，于是，我也学唱起来，我学不来，母亲笑了，我也笑了，我们都“咯咯”地笑，她笑得多甜啊！

那是我第一次听见她唱歌，也是最后一次，从那以后，我就再也没有听到她的歌声了。

母亲仅仅在婚前上过几天夜校，她不会写字，但认识她自己的名字，布票上的尺寸和纸币上的元角分，买货买布算账，她是清清楚楚明明白白的，从未出过差错。

我有一双布草鞋，那是我考上初中以后母亲特意为我做的一双珍贵的鞋，是草鞋的样式，布鞋的底，鞋面的耳子是用粗粗的棉线拧成的。布草鞋比稻草鞋美观，耐穿，母亲说，乡里的孩子要出远门了，总得穿漂亮点儿。记得上学的那一天，母亲为我装上米后，又在小小的木箱子里装上一件洗得干干净净的换洗衣服，然后又瞧了瞧我身上发现我身上的衣服有个小补丁，立刻跑进屋，从她的陪嫁箱子里拿出一件白底绿格子花的、没有补丁的衣服套在我身上。这件衣服虽然很旧，但洗得干净，是母亲唯一的一件没有补丁的衣服，平时母亲一直珍藏在箱子里，不舍得穿。穿上母亲的衣服，虽然对十二岁的我来说很不合身，但比我身上的那一件要好得多。母亲亲自为我系上鞋带，千叮咛万嘱咐：“好好读书，读书出来了就不会穿草鞋了。”我“嗯”了一声，说不出话来，母亲也默不作声，只是呆呆地望着我。我依依不舍地离开了家，走在田间的小路上，望一望山边的那间小木屋，母亲，她还立在路边。

学校离家很远，有四十几里地。从我家出门后，要小心翼翼地下山，早上从家里出发，到达学校时，学校已经开晚饭了。学校每月放一次假，周六下午回家，周日我们就挑着米和菜赶到学校。

记得一次周六下午放学后，我因生病走得很慢。天快黑了，我一个人还在小路上，当时我很害怕，我怕天黑之前赶不回家，我怕山上的野兽，我怕鬼，因为老人们常说在我回家的途中，有一段路有鬼，尤其是天黑以后。眼看天色渐渐地黑了，我多想在路上碰上一个熟人，我前后望尽，哪有人影，我彻底地失望了，正当我失望的时候，我看到母亲来了。

“妈妈，妈妈……”我朝着母亲跑过去，母亲满头大汗，气喘吁吁，她高兴地搂着我，拥抱我。我望着母亲，发现她苍老了许多。

母亲一直坚持出集体工，在工分栏里，母亲一直是满勤。

高山上的农民靠天吃饭，自然灾害常使得我们的田地颗粒无收。那些年，母亲常为我们的吃穿发愁，她常去田间地头挖野菜为我们充饥，有时放工回来，她就从山坡上扯一背篓马齿苋，她将马齿苋洗净后用开水过一次，再到小溪中淘清水，然后和玉米粉一起煮成面糊作为我们的晚餐。夏天天气炎热，我总是看见母亲早上出工时背一个背篓，暮归背一捆柴或者背一篓猪草，回到家里，疲惫不堪。

母亲的肩上由于长期背背篓而留下了道道伤痕，伤痕从红色变成了紫色，每次，母亲的肩上负重的时候，她总是咬着牙，从不吭一声。母亲穿的衣服是由大大小小的补丁连成的，补丁多了，衣服厚重，六月，母亲劳作后，那件衣服就全被汗水浸湿了，像是刚刚从水里捞起来的一样，每到这时，我的泪水就像决了堤的河水一样，一发不可收拾。我背着母亲一边擦着泪水，心中一边默默地对她说：

“妈妈，我一定好好读书，长大了进工厂，领了工资，为你做一件新衣服。”

时隔几年，我高中毕业，后来母亲患了心脏病，不久便与世长辞了，那年，她还很年轻。

樱桃花

一说起樱花，人们便不由自主地想起日本的樱花来，这也许是由于日本的那首关于樱花的民歌流传甚广所引起的吧。

“樱花啊！樱花啊！暮春时节天将晓，霞光照眼花英笑。万里长空白云起，美丽芬芳任风飘。去看花！去看花！看花要趁早。”

听这首日本民歌，我不由得想到了樱花的美，想到了美不胜收的樱花美景。

听说武汉大学的樱花在每年的春天开得很盛，有“满城花雨”之说，许多游人去那里赏花陶冶性情，许多文人墨客都去那里吟诗泼墨。我没去过日本，当然也未欣赏过日本的樱花。我也没去过武汉大学，仅仅只是看到武汉大学校园樱花盛开的图片，那樱花确实开得艳丽，简直把学校变成了一个樱花世界。

本着对樱花的好奇，我和几位朋友去了东莞龙湾湿地公园，在那里，我看到了樱花。

我们是坐公交车去的，下车后走了一段路方才到达目的地，天下着毛毛细雨，不多时雨就停了。公园里的樱花不多，栽种樱花的面积很小，树也不大，好像是近几年新栽的，这虽与我想象中的樱花世界相差甚远，但让我有了直接观赏樱花的机会，倒也有了几分雅兴，虽没有“万里长空白云起”的诗意，但我也看到了“花英笑”的风景，享受到了“美丽芬芳任风飘”的赏花乐趣。

观赏了樱花，我便想起了家乡的樱桃花，樱桃花是樱桃树开的花。

樱桃树属落叶灌木或小乔木，叶呈卵圆形，开白色花，结红果，果甘甜略带酸味儿。我们家乡有很多天然的樱桃树，几乎是漫山遍野无处不见。

樱桃树很粗，有的粗得一人合围不过来，而且枝多、粗长。樱桃树也很高，最高的约有几丈。樱桃树最好辨认，因为树干上有一圈圈的棕红色的纹路，即使你不善辨别树木，但你只要看到过一次樱桃树，你的脑海中便有抹不掉的印象，下次你到山中来，一眼就能瞧出与众不同的樱桃树了。

樱桃树开的花淡雅而芬芳。每年春天，樱桃花就粉嘟嘟地开了，雪白的花瓣中带点儿粉红色，像是天边云彩中镶嵌的一抹红霞，一缕缕的金黄色的花蕊略带红色，像少女在粉嫩的脸上抹了一点胭脂红。

烟雨如丝，樱桃花贪婪地吮吸着春雨甘露。它不像蜡梅傲雪凌霜，也不像桃花分外妖娆耀眼，它银装素裹，清雅淡妆，在报春鸟的第一声鸣叫之后，它就默默无闻地给大地送来春的气息，开出春天的第一批花，为人们带来第一缕沁人心脾的芬芳。

樱桃花是我们当地人传颂的最纯洁和最无私的报春花。四月里樱桃花凋谢，樱桃树着上了全新的绿装。入夏，樱桃树枝头挂满了红红的樱桃，像红红的珍珠玛瑙，在初夏斜阳的映照下，闪闪发光。

樱桃甘甜，有的略带酸味儿。我们常常在放牛的时候摘一些樱桃带回家分享。

入秋，樱桃树的叶儿开始变黄飘落，满树的红彤彤的樱桃没了，只剩下落了叶的枝条，可是我们还是念念不忘入夏的红樱桃，每次进山砍柴，总要朝樱桃树望一眼，想象着来年的樱桃。

记得一次我因感冒严重，不思茶饭，便想起了带点儿酸味儿的樱桃，不禁顺口说了一句："我好想吃樱桃啊。"可是樱桃成熟的季节已过。后来不知何时，父亲在房后栽了樱桃树。

樱桃树长大了，每年春天，我们几姊妹都在花满枝头的樱桃树下兴奋地唱着跳着："樱桃花儿开呀开，蜜蜂蝴蝶快快来。快快帮我采一朵，让我插花上歌台。"

樱桃花年年开放，我也随之长大，父亲要送我到离家较远的学校去完成学业，离家之前，父亲曾语重心长地对我说：

"好好读你的书，不要想家，家里有我顶着，不用你担心。还记得那首你小时候唱的歌吗？"

"记得。"

我望着父亲那张饱经风霜的脸，含泪回答。

"樱桃好吃树难栽，不下苦功花不开……只要汗水勤灌溉，幸福的花儿遍地开。"

我读五年级时，音乐老师就给我们教唱了这首歌。我明白，这是父亲对我的期望。

一次暑假回家，我一进门便看到木房子的壁上挂着几枝樱桃，叶儿干了，枝子枯了，原本红红的樱桃全没了水分，我一下子明白了，这是父亲知道我爱吃樱桃，特地从树上摘几枝挂在壁上保存起来的，就像北方人在壁上挂玉米棒子一样。我轻轻地摘下一颗，含在嘴里，眼泪一下子涌了出来。

父亲一直精心地呵护着他为我们种下的樱桃树。

几十年过去了，岁月催人老。

我回到家乡，家乡的春天仍然是美景如画，漫山遍野的樱桃花袅娜地开着，清风送来了樱桃花的馨香，山中传来樱桃鸟的叫声，当地的人都知道樱桃鸟的传说，只是入夜听来，令人感到凄凉，我想起父亲年岁已高，不免又伤心起来。

今年，家乡的樱桃花又开了，在一棵樱桃树下，有一堆新土，我跪在那里，寄托了我的哀思。

父亲长眠在樱桃树下，这是他生前的嘱托。

子木

孙女的名字是她父亲取的，因她的母亲姓李，所以取名“子木”。小时候如果有人问她姓什么，她立刻回答“木子李”，后来，许多小朋友自发式地称呼她为“李木子”，或者“李子木”，其实，她随父姓。

都说娶了儿媳盼孙孙，这话一点不假。子木没有出生之前，我和老公就暗暗筹划着如何迎接孙孙的到来。我们去了很多商场，看婴儿被子、婴儿床、婴儿车，以及婴儿的鞋袜和衣服。我们认为，无论是男孩还是女孩，只要他（她）健健康康地来到我们家，我们就心满意足了。

子木生在桃花盛开的时候。

乡下人说，出门听到喜鹊叫，必有好兆头。记得十七年前的那一天，我准备去学校上课，一出门就听到树上的喜鹊叽叽喳喳叫个不停，我想，这下必有好事儿了。那天我正好参加学校举行的教学比赛，当我捧着一等奖的荣誉证书急急忙忙地赶到医院时，医生笑着对我说：“还没生呢。”

晚上，我守候在产房门口，静候小生命的到来。过了好长一段时间，产房门开了，护士将宝贝抱至门口，我和儿子同时争着要抱宝贝，还是我这个做奶奶的不讲情面，硬是从护士手中抢来了宝贝。看到小宝贝眉清目秀，一对水灵的眼睛，隔代情像山泉一样从心底喷发出来，爷爷说，孙女将来一定是个大美女。

祖辈们说，一个孩子生下来后，家人常常将亮着的油灯在孩子的眼前慢慢移动，如果孩子的眼睛跟着油灯转，说明这孩子聪明，将来一定有出息。当时没有油灯，我点燃一根蜡烛，在孙女的眼前慢慢移动，只见她的眼睛也跟着亮光慢慢移动。

“多聪明的孩子啊！”我们一家人夸奖着，都沉浸在幸福当中。

那天，对我来说是双喜临门。

我们老家有个习惯，孩子生下后的第三天，家人要给她洗药水澡。我们也同样用艾叶、钩藤等药草给子木洗了药水澡，以除百病。孙女住在一楼，那间房是木地面，不潮湿。每天五点左右我就起床烧一盆热水，给她洗脸沐浴。每天放学一到家，我就直奔房间去看她，看她俊俏的模样，看她酣睡的样子。

白天，我家安安静静，没有一点哭闹声，但是一到晚上，小小的子木就开始“工作”了，不知为什么，她就开始哭起来。去医院检查，医生也说不出什么原因。

夜深人静，几条巷子里的邻居都能听到宝贝的哭声，有邻居说，子木哭的声音似乎是在唱歌。前面巷子里的柳姨也常常对我说：“你孙女晚上哭的时候，我仔细听着，她好像不是在哭，而是在吟唱诗歌呢。”邻居都在评论，她们对子木的哭声好像很感兴趣。

一百天之后，子木在夜间安静了。

爷爷常常提一把小木椅，抱着子木坐在外面的院子里诵读唐诗。

“锄禾日当午，汗滴禾下土。谁知盘中餐，粒粒皆辛苦。”

“篱落疏疏一径深，树头新绿未成阴。儿童急走追黄蝶，飞入菜花无处寻。”

只有几个月的小子木还没开始牙牙学语，但她望着爷爷，听着爷爷不标准的普通话，渐渐地睡着了。

古人云：“父望子成龙。”子木的爷爷似乎是希望孙女成为一位诗人呢。

我不背唐诗，而是常常给子木唱歌。记得她只有几个月大的时候，我一开始唱《鄂伦春小调》，小子木的一双小手就会随着节奏上下摆动着，歌声停了，划节拍的小手也跟着停下来。会走路了，她就开始全身舞动。每当爷爷唱《人说山西好风光》的时候，子木就会情不自禁地随着歌声轻盈地舞起来，她自由地转圈，轻轻地摆动手臂，并恰到好处地扭腰扭胯，动作连贯娴熟，如行云流水，其实，她是即兴表演。一次，我带她去学校，站在操场上，子木又随着学校的广播音乐自由地舞起来，老师们都说："看那位小姑娘，舞得真好！"

那时，子木只要一听到音乐，就能即兴编出一套完整的舞蹈动作，同样的曲子，无论你播放多少遍，她都会以不同的动作和优美的舞姿展现给观众，小小年纪，如此聪明，我真佩服她！以后我常带她去乡下走亲戚，办喜事人家的洋鼓洋号配上子木的优美舞蹈，观众无不叫好，那时，她才三岁。

难忘子木生病的日子。不到一岁时她就患了急性肺炎，后来经常感冒、扁桃体发炎，高烧不退，而且常常是在夜间发病。

记得一次冬天的夜晚，我们一觉醒来，发现子木高烧，我们立刻抱着她去医院，外面落着鹅毛大雪，我们用大棉被裹着她，在马路上站立了许久许久才盼来一辆出租车。那夜，我们是通宵达旦没有合眼。

子木常常因为高烧住院，她一见到护士打针就哭着说："阿姨，你轻轻地打针，我不哭。"

然后伸出小手，眼泪直往下淌。因为她住院的次数多，医生和护士几乎都认识她，每一次，他们都会说："你又来了，你已经是我们这儿的专业户了。"

后来随着年龄的增长，子木的身体抵抗力也越来越强，以后就很少去医院了。

子木三岁那年进了幼儿园。

入园之前，我们先带她去幼儿园游乐场和小朋友一起游乐，培养她对幼儿园的兴趣，因为她从来就没有离开过我们，幼儿园的老师也很配合。

一天，我们又带她去幼儿园的教室里玩玩具模型，趁她不注意的时候，我们悄悄地离开了教室，谁知她发现我们不在教室时就开始大哭，伤心的时候在地上滚来滚去，我站在校门边，眼泪哗哗地往下流。门卫说，当爷爷奶奶的都有这样一个过程。后来，当子木躺在母亲的怀里时，她哭着说："妈妈，找不到你们，我哭得全身上下都在流汗，衣服全湿透了。"

后来的日子，爷爷送她入园。

爷爷说："子木，我站在教室外面看着你上课，等你放学时一起回家。"子木像吃了定心丸，安安静静地坐在教室里听课，她心里想，爷爷肯定是在教室外面等着她，其实，爷爷早已回家了。

放学时爷爷笑着问她："子木，我是不是站在教室外面的？"

"是的。"子木天真地回答。

幼儿园要开展庆祝"六一"的活动，他们小小班要出一个节目，老师指定子木和班上的另一位小女孩儿唱《我的好妈妈》这首歌曲，平时班主任帮助排练，希望这个节目能为她班争光。演出的那一天，子木套上一件演出服，就在该上场的时候，另一个小朋友因胆小吓得哭了起来，主持人又报了节目，这下可急坏了班主任和校方领导，他们以为子木一个人也不敢上台。出乎大家的意料，只见子木不慌不忙地走上舞台，跟着音乐有板有眼地唱了起来，当唱到最后一句"我的好妈妈"时，她临场发挥，把"好妈妈"三个字唱得很有感情，当时全场一片喝彩。

子木是班长，别看她小小年纪，她可以协助老师为班上做很多事情。一次老师开会回来路过教室，教室里鸦雀无声，班主任以为有老师上课，仔细观察，原来是子木站在黑板边，手里拿着教鞭，在认真地教孩子们认字。事后班主任表扬说，她从来没有看见过这么有能力的小朋友。

班上的小朋友都喜欢子木，领居家的小朋友也喜欢子木，因为子木待人和善。平时放学后，他们常来我家做功课，子木常常帮助他们纠正错误，遇到不理解的题目时，子木就主动为他们讲解。每逢周六周日，左邻右舍的小朋友非要找子木姐姐玩不可，就是长她几岁的孩子也喜欢和子木一起活动。子木教他们唱歌跳舞，给他们讲故事。她还将许多神话故事编成“剧本”，让小朋友们扮演“剧本”中的角色。“剧本”有不同的人物角色，有台词，有解说，有旁白。孩子们进入角色很快，表演时感情也相当投入。

子木也很喜欢她的小伙伴们，她总是将自己的玩具和好吃的东西分享给他们。小朋友过生日，她就送一份礼物，小朋友生病的时候，她也及时去看望。子木很喜欢芭比娃娃，她说芭比娃娃有一对大大的眼睛，有金黄色的头发和圆圆的脸蛋儿，还有漂亮的衣裙。平时什么玩具她都不要，一见到芭比娃娃就高兴了。有个小朋友在我家玩时对芭比娃娃爱不释手，子木就毫不犹豫地将那个芭比娃娃送给了那个小朋友。

小白兔是子木最喜欢的动物，她每天总是和它说声“再见”后才去上学。放学回来，第一件事就是要先看看兔子，给兔子喂草，一边摸它的耳朵，一边高兴地唱着：

“小白兔白又白，两只耳朵竖起来，爱吃萝卜爱吃菜，蹦蹦跳跳真可爱。”

酣睡的小白兔一听到歌声就活跃起来。

不知谁家的孩子不懂事给小白兔吃了带露水的草，小白兔生病走了，子木哭得特别伤心。

“小白兔还活着，它去了月宫，在那里正陪着嫦娥姐姐呢。每当月亮升起的时候，你就会看见它，它也会看见你。”我安慰她。

子木真的不哭了，以后的日子，每当月亮升起的时候，她总是站在房檐下，望着月亮，寻找她的那只小白兔。

隔代的亲情是无法形容的，子木是爷爷奶奶的掌上明珠，和我们十分亲近。一次我们去乡下走亲戚，因天色很晚没有赶回家，子木就不愿睡觉，一直守在我们的卧室门口等候我们的到来。

一次，我要上班，爷爷又要外出办事，无人带孙女，只好请亲戚来帮忙。记得那天我刚上完一节课，家里就来了电话，说子木一直在寻找爷爷奶奶，哭得很伤心，我只好利用课间将她带到学校。那天正好考试。教室的讲台里面是空的，我叫子木坐在讲台里面，不要说话，告诉她只要她不出声，其他人根本不知道里面还有个孩子。子木很乖，长时间不动，也不说话，可是当我走下讲台的时候，她突然冒出头来问座位上的一个学生：

“呀，你们今天考试，是吗？”说完又马上坐回原位，弄得全教室的学生都笑了起来。

每次我们三人上街，爷爷总是背着子木。一次，爷爷背着她的时候，她告诉我们，长大了赚钱后就在山上买一栋大房子，修一条汽车能够行驶的公路，让爷爷奶奶和她一起住。爷爷也希望她好好读书，将来考上一所好大学，到那时，爷爷奶奶在学校旁边租一间房子，陪伴她读完大学。为了实现我们之间的约定，爷爷和子木还做了拉钩游戏，都说“一百年不许变”。

爷爷做阑尾割除手术的那一天，子木随着她的母亲来到医院，看到爷爷躺在病床上，子木只知道流泪。她母亲怕影响爷爷休息，将子木抱出病房，子木便大哭起来，直到她重回到爷爷的病房后，才安静下来，那时，她还只有几岁。几年后，爷爷又因心脏安放支架，住进了医院，当子木看到病重的爷爷时，她伏在爷爷的身边，拉着爷爷的手，眼泪不停地流，不大声地哭了，她长大了，懂事了。

子木有一间单独的卧室，粉色的窗帘，粉色的衣柜和书桌。她在墙上挂了三个蛋壳，每一个蛋壳下面分别写上了她的父亲、母亲和她自己的出生年月日，她告诉我，这是她的父亲、母亲和她自己的破壳日，她还说，她最爱她的父亲，最爱她的母亲。

子木上学了，她聪明好学，考试时，语文、数学、英语常常都能拿满分。刚上初一就写了两篇小说，足见她的聪慧和出众的才华。

“人之初，性本善。”从小就能善待他人的小子木，长大后更是与人为善。一次放学回家，当她路过一家药店的时候，一条大黑狗猛地从店里蹿出来，将她的鼻梁抓破了，血顺着她的脸直往下淌，她吓坏了，急急忙忙奔回家。她的母亲见了，又心疼又生气。狗伤了人，主人是要负责伤者的医疗费的，这一点，子木最清楚不过了，但她央求母亲说：“妈妈，大黑狗的主人是一位老爷爷，我们自己出医药费吧，那位老爷爷好可怜。”听了孩子的话，作为母亲，哪有不同意的呢？赞扬还来不及呢。

子木生在春季，生在桃花盛开的时候，她美丽、纯洁、善良！

弟弟，你不哭

小车把我带到半山腰。

这是父亲家门前的一座山。在爷爷奶奶小的时候，山中生长着参天大树，蔽天盖日，父亲小的时候，这里就有了樵夫的足迹。

我小的时候，这里就有了一条崎岖的小路，小路从家门口延伸到半山腰，又从半山腰蜿蜒曲折绕到了山那边的住户。

在我刚记事时，小路又成了林中的石级路，这条石级路弯弯曲曲，弯到了另一座山坳，弯到了有一所木房子的小学。

不知在何年何月，村民们用勤劳的双手，以愚公移山的精神把这座山变成了梯田，层层梯田从山下一直延伸到山顶。

近年来，这条小路又成了一条可供车辆通行的水泥路。

每次我回乡看望父亲时，小车在半山腰拐弯处总是慢慢移动，这时，山村景色一览无遗，我们能看到层层梯田、青峰翠岭、房前的清清小溪。尤其是在傍晚时分，家家户户炊烟缭绕，小路上牛铃叮当。遇到春季，樱桃花开得漫山遍野，房前屋后的梨花、桃花，更是吸人眼球。

那时，只要父亲听说哪天我回家，他就不上山砍柴，也不去田里种地，总是一个人在家里守着，在家门口望着，有时干脆坐在门口，手里拿着手机，两眼一直望着对面半山腰的那条路，因为车子只要到了半山腰的拐弯处，他就能看到，我也能看到父亲立在家门前的熟悉的身影。

那时，我们的车从半山腰缓缓地下山，父亲一看到我们从车里走出来，就立刻走出来迎接我们，那时，我的父亲，脸上的皱纹一下子舒展开来，他笑啊，笑得合不拢嘴。见到日夜思念的父亲，我们也沉浸在归家的幸福之中。

可是这次回家，一切都变了。二月底料理完父亲的后事之后，我守孝三天，然后因事回到了东莞。此次回家是要给父亲挂社（在春社日之前给新去世的人祭扫，即挂青和垒坟）。

在半山腰，我一看到坐落在山下的那栋最熟悉的房子，鼻子一酸，泪水不禁夺眶而出。如今，房子静静地躺在山下，门前的那条小溪沉闷无语，梯田中满是参差不齐、几乎快要腐烂在田中的稻蔸子。山中的樱桃花开了，零星地夹在阴森森的山林中。房前的梨树开花了，梨花洁白如霜，像是在怀念我的父亲。房子的门紧关着，从前父亲守望站立的那个地方，如今空空的，不见父亲的身影，一想到这里，我泪如雨下。

我很想立刻见到我的弟弟。

弟弟比我小十二岁，记得母亲那年仙逝时，他还很小，当时，父亲哭得用头碰壁，我领着几个妹妹和我的弟弟跪在母亲身边哭天喊地，看到弟弟哭得非常可怜，我擦着他的泪对他说："弟，你不哭，以后还有爸和姐呢。"

这次父亲的离去，弟弟更是悲痛欲绝，不思茶饭，有时端着空碗偷偷地在一旁落泪。记得那天料理完父亲的后事我将返程，车在门前等着我，我很想和弟弟说几句安慰的话，但我哽咽着说不出，其实，弟弟早已躲在一边哭起来。车开走了，弟弟出来背靠在房前水泥禾场旁边的那根路灯柱子上，大哭起来。车开到了半山腰，我从车窗中远远望见弟弟站在那里，望着我的车，不停地用衣袖擦着泪水，我的心好像被人撕裂着，心里一遍一遍地喊着：

"弟，你不哭，你不要哭啊！"

不知不觉车开到了山下，在家门口的水泥禾场上停下来。我擦着泪水站在家门口，门开了，立在我面前的是我弟弟，满脸泪痕。

想和父亲说说话

湘西的二月，气候寒冷，连日来，张家界大雪封山，家乡的云朝山、五雷山，也是大雪茫茫。

今天是父亲仙逝一周年的日子，我想起了我的父亲。

如今父亲躺在大山里，睡在冰冷的地下，与我阴阳相隔，想到这儿，我声泪俱下。寂静的夜，风打着门窗，我拿起笔，想和父亲说说心里话，但愿父亲在天有灵。

父亲，您走了一年了，在这 365 天中，每一天您的身影都会在我的脑海里浮现，我常常看见您微笑着向我走来，常常看见您荷锄去田间劳动的情景。我几乎每天都在回忆，回忆和您一起度过的幸福时光，回忆那些使我永远不能忘怀的日子。

父亲，每一年的冬天，您总是上山砍柴，您说，要过年了，孩子们要回来了，于是，您每天大清早就背上柴刀，独自去了深山。我小时候砍过柴，所以我知道，冬天寒气袭人，尤其是霜降的时候，地面一层白霜，如同一夜的小雪，可是您，无惧寒风刺骨，依然上山背柴，回到家，您的头上冒着一团团的热气，额头上滚着豆大的汗珠，您放下柴，又不停地忙着照顾鸡鸭牛猪，常常早餐、中餐合二为一。

“爸爸，您就不怕冷吗？您就不怕饿吗？您的年纪大了，别上山砍柴了。”我在电话里经常对您说。

您说：“不冷，心里热乎着呢。”

您常常去较远的与桃源县交界的地方去砍柴，因为那里人迹罕至，干柴随处可见，您像发现了新大陆，每天上山砍柴不误。村里人常常这样说：

“每天，我们都能看见一位老人，背着刀，挑着担，走在去砍柴的小路上。”

“每天，都有一位老人，担着一大捆柴，从那条小路上归来。”

“他连一点休息的机会都不留给自己。”邻居仙姐姐总是对我们这样说。

一次，您又去了较远的地方，由于劳累过度，您在砍柴的时候，摔倒了，不知在地上躺了多长时间后才醒来。是寒风将您吹醒了？是地面上的霜雪将您冻醒了？父亲，您那次从山顶上一直滚到了山下，脸上被荆棘刺伤，留下一道道的血口子。您的衣服破了，腿上血流不止，那血，染红了您的衣服，染红了地上的小草，可是您一声不吭，抓一把细土止血，把伤口扎住，强忍着疼痛，拄着一根柴棍儿，一拐一拐地回到了家，血，滴在回家的路上。

以后每当我回到家，看见房前屋后靠着墙壁垒得高高的一壁一壁的木柴时，我的心也在滴血。

父亲，我多想还有一个冬天，我们围在火坑边，围在您的身旁，说说家常。至今我还记得您临终前的最后一个夜晚，我们回到了您的身边，您怕我们冻着，烧了一堆木柴火，您一次又一次地往火坑里添柴，把火烧得旺旺的，红红的火焰映红了您开心的笑脸，我们的笑声也随着“呼呼”的火苗声在温暖的房子里飘荡。您给我们讲了许多有关您小时候的故事，讲了母亲的故事，也讲了村子里的故事，我们就像小时候听您讲故事一样，时而流着泪水，时而一阵大笑。最后，您说您已经是接近九十高龄的人了，就怕那一天来临，于是，您给我们交代了很多很多的事情，您的声音里，带着几分凄婉。

“爸，您不会的，好人一生平安，像您这样的好人，一定能活过一百岁，到那时，我一定请电视台采访您。”

当时，我们一起为您加油。笑声又在小屋子里回荡，那一晚，我们是最幸福的人。

为了孩子们，您从来不把自己的身体放在心上。当您的身体出现异常时，您却一个字都不愿意提起，白天，您照样犁田种地，栽秧割谷，喂鸡喂鸭，打理菜园。您常说，您多出一分力，就会让孩子们少受一分苦。当我们问起您的病情时，您总是说：

“放心吧，我好着呢，健健康康的，什么病都没有。”

后来，您连走路的力气都没有了，弟弟妹妹们要带您去省医院检查，可是，您怕儿女们花钱，不愿去医院检查，说便秘是老年人的常见病，吃几粒药丸就会好的，最后去医院检查，为时已晚，医生告诉我们，您的时日不多了。父亲，您知道吗？那次，我捧着那张医生的诊断证明，哭了一天一夜。

从那时起，您一直坚持吃药，在生命的最后一刻，您还在说：“我要吃药。”

父亲，我理解您，您不愿这么快地离开，您想健康地活着，您惦记着即将春耕的几亩田地，惦记着即将施肥的那片菜园。您想看到重孙们荣升高府，您想看到弟弟的身体彻底康复，您还说要看到我们今后的日子过得怎样。您把自己的病只当成一次小小的感冒，您说，不出一月，您就会彻底康复。谁知没过多久，您就离开了我们。父亲啊，请原谅我们，我们当时隐瞒了您的病情，在您走的最后一刻，我们都不忍心跟您说，您患的是不治之症。现在，我常常怨恨自己，没有及时送您去医院检查身体，让您提前走了。世上有后悔的药吃吗？我想，就让我咀嚼“悔恨”的滋味吧。

父亲，我在守孝期间的一个清晨，去了您的那片菜地。菜地里各种各样的蔬菜依旧，那一片豌豆开花了，开得很艳，花瓣上凝聚了许多露珠儿，就像哀悼您的眼泪。四周的栅栏还是好好的，没有人为的践踏，也没有牲口进入的蹄印。我知道，那些木栅栏，是您亲手用斧子将木头劈成一块一块的木片，您用旧布条儿、青藤儿，将木片一块一块地扎起来，最后在菜地的四周钉上几根大木桩，扎成了牢牢的木栅栏。父亲，当我看着那一围木栅栏时，我恍惚看见了您在菜地里辛勤劳作的背影，我站在菜地里，抚摸着您亲手触摸过的那些布条儿，泣不成声，一颗一颗泪珠落下来，滴在豌豆花上。

父亲，您还记得我家一楼的那间房吗？那是我盖新房子时，专门为您设计的一间卧室，因为它靠近洗手间，可是，您一年也来不了两次，即使正月里来了，最多住上一两天就走了。有时，您是匆忙地来，第二天清晨又急着要乘坐汽车回家，您说，家中还有很多活儿没有忙完，当时的我，只好临时买几个馒头和包子送到车上，后来我才知道，您是空着肚子，将这些馒头和包子带回了家。去年正月您在医院检查治病，我重新把那间房子收拾得干干净净，我怕您冻着，特意铺了两床厚厚的棉褥子，准备了两床保暖的被子，我等着您的到来，谁知，您住院不久，医生就下了病危通知书，那天夜里，您被120送回了老家。以后的我，站在那间房子里大哭了好几次。

父亲，我还想和您通一次电话。出门在外的这些年，您惦记着我们，常常打电话问寒问暖，问我们的身体情况，问我们的生活情况。学校要放寒假了，您问我的车票买好了没有，何时坐飞机，何时坐火车，您都问得清清楚楚。您在电话中告诉我，家里杀年猪了，肉给我们留着。您还喂了一只羊，也给我们留着。您说，整个冬天，您砍了很多的柴，我们在家住上几个月也烧不完。在广州候车室，我们通了电话，上了火车，我们聊的时间就更长了，您说，我一到县城您就来看我，那时，您很高兴，我也很高兴。

上次寒假回家，我坐在列车上，又想起了以前和您通话的情景，我拿出手机，在联系人中找到了您的名字，我真想拨通您的电话，可我知道，在送您上山的那一天，您的手机已经随同为您扎的那间纸房子一起烧了，想到和您通电话的机会再也没有了，永远永远没有了，我的泪水滴在手机上，我难过得揪心。

父亲，四十二年前，可恶的病魔夺走了我母亲的生命，是您独自一人把六个儿女养大，从那时起，您是我们的父亲，也是我们的母亲，如今您又离我们而去，这如同雪上加霜，我们悲痛万分。

父亲，今年的正月是您的新年，我惦记着您，惦记着那座山，惦记着那块地，惦记着另一个世界的您，我好想去往那座山，去往那块地，去往您的墓前，给您烧一炷香，和您说说话。

千里共婵娟

那年中秋节刚过，我和我先生来到中心广场，走在夜色里，漫步在月光中。

月亮很圆很圆，高高地挂在空中，只见万家灯火五彩斑斓，如行云游走，灯光和月光交融，分外美丽，把整个东莞南城的夜空映得通亮。

广场上的花坛依旧，那是为庆祝中秋佳节而准备的。远远地，我们看到了一个与众不同的花坛，这个花坛设计新颖，独具一格，它的四周由许许多多的小盆景组合而成，有红黄两色的鸡冠花，有粉红色、深红色的太阳花，还有各种颜色的雏菊。花坛的中间是一个圆圆的月亮图形，周围点缀着各色彩灯，还有各种图案的陪衬和装饰。晚上来广场的人络绎不绝，他们似乎还沉浸在节日的气氛中，许多人在这里拍照留影，他们将美丽的画面摄下来，尤其是那幅圆圆的月亮图。

我们也来到花坛下，月亮图很美，有兔子，有桂花树，嫦娥也飘进了月宫，更值得我们欣赏的是图中的那首古诗词，那是苏东坡的佳作，全词用草书一气呵成，龙飞凤舞，行云流水。经过仔细辨认，我读出了开头句："明月几时有？把酒问青天。"下一句呢？我们相对而笑。呈现在我面前的似乎是一幅有粗有细、飞上流下，散发着笔酣墨饱的草书图案，我不擅长书法，不认识繁体字，更不懂繁体字的草书。

"但愿人长久，千里共婵娟。"当我们的目光同时移到词尾的时候，我和我先生不约而同地念了出来。

我想起几十年前我读这两句诗时的情景。

当我和我先生第一次见面合影后，他提议："上面留几个字吧。"

"写什么呢？总该有点儿纪念意义吧。"我说。

"但愿人长久，千里共婵娟。"他说。

那时，我在学校工作，他在部队服役，相隔千里，因此，我赞成。

以后的十几个春秋，我们鸿雁传书，封封贴着八分钱邮票的信封里藏着对彼此的深深的思念，一页页的信纸里，都是我们对离别的诉说，中秋节之夜，空对窗外明月，千里寄相思：

"不应有恨，何事长向别时圆？"

"唯应待明月，千里与君同。"

如今我们都老了，回忆对我们来说是一种幸福。

以后的几天，广场上的花坛依旧，我们都会来到花坛下，读着苏轼的《水调歌头》：

"明月几时有？把酒问青天。不知天上宫阙，今夕是何年……人有悲欢离合，月有阴晴圆缺，此事古难全。但愿人长久，千里共婵娟。"

"还记得我们的第一张合影吗？"先生问我。

"记得。"我轻轻地回答。

怎么不记得呢，那时，千里之遥，两地共吟："但愿人长久，千里共婵娟。"

那夜，许久许久，我们立在花坛下，徜徉在月色中。

后 记

路在脚下

文学来源于生活，高于生活，它所产生的魅力和神奇影响了芸芸众生，感动着一代又一代人，我觉得文学是神圣的，我崇拜文学，崇拜生活。

在小学课本上，我读过鲁迅先生写的《少年闰土》这篇文章：

“深蓝的天空中挂着一轮金黄的圆月，下面是海边的沙地，都种着一望无际的碧绿的西瓜。其间有一个十一二岁的少年，项戴银圈，手捏一柄钢叉，向一匹猹尽力地刺去……”

读了这篇文章，我的脑海里永久地留着一幅美景图：“夜晚，蓝蓝的天空圆圆的月，沙地和碧绿的西瓜，项带银圈的少年，一柄钢叉和猹。”《我跟父亲当红军》是吴华夺写的，这也是当时小学课本中的课文，每当我读到这篇课文的时候，总是被感动得泪水长流。

上小学时，老师经常给我们讲郭沫若、鲁迅、高尔基等著名文学家的故事，那时，我们听得很入神。

后来老师问我们：“你们长大了想当什么？”

男孩子们说要当科学家、画家，而我，嘴里虽然不说，但一直做着作家的美梦。

读初中一年级时我写过日记，林林总总有一大本，后来不知被遗忘在哪个角落里了。参加工作后，虽然我站在讲台上，拿着粉笔，但在黑板上写的不是方方正正的中国字，而是溜来溜去的二十六个字母。

四五十年过去了，不学无术，当年，老师给我灌的那一点墨水，早已干涸断流，大脑里的文字园地变成了蛮荒地，为此，我常常反省自己。

2014年我有了“空间”，经常读到好友张新文发在社交媒体上的“说说”，那些优美的文字，足见作者满腹经纶，那时，她的“说说”我必读，我羡慕她，羡慕她是我们朋友当中的一支笔。后来我又认识了王婉文姐姐，王姐姐退休后正准备安度晚年的时候，不料她的老伴先她而去，但王姐姐并未因此而消沉下去，她六十八岁开始学拼音，学习敲键盘，看书写字。王姐姐有高血压，有儿子儿媳妇孙子，有做不完的家务，可是几年以后，她竟然完成了八十多万字的自传。王姐姐长我十岁，和她相比，怎不叫我自惭形秽。

“我想拿笔，我想敲键盘，我想用文字记录生活，用文字陶冶自己的性情，我想重拾小时候的文学梦。”这就是我习笔的初衷。

于是我开始写话，第一段话写在2014年1月1日：

“我在东莞送走了2013年的最后一天，迎来了2014年的第一天，我将踏上驶往湘西的列车。感谢我的朋友们在过去的日子里给我带来无比的欢乐和热心的帮助。在此，衷心祝愿你们一生平安、幸福快乐！想念你们，东莞的朋友。很高兴即将见到你们，老家的朋友。祝大家元旦快乐！”

写完后，我反反复复读了好几遍，然后又征求了别人的意见，要求帮助修改，生怕有病句和错字。当我将这段话转发在社交媒体上的“空间”的时候，心中有一种无法形容的喜悦。那一年，我开始在“空间”学着写话，尽管我写的文字是口语化、口号化、干瘪的内容，但我不在乎别人的评说，不刻意追求什么，只要能享受文字的快乐就行。开始写的“说说”只有几十个字，慢慢地，增加到了两三百字。到了年底，我就能写五六百字的文章了。

2014年4月14日，我写了下面一段“说说”：

“昨天下午我带孙子在一个小吃棚里休息时，看到一对夫妇在共同吃几元钱一盘的小吃，可得出女士怀有身孕。盘子里有两串油炸的、水煮了的豆腐，有三串一寸半长的热狗，还有用开水过了一遍的方便面，方便面上滴了几点提味的调料，他们吃得很香。丈夫吃了几口之后就不吃了，劝妻子多吃一点，谁知妻子将盘子推了过去，劝丈夫多吃一点，几经推让之后，盘中还剩下一块豆腐，两人都想留给对方，最后，还是由妻子吃了那块豆腐，吃完他们手挽着手离开了。看着他们，我想，这就是人生中的幸福和财富。”

那一年，我坚持用“说说”记录生活。

从 2015 年开始，我尝试着学写随笔散文，开始两月写一篇，后来坚持一月写一篇。四年来，我写了我的亲人，写下了《林中杜鹃声声》《清明时节忆母亲》《我的爷爷》《奶奶的小裹脚》。我回忆我的童年，写下了《老宅》《我的记忆》《红头绳》《童年的鞋》等文章。我在《夏夜》《山里的油茶》《渡船》等文章中描写了我的家乡。

兴趣是勤奋的前提，在写作方面，我不是一个天生聪慧的人，可是，我对它有着浓浓的兴趣。

退休多年之后我才开始提笔，但年岁偏高，体力有些不支，身体各部分就像一部日趋老化的机器，禁不起磨损和折腾。想到孩子们一年四季辛苦在外，作为母亲的我，便主动承担家务。白天没有时间提笔，因为我要履行一个家庭主妇的责任，除了担负妻子和母亲的责任，还要担负奶奶这个职责，只有在晚上十一点过后，趁家人都已熟睡的时候，我才有机会拿着手机，坐在孙子的床铺上开始写我的随笔。清晨六点以前，也是我拿手机写随笔的最佳时间，因为这段时间，家人都还没有起床。有时，为了不影响孙子睡觉，我借着门缝的亮光在本子上写写画画。散文《夏夜》《寻医日记》就是在这样的情景下完成的。我的朋友们都说，在夜深人静的时候，在启明星还没有启明的时候，他们才能看到我的更新。

我就是这样默默无闻地在“空间”敲着键盘、在手机上编辑着文字。我没有粉丝，可是我的好友一直在关注和陪伴着我。打开我的“空间”，从我的第一篇“说说”开始，王婉文姐姐和好友张新文就在“空间”里关注着我，在评论区里鼓励我。后来，年轻的美女廉黎媛出现在我的空间，从此，她对我不离不弃，一直与我的文字相伴，我的每一篇文章，都有她的留言和点赞。感谢阿媛，让我坚持一路走来。我的几位朋友也一直在鼓励我，支持我，这无疑对我继续坚持写作起了很大的促进作用。

“你以前在课堂上口若悬河是过去式，现在的内敛低调才是你之本性。做小草可永葆长青，好过红花三日艳，还有我陪你呢，皆因我们都爱低调。”“说说”《无人问津的小草》，好友新文的留言。

“有故事有意境有内容有感受，读着就像读高中课本上的范文似的。”散文《渡船》，好友新文的留言。

“很喜欢您的文章，读它像读沈从文的散文。”散文《渡船》，好友廉黎媛的留言。

“在你的笔下，古朴的街道有了生命，沉闷的河水有了灵气，还有那日渐老去的老于都深深地印在了读者的心中。感谢老师的慷慨赐予，让我又重温了温暖、单纯、快乐的龙潭生活。”散文《渡船》，慈利县四中张姣娥老师的留言。

“文章写得很好，你会成为一个作家的，坚持就是胜利。”“说说”《这里静悄悄》，慈利县四中廖金周老师的留言。

“王老师你好，我不懂诗歌，但读罢你的诗歌对你有种肃然起敬的感觉，你是原慈利五中的大才女！”诗词《暮春登岳麓山》，慈利县五中原校长刘际昌的留言。

“写得好极了，没想到一个英语老师的文笔如此美佳，为老师点赞。”散文《奶奶的小裹脚》，慈利县一中特级教师卢伯友的留言。

“品尝如斯优美的山水文字，犹如跟着作者的笔触韵律游历那天下奇景，呼吸着女作家的气息，共探‘地缝’的奥秘，那就让我们于这样的文字里，进入那山上景象里精心打磨。每一缕月光，寻觅心灵的钻石，镶嵌于张家界清丽的峻峰和蓝天碧水里。期待着女作家空谷幽兰的清香。”散文《朝阳地缝》，作家张开生老师的留言。

“作者乃张家界人，生于斯长于斯，这里的山山水水，深深地印刻在脑海里，融化于血脉中，其非凡的文字功底和张力，令文章熠熠生辉，从远古历史，到现实变迁，那山水变幻，那花草摇曳，在王老师的笔下都充满了灵气和动感。作者如同一位老练的导游，一路娓娓道来，带我们进入一个神奇的世外桃源，让人心旷神怡，不禁引发阵阵心灵的共鸣！”散文《朝阳地缝》，南漂（一位陌生的读者）的留言。

“语言优美，思路明晰，可见作者有良好的语文素养。也适合学生看，有叶圣陶作品的风格，能起良好的示范作用。”散文《朝阳地缝》，慈利县一中高三语文教研组原组长姜公元老师的留言。

朋友们平时的留言成了我笔耕不辍的动力。

人贵有志，岂能迷惘。在心为志，你的路就在脚下。

我常常这样勉励自己。

我的 2019

“君自故乡来，应知故乡事。”“悠悠天宇旷，切切故乡情。”我常常想起我的家乡，阡陌小径，良田屋舍，美丽的小村庄，缕缕乡愁情丝时时刻刻萦绕在我的心头。我想写家乡，告诉人们，我的家乡很美。我也想用小品文、随笔和社交媒体“说说”，记录身边那些感人的故事。有朋友问我为什么要这样做，我说，那纯属我的兴趣而已。

几年前，很多朋友鼓励我去投稿，我都没有勇气。我在东莞市老年大学钢琴班学习的时候，认识了一位八十五岁的老奶奶。一次，她交给我一份杂志，并告诉我，这份杂志的分社就在她家附近，她已经去杂志社帮我问过，说我可以投稿。她是步行去的，并告诉我，她是从别人的手机上读到我的文章后，主动这样做的。我很感动，当面致谢。虽然我后来不敢投稿，但至今我还保留着那份杂志，心中还一直惦记着那位善良的老奶奶。慈利县第五中学的原校长刘际昌也主动来信告诉我，说他有一个朋友曾经在《张家界日报》工作过，要帮我问问，看可否投稿，我谢了他的好意，并告诉他，我暂时还不打算投稿，因为我知道，我写的东西离投稿平台的要求还相差十万八千里，我写作，不为别的，只为记录生活。

后来，我也曾经有过投稿的想法，在电脑上查了许多散文投稿的网址，但终究因自信心不足而放弃。

2019 年 2 月 23 日上午，东莞市诗词协会范雪芳副会长给我发来微信，要我把《渡船》《路边黄》两篇文章发给她，她在微信朋友圈里看到过我的文章，当时她是东莞诗词协会的副会长兼《东莞文艺》的编辑。我不知道怎样转发，就将“QQ 空间”的原文直接发送过去，雪芳会长说要以 word 文档的形式发送，我不会操作，后来，朋友颜景凤帮我制作了 word 文档，这才得以发送。事过之后，我也不曾记起，也从未与雪芳会长联系过。

说来也巧，时隔整整三个月，也就是 5 月 23 日的下午，雪芳会长给我发微信：

“找你的地址，给你寄杂志去。”

我当时不以为然，因为我不知道是什么杂志，我判断可能是关于诗词写作方面的杂志，于是，我将地址告诉了她。晚上八点半，朋友颜景凤向我祝贺，我当时傻了，因什么事而祝贺呢？她告诉我，雪芳会长在东莞“中华诗词”微信交流群公布，此群有四人的文章已经在《东莞文艺》第四期刊发。听到这个消息后，我将两手伸向空中，大声地“耶”了好几声，高兴得就像奥运健儿夺了金牌一样，家人和孩子们以为我的精神有点儿反常，惊奇地望着我。

我的文章首次上刊，这出乎我的意料，可想当时我有多高兴了。

认识雪芳会长还得从 2018 年说起，那年 5 月，我在东莞文联听诗词讲座的时候，雪芳会长也参加了，记得那次散会的时候，朋友颜景凤、陈蓉莎说我喜欢写散文随笔，这话正好被会长听到了，我们当时就加了微信，她在微信中给我留了“继续努力”四个字。以后的日子，“继续努力”这四个字一直在鼓励着我，我从心里感谢雪芳会长！

2018 年 10 月，东莞文联筹备了一个改稿会。征得雪芳会长的同意，我和颜景凤、陈蓉莎三人准备作为“旁听生”参加。10 月 21 日那天，我们提前到达会场，坐在最后一排的角落里静候会议开始，这时进来一位美女，身着一套得体的浅色连衣裙，含着笑，向我们这边姗姗走来。美女微笑着向我们问好，然后在我们旁边坐下，我们没有多言，只是急急忙忙地加了微信，那时，我才知道美女的芳名叫李婷。

会议开始后，凡是交稿的作者都被叫到前排就座，专家们认真地评价了来自东莞市、镇等作者的文章。我是首次参加这样的会议，既感到荣幸又感到自卑。我很羡慕坐在前排交了文章的作者，觉得他们非常了不起，很敬佩他们。专家们的改稿发言，经典独到，他们肯定了文章的优点，也指出了修改的意见，这对我来说，受益匪浅。《山东文艺》杂志原主编许晨老师大加赞赏李婷的文章《母亲的毛衣》，他逐段逐句地分析，高度评价了作者的写作水平。那次，我对李婷的印象很深刻，也就是那次之后，我对写作有了新的认识。记得午餐时，我们三人准备溜走，因为专家和作者才被邀请参加宴会。雪芳会长拦住我们说："既然来了，就一起用餐吧。"我们照样找一个边角处坐下来，我当时很尴尬，因为我们毕竟不是计划内的人员。感谢雪芳会长，让我们有了一次良好的学习机会。

会议结束后，我给李婷发微信，告诉她我想拜读她的文章《母亲的毛衣》，李婷很快就将她的文章发过来了，还发了她的杰作《邂逅张壁古堡》。李婷的真诚感动了我。

李婷知道我有写作的兴趣后，便鼓励我："王姐，喜欢文学，爱好文学，就要大胆地去实践，不要在乎别人怎么看，走自己的路。"

后来，李婷又用"做了才有"这句话鼓励我坚持下去，不要半途而废。

2019年8月19日，在李婷老师的引领下，我参加了由《东方散文》杂志主办的"全国散文作家大理笔会"，那次，我认识了《东方散文》杂志的主编、有"奇人奇文"称号的憨仲先生，也结识了很多令我钦佩的优秀作家。同年10月19日，我又参加了由《东方散文》杂志主办的"第二届国际东方散文奖暨全国散文作家金秋笔会"，笔会在甘肃天水举行。在这次笔会中，我有幸认识了著名作家"鲁迅文学奖"得主曾明了老师，认识了优秀作家刘方计老师、张开生老师和杨拥军老师，还结识了许多作家朋友，如刘洁老师、刘亚丽老师和王粉姣老师等。作家们的文风文德深深地感动着我，鞭策着我砥砺前行。

刘方计老师是一位优秀的作家，在天水笔会期间，我认识了刘老师，但未曾和刘老师交谈，笔会过后，我们才互相加了微信。记得拙作《游云朝山小记》在社交媒体“空间”发表后，刘老师主动为我做了详细的批改，有错字病句的地方，他用红色字体一一标出，并做了修改和批注，这使我非常感动，认识刘老师是我的荣幸。

在文学的道路上，我是一个还不会走路的孩子，但是，我有我的执着和追求。我在《最美人间四月天》一文中曾经这样写道：

“我不是语文老师，但我从小就对文学情有独钟。我崇拜作家，因为我常常沉浸在他们的著作之中。他们的作品来源于生活，情到之处与我产生共鸣，我常常因书中故事情节的起伏跌宕而喜怒哀乐，从小到长大、到今天变老，‘作家’二字，一直是我顶礼膜拜的名词。近几年，我挤出时间写随笔，记录我在生活中发现的真善美。‘精诚所至，金石为开。’2019年，拙作《渡船》首次在《东莞文艺》杂志刊出，这无疑成了我业余写作的动力。

我不是作家，不是专业写作者，我是一介草根，写作只是我的业余爱好，凭着对文学的满腔热忱，我笔耕不辍，常常在人们进入梦乡的时候或者黎明之前，我走进文学的乐园，来到属于自己的那一片天地，坐在电脑前，搬砖叠瓦。严寒酷暑，我心坚如磐石，无可动摇。”

感谢李婷老师，感谢雪芳会长，感谢刘方计老师，感谢与我一路相伴、鼓励我前进的老师和亲朋好友，我将永远把“继续努力”“做了才有”这八个字，作为鞭策自己的座右铭，坚持写作，笔耕不辍。